婚姻劫
The Marriage Calamity

淼淼◎著

中国青年出版社

（京）新登字 083 号

图书在版编目（CIP）数据

婚姻劫 / 森淼著 . — 北京 : 中国青年出版社，2012.3
ISBN 978-7-5153-0559-2

Ⅰ . ①婚… Ⅱ . ①淼… Ⅲ . ①长篇小说 – 中国 – 当代
Ⅳ . ① I247.5

中国版本图书馆 CIP 数据核字 (2012) 第 017289 号

婚 姻 劫

作　　者	森　淼
责任编辑	侯庚洋
策划编辑	一　航
文字编辑	吕　晶
视觉指导	李俏丹
版式设计	谢　滨

出　　版	中国青年出版社
社　　址	北京东四十二条 21 号
邮政编码	100708
网　　址	www.cyp.com.cn
发　　行	中国青年出版社
电　　话	（010）57350370
经　　销	新华书店

印　　刷	三河市世纪兴源印刷有限公司
规　　格	700 毫米 ×1000 毫米　1/16
字　　数	170 千字
印　　张	13
版　　次	2012 年 3 月北京第 1 版
印　　次	2012 年 3 月北京第 1 次印刷
书　　号	ISBN 978-7-5153-0559-2
定　　价	19.80 元

本图书如有印装质量问题，请与出版部联系调换
联系电话　（010）57350337

目录 CONTENTS

第一章　事出有因
你们结婚才多久啊，怎么就坐上无性婚姻的大篷车了？
这趟大篷车不是短线旅游，而是没有终点的环球旅行。
/001

第二章　你方唱罢我登场
是背叛老妈归顺老婆，还是牺牲老婆讨好老妈，是每个已婚男人过去、现在以及将来都不得不面临的选择，等他跟某个女人把爱做成深情厚谊之时，就是我退出历史舞台之日。
/017

第三章　太平不太平
婚姻就是两个女人无休止的战争，作为儿子和丈夫双重身份的男人，只是这场战争的无辜牺牲品而已。
/031

第四章　女人心，男人心
丈夫是什么？古人造词真有学问，现在看来，丈夫丈夫，就是一丈以内是夫，超出一丈则是爱谁谁，鬼知道是个什么货色。

/040

第五章　风不平浪不静
这伤害了他作为一个男人的自尊，有种被扒光衣服游街示众的感觉。
/047

第六章　新怨旧恼
老婆是什么？老婆就是为了奴役我而诞生的一个永无止境的剥削阶级，排除掉这些不能的日子，一个月还剩下几天？汽车限行好歹只是分个单双号，我们都快赶上一年一度的牛郎织女鹊桥会了。

/063

第七章　推波助澜
别人都是攘外必先安内，你倒好，老婆扔到一边大旱三年，你雷锋一样跑到别的地方去灌溉。你真是大公无私。你就是新时代的楷模，你就是焦裕禄、孔繁森！感动中国人物没选你，是评委们瞎了眼睛，是全中国人民的损失。
/073

第八章 何处惹尘埃

夫妻之间,身体交流是必不可少的,身体一旦疏远,心灵也会随之南辕北辙;男人的出轨,有时就像吸毒,染上以后便很难戒掉。

088

第九章 人算不如天算

偶然出现的喜事,可以瞬间稀释积攒了很久的怨气。在喜和悲的对决中,由于人们对于喜的向往,悲便会很快一败涂地。三个女人用喉咙的小提琴、中提琴和大提琴共同演绎的三重奏——是为了一个从来不曾存在过的孩子。

098

第十章 孤帆远影

结婚干什么呢?结婚就是从满腔的希望走向灭亡的一个过程,只是时间长短有别罢了。

117

第十一章 纷纷扰扰

原来,买伟哥也是一种地下工作,谁让那时候那么穷,连外遇的标准都如此之低,就像某些小饭馆只能用地沟油对付顾客一样。

128

第十二章 谁是谁非

想离婚早点说,我不会拦着你再嫁的光明大道,你想让我找别人生个孩子然后再送你个爸爸的名号吗?

137

第十三章 一声叹息

对她来说,他似乎仅仅是个代表着"丈夫"这一身份的符号。他的身,他的心,都早已经不属于她,并且以高速列车的时速愈行愈远。

153

第十四章 冰天雪地

敢情是我把你由人变成鬼,小姐们又把你从鬼变成人。我是不是该给那些小姐人人送面大锦旗,上面还要写上"治病救人,古道热肠,实乃张仲景之后人"?

169

第十五章 悲怆的结局

你这是只许州官放火,不许百姓点灯,说穿了,就是男人的自尊心和占有欲作祟。

183

第一章
事出有因

你们结婚才多久啊,怎么就坐上无性婚姻的大篷车了?
这趟大篷车不是短线旅游,而是没有终点的环球旅行。

01

苏亚最近的心情真是糟糕透了。

婆婆频频在饭桌上有意无意地说起生孩子的事情。苏亚就没好气地望向老公周冲。周冲装着看不见也听不见,把脑袋整个地探进碗里,嘴巴还发出吧唧吧唧的声音,或是呼噜呼噜地喝汤。苏亚只好闷头吃饭,不作反应。

可是,婆婆并不想息事宁人。最初,只是无限羡慕地说起老李家的大胖孙子,唾沫横飞地描述那孩子的可爱模样,顺便用眼角斜扫苏亚的脸,试探她的反应。后来,见这般的描述并不能让苏亚的肚子如他们希望的那般高高隆起,索性明目张胆地提要求:"我说,你们两个,是不是该考虑要个孩子了?你看我们以前的同事,还有现在的邻居老李,跟我们岁数都差不多,可是人家的孙子都上幼儿园了,你们准备什么时候让我和你爸也荣升爷爷奶奶?"

苏亚无言以对,只能缄默。

她比任何人,都渴望有一个孩子。每当看到同学、朋友的宝宝,总要忍不住逗弄一番。看到小孩嫩嫩的笑脸,心底充盈的母性便大肆喷发。

可是,生孩子于她,实在是件可望不可即的事情。很多人都羡慕她有个人高马大帅气阳刚的老公。可是,却没有几个人知道,结婚三年,他们已经有两年多没有夫妻生活了。

苏亚无法想象，以后的漫漫长路，该要如何走过。

周冲不在家的时候，她常常对着镜子欣赏自己的胴体，皮肤光滑细腻，腰肢柔软，曲线优美。可这身体，长久得不到露水的滋润，似要慢慢枯萎。苏亚无限怜惜地看着镜中的自己，心里的苦，一圈一圈往外喷洒。她看着花瓶里慢慢凋零的玫瑰，也会产生兔死狐悲的伤感。花朵因为离开了土壤，得不到充足的养分和水分，从而走向死亡。那么，女人失去了男人的灌溉，是不是也会很快衰败干涸？

对于公婆的催促，苏亚想把皮球踢给周冲，让他去跟父母周旋。本以为老公出马，会使问题得到妥善解决。没料到，周冲给父母的解释"我们还年轻，暂时不想要孩子，想再奋斗几年"却激怒了婆婆。婆婆怒气冲冲地走到苏亚面前："年轻？你有多年轻？你都二十八了，再拖几年就是高龄产妇，对大人孩子都不好。你说，你是不是有什么别的想法？"

苏亚忍住愤懑："妈，我能有什么想法？你也看到了，我和周冲的工作都那么忙，现在确实没精力。"

"精力？要什么精力？你只需要辛苦十个月，生下来的孩子我带，又不需要你操心，你还有什么不愿意的？你已经很幸福了，房子我们给你们买好，孩子还有我们带，你什么都不用管，还有什么不乐意的？"

不提房子还好，一提房子苏亚更是气不打一处来。房子，该死的房子，苏亚多么渴望能拥有一套可以行使完整主权的房子，能和周冲安安静静地过过二人世界。

婆婆的唠叨一向是流水淘沙不暂停，前波未灭后波生。苏亚正想发作，抬头看到婆婆身后周冲哀求的脸，满腔怒火不得不再次压回胸腔。

周冲是个还算不错的老公，体贴、细心，不抽烟不喝酒，所有的薪水加外快一分不剩上交组织，每月定期从苏亚手中接过组织大发慈悲"施舍"给他的三百块零花钱，任凭身边野花风吹浪打，却依然闲庭信步。除了……两年前，他身体开始出现的问题。

谈恋爱的时候，周冲可是生龙活虎、生气勃勃的。那时，苏亚住在单位宿舍，周冲住在城市的另一端，距离很远，两个人只能在周末短暂的小聚。周冲很亢奋，常常是话没说饭没吃就兴冲冲直奔主题。他的座右铭是：饭可以不吃，话可以不说，但爱是一定要做的。解决生理问题的地点，则是五花八门，或是苏亚的宿舍，或是周冲租住的套间中属于他的那二分之一，当然，还包括公园里的密林深处，以及漆黑的电影院……

当时，苏亚还为这种事跟周冲闹过不少别扭。一来，怕被旁人撞见，直接观看了免费的现场直播；二来，她分不清周冲爱的，究竟是她，还是她的身体。对于其一，周冲倒是不以为然："我们是要结婚的，不以结婚为目的的谈恋爱才叫耍流氓，我们这种，只是迫于现实不得不低下高昂的头颅，谁让房子那么贵，害得处在生理高峰期的青年男女只能当流动大军，打一枪换一个地方。"对于其二，周冲的回答很坦荡："我当然是先爱你，然后才爱你的身体。否则马路上有那么多女人，我为什么只对你有兴趣？"对于周冲磅礴的热情，那时的苏亚还有点不胜其烦。

可是，如今，她是多么怀念当年的周冲，那个强壮的周冲。

苏亚和周冲的相识，颇有一点戏剧性。

同事的孩子在学跆拳道，某天没空去接，把这事托付给了苏亚。苏亚到了跆拳道馆，看到了同事的孩子，也看到了在成人区练习的周冲。周冲正好回头，也看到了她。两人眼神对接，刹那间电光火石。

周冲走过来，对她笑笑："你好。"苏亚脸有点发烫，腼腆地说："你好。"同事的孩子扯她的衣服："小苏阿姨，你带我去吃麦当劳好不好？"

周冲惊诧："我还以为这是你儿子。"

苏亚嗔怒："我看上去有那么老吗？"

周冲说："一般到这接孩子的都是父母，我还想，这个孩子真幸福，妈妈年轻得像姐姐一样。"

苏亚脸上飘出一朵红云。

周冲边往里走边喊："等我一会儿，我换完衣服跟你们一起去。"

偶然的一次邂逅，周冲对苏亚一见倾心，从此无法自拔，展开了疯狂的追求。

周冲在一家外企做销售，外表不错，收入尚可。但是，经过多年的月光生涯，存款却是寥寥无几。

两年多的热恋，两人在城市两端流窜，在两人分别占据二分之一的土地上，偷鸡摸狗一般，既要控制时间，还要竖起耳朵聆听周围的动静，顺带着周冲需要再腾出只手捂住苏亚的嘴，以免她过于销魂的声音被狗仔队们听到……

春天的远都，沙尘漫天，到处都是飞沙走石。那时周冲还没买车，赶公交倒地铁顶土带沙赶到苏亚宿舍，大汗淋漓地谢幕以后，苏亚吃惊地在床单上发现了厚厚一层沙粒。再拨弄一下周冲的头发，又抖出不少，苏亚笑着说："远都人民真幸福，每天都可以收受一点老天爷的馈赠，再这么下去，谁还需要买房子，用这些沙子自己盖好了。"

可以说，两人结婚前的性爱史，就是一部沾血带泪的革命史。以至于，当苏亚看到地雷战地道战等影片，就想起她和周冲在和平年代里演绎的那段不平静人生。没有硝烟，没有大炮，却也是惊险重重。

苏亚的室友家在临市，周末偶尔回家。周六晚上，苏亚和周冲在宿舍等到十一点，也不见室友回来，给她打电话，一直关机。周冲心急火燎地把门反锁，展开肉搏。待二人风波渐平，在被窝里柳条重缱缱，莺语太叮咛。外面的敲门声突然急促响起，伴随着室友焦急的声音："苏亚，苏亚，你睡了吗？快开门，我要上厕所。"

两人惊慌失措，赤条条从被子里爬出来，寻找扔在四面八方的衣裤。周冲兴起时，不知把内裤抛却在何方，不得不直接套上外裤。苏亚手忙脚乱，把毛衣胸前的小新，背了了后背上。室友敲门声愈响，苏亚一边答应一边准备去开门，忽然间发现地上还躺着一堆处理收尾工作的卫生纸，赶忙一团团收起来，塞进桌子上的背包里。

按下门边的电灯开关，顺手开门，室友闯进来，一脚踩上一软绵绵的不明物体。室友大叫："天哪，我踩到什么？是不是老鼠？"两人一起低头，不是老鼠，却是刚才搜寻许久而不得的周冲的内裤。室友看到了衣服穿反的苏亚，又看到了站在一边一脸尴尬衣冠不整的周冲，慌慌张张往外退，还不迭地道歉，仿佛被人撞破奸情的不是苏亚，而是她。

还有一次，苏亚和周冲情到深处，忘记关周冲的房间门。周冲的同屋踢完球，大汗淋漓地到家，亲眼目睹了苏亚和周冲的战斗场面。两人过于投入，直到变换姿势，才看到大脑短路呆在原地的同屋。三人同时呆立。

春光乍泄，终于进行了首轮现场直播。周冲反应过来，一把掀起被子，盖在苏亚身上。同屋这才如梦初醒，"嗖"一下窜回自己房间。周冲光脚冲到门前，"砰"地一声关上门。

苏亚在被子里泪如雨下，大姑娘被人目睹这种场面，传出去可怎么见人？周冲抱着脑袋沉默了许久，做出一个开创新世纪的决定——买房结婚。

周冲用几顿大餐封住了同屋的嘴，接着"警告"吃人嘴短的同屋："我告诉你，要是此事在江湖上泄露半点风声，我让你生不如死，死不见尸！"

苏亚自此再也没有驾临过周冲的那间屋子。

房是决定要买，可是钱却没有着落。两个人把所有的财产进行了统一划归，把他们存折以及卡上的钱，通通转移到一起，数目精确到圆角分。这才发现，他们可供支配的存款，真是惨不忍睹。那些零零碎碎的钞票，拎到售楼处，恐怕要被售楼小姐无情鄙视，用鼻孔送来一句话："哎哟，这点钱，还好意思来买房，买个卫生间都不够！赶快拿回去，别在这寒碜人！"

一分钱难倒英雄汉，两人召开了几次内部会议，可惜的是，钱这东西，商量是商量不出来的，他们没有开办地下印钞厂的胆量和决心。所以，尽管商讨多次，购房款仍旧悬而未决。周冲不得不腆着脸请求父母支援。没料到，爸妈相当爽快，答应得痛快，行动得迅速。但是，有一个附加条件：房子，要写他爸妈的名字。

苏亚没有异议。房子由他们付款，写他们的名字无可厚非。周冲却很不好意思："亚亚，我再跟我爸妈商量一下。"

苏亚拦住他："没关系，只要我们能住就行。等到我们存够首付，再买一套属于我们自己的房子。"

周冲很感动，把她拥在怀里："亚亚，我一定会让你幸福的。"

这是一句使用频率相当高的动听誓言。只可惜，说它的人多半都不会考虑能否兑现。直到许多日子过去，苏亚回想起周冲的这句话，忍不住泪水涟涟。

一个星期后，周冲父母携带着存有巨款的银行卡，风尘仆仆赶到远都，在苏亚和周冲已经看好的三个楼盘中反复比较，敲定一处现房。周冲父母在主体部分已经竣工的小区里仔仔细细浏览了几遍，心满意足踏上了归途。

房子已经买好，接下来就是装修。不买房不知买房难，不装修不知装修累。历经了九九八十一难，跨越了千山万水，两人终于躺在了自己家的大床上。

周冲忘却了疲惫，苏亚忘却了劳累，他们在松软的床上，享受了第一次无拘无束无牵无挂不必提心吊胆不必偷偷摸摸的性爱。

完事后，周冲揽过苏亚的头，俯在她的耳边，轻轻问："怎么样？"

苏亚无限满足地说："嗯，感觉好极了。"

02

幸福的日子总是那么短暂。

苏亚和周冲的蜜月刚刚度完，就传来了周冲父母退休的消息。周冲的父母都是税务局的元老，一辈子奋战在保卫国家财产的一线，膝下只有周冲这么一个独子。两人退休，顿觉寂寞空虚，周冲母亲拍板，要与儿子儿媳共建和谐家园。

周冲父母并没有打算与周冲和苏亚商量共住的事情，而是直接进行了宣告。周冲握着电话一言不发，父母的性格他很了解，他们做的决定他向来没有异议权，只有严格履行的权利。

苏亚却不知道公婆说了什么，一步蹦到周冲背上："老公，你怎么了？"

周冲没有如往日那样把她背起来，反而把她从背上环到怀里："亚亚，告诉你一件事。"

"说吧,什么事?"

"我爸妈……"周冲感觉很为难,"他们想……搬来跟我们一起住。"

"哦,可以呀。没问题的。"她以为,公婆是思儿心切,想来住段时间。

周冲知道苏亚没听明白自己的话,艰难地往下说:"他们,可能要一直住在这里。"

苏亚像安了弹簧一样弹起来:"什么?一直?一直就是永远?"

周冲不敢看苏亚,点头。

苏亚一头栽倒在床上:"苍天啊,大地啊,上帝以及老天爷啊,多可怕的事情,婆媳天生是冤家,我以后的日子可怎么过啊?!"

周冲父母雷厉风行,第一指示下发没两天,第二指示立刻接踵而至——下周日,他们就要到了。

苏亚的苦瓜脸一直阴沉到周冲父母大驾光临。她心里的忐忑,周冲非常理解。他心里一万个不愿意,却还要不断地安抚苏亚:"没事的,我爸妈很好相处的,你别担心。"

苏亚的声音里夹着哭腔:"我真没想到还要跟你爸妈住在一起,我跟我爸妈住久了,都处处矛盾。跟你爸妈,那还不得针尖对麦芒?你妈会不会让我早请示晚汇报,会不会我买件衣服还要先打个报告?会不会处处与我为敌?"

周冲两手一摊:"还能怎么办?他们已经买好机票,要不,我们自己买房子单过。"

"买房子?现在房子那么贵,我们哪里买得起啊?有没有十平米的房子,我们先买一间住住。万恶的开发商,大面积的房子随处可见,小面积的却是凤毛麟角,难道非要看到大马路上睡满无家可归的难民,他们才会动点恻隐之心吗?"房子,是很多人心中的痛,这其中,必须算上苏亚。每当提到房子,她就两眼喷火,咬牙切齿,恨不能立刻打土豪,分田地。

周冲父母并不知道周冲和苏亚的不乐意,或者说,他们并不关心周冲和苏亚是否乐意。总之,两位老人家准时准点到达机场,居然赶上了万分之一的守时航班。

公婆的出现,破坏了苏亚对婚姻生活的美好希冀。

周冲母亲是个非常强势的人,也许是常年位居领导岗位的缘故,她习惯了对所有人发号施令。大到工作、前程,小到穿衣、吃饭,一切的一切都要服从她的命令和指挥。公公的官做得比婆婆大,然而,几十年的婚姻生活已经让他养成了唯老婆命是从的习惯。在家里,周冲母亲是总司令,父亲则是司令员的勤务兵。

可是,苏亚不习惯。她是独女,从小也是父母的心肝宝贝,说一不二。工作把她的钝角打磨平整,让她从前的骄纵慢慢消失。但是,是人总会有脾气,不是每一个人都愿意当木偶,也不是每一个人都习惯于当木偶。苏亚和婆婆的战争,箭在弦上,一触即发。

周冲可怜巴巴地充当和事老。回到两人的卧室，他又装老虎扮大象讨她欢心，还给苏亚表演祖传绝技——大石碎胸脯，并不时地买各种小礼物贿赂她。看在老公的面子上，苏亚把不满埋在心里。

周冲母亲住了一段时间，发现周冲面色泛黄眼圈发黑，果断地得出一个结论：房事过度。她开始每天给周冲煲各种滋补药膳，强迫他喝下。周冲苦不堪言，却只能遵从母命。二十几年，他已经和父亲一起，默许母亲的种种不合理无常规举动。

靓汤喝了很多，周冲却依然脸色蜡黄精力不济。他的工作压力很大，常常加班到很晚。婆婆却坚定地认为，这是因为小夫妻开闸泄洪，不懂节制，以致儿子肾虚体弱。她旁敲侧击地提醒苏亚：这种事情不要太频繁，否则伤害男人身体。

苏亚想想也有道理，杂志上也是如此说法。虽然对婆婆干涉他们生活的喜好并不满意，但是鉴于出发点并无恶意，她接受了婆婆的明示和暗示，郑重地通知周冲，一三五高挂免战牌，二四六视情况而定，至于周日，是属于全天下劳动人民的休息日，自然也要休战。周冲应允，却总在夜半时分忘记承诺。苏亚可没忘，数次击退了周冲的进攻。

周冲母亲有了晚睡的习惯，每天都在客厅里看很长很长的肥皂剧，不到凌晨不肯回卧室，还故意弄出很大的响声，不是咳嗽，就是踱步，电视声音也是忽大忽小，以此提醒房内的二人。某日苏亚在睡梦中被一阵夜半歌声惊醒，拿表一看，午夜三点多。顿时头皮发麻汗毛直竖，仔细一听，歌声源自客厅。出去一看，婆婆靠在沙发上睡得正香，电视自顾自地唱着小曲。苏亚叫醒婆婆，婆婆这才打着哈欠关掉电视回房。

苏亚悄悄地问老公："你妈是不是年轻时受过什么训练？这么专业。"

"一边去，妈是为咱们好。"

"拉倒吧，她是为你好，生怕我把你榨干。"

周冲爬到苏亚身上："榨干？我有那么容易被榨干？你要不要试试？"

"下去，下去。没听到慈禧在嗑瓜子啊。"苏亚偷偷地称婆婆为"慈禧"，当然，是小两口关上门后的私房话。

周冲不解地问："我妈说的话有道理吗？年纪轻轻的就禁欲，有那必要吗？"

"你妈说有道理，就有道理。不然，你还敢反抗你妈不成？我看你跟你爸，见到你妈也就是一副老鼠见了猫的样子，喘气恨不得夹着鼻子，走路恨不得蹭着墙皮。"

"唉，没办法呀。慈禧这名头用她头上一点都不过分。你不知道，小时候，同学到家里找我玩，玩过一次之后，绝不会第二次登门。"

"为什么呀？"

"他们说像进了公安局。"

"哈哈哈哈。"苏亚小声地笑得前仰后合。

熬了半个多月，苏亚终于被周冲攻陷。久旱逢甘露，夫妻俩忘乎所以，忘了锁门。

婆婆不知什么时候听到响动，冲进来，怒目而视，接着开灯，掀开被子，把纠缠在一起的两人强行分开。

周冲和苏亚，不知何故，眼睛一时适应不了灯光，半闭着眼睛，裸身坐在床上。等到从黑暗回到光下，才看到周冲妈站在床前，一手拎着被子，一手抓着周冲。

苏亚赶忙拿过枕头护住身体。周冲对着母亲咆哮："妈，你到底想干什么呀？"

周冲妈振振有词："我这是为你好，你也不看看，你都虚成什么样了？每天都要起夜好几次，你从小到大，什么时候有起夜的习惯？"

周冲接着喊："妈，你管的是不是也太多了？！我自己的身体自己知道，你赶快出去，出去！"

周冲妈这才觉得不妥，关门，还不忘贴在门上说一句："你们要注意，年轻时候不注意，中年以后很麻烦。"

周冲第一次对着母亲发火，爬起来，飞起一脚踢向房门。

两人都很沮丧。周冲直勾勾地躺了很久，转过身搂住苏亚："亚亚，对不起。"

苏亚拍拍老公的脸："没关系的。以后，我们记得锁门。"

周冲果真遇到麻烦。不过，不是中年以后，而是那晚之后。

自从被周冲妈惊扰，两人有很长一段时间对此事提不起兴趣。苏亚每晚都要反复检查门锁。锁好，打开，再锁上。要折腾很多次，才算放心。某一天的半夜，她突然爬起来，越过周冲，摸索着穿好拖鞋，接着冲向房门，推拉几次后，才迷迷糊糊爬上床。周冲不知道她是没睡，还是潜意识里的梦游，没敢叫她，直到她发出均匀的鼾声，才确定她已睡着。周冲这才回头紧张地看看苏亚的脸，睫毛低垂，睡态安详，他悬起的心这才算落地。

周冲对苏亚充满歉意，他知道妈妈的专断给苏亚的心灵造成很大的刺激，却不知如何才能开导她。同时，他也很怕妈妈再次发动突然袭击，安分地过了一段和尚的素食生活。

周冲妈可能觉得那天的行为很过分，不再给周冲煲汤，并且对着苏亚赔小心，连说话的语气都温和了许多。

苏亚想，也许婆婆真的担心儿子的身体，对于吃过的盐比她吃过的饭还多的婆婆，她尽力保留一点敬意，慢慢尝试不再纠结那晚的事情。

等到阴云渐渐从每个人头顶散开，苏亚和周冲终于有了共赴云雨的兴致。站在山腰勇攀高峰的当口，苏亚却感觉门外有双眼睛盯着自己，她一把推开周冲，跳到地上检查门锁。门锁得很结实，客厅也空无一人。虚惊一场，苏亚觉得自己有点神经过敏。

等苏亚重新上床，那厢周冲已经从山腰回到山脚，郁郁寡欢地用手遮住眼睛。

苏亚感到很抱歉，连忙解释："我也不知道怎么了，就是怕门没锁好。"

周冲淡淡地说："我知道，这不怪你。"

这次中途失利之后，又是很长时间的断粮。苏亚感到很苦恼，偷偷把这事告诉了最好的朋友陈瑾。陈瑾是她同事，两人无话不谈。

作为一个饱经丈夫冷暴力摧残的女人，陈瑾听到苏亚的诉苦，大吃一惊"你们……你们怎么也会……"

苏亚只能苦笑："是啊，以前我还劝你，现在我们算是同是天涯沦落人了。唉。"

陈瑾叹气："你们跟我们不一样，你们这只是暂时的，还可以调剂。而我们，已经是板上钉钉的现实，除了接受，别无他法。"

两个女人面对面的唉声叹气，互相慰藉。

03

近来案件不少。苏亚对着一堆案卷感慨："如今公民的法律意识提高真快，看看这案子，真是芝麻开花年年多。"

书记员小张忙着整理庭审笔录："这就叫公民意识的觉醒，说明中国正在进入法制社会。走吧，到点了，开庭去。"苏亚看看卷宗："哦，不公开审理。"

一个膀大腰圆的黑汉坐在原告席，旁若无人地抖动着双腿，脖子上挂着根明晃晃粗溜溜的少年闰土式金"项圈"，左手手指上戴着三个戒指，个个彰显着不菲的价格。

黑汉坐在椅子上，鼻孔朝天："我和我老婆已经有二十多年没有性生活，我再也不想过这样的生活了。"黑汉鸟门洞开，露出里面的红色不明衣物，苏亚嫌恶的看他一眼。

黑汉的老婆小声啜泣，哭泣使得她的发言断断续续："我生孩子的时候家里很穷，月子没做完就要下地干活。后来就得了妇科病，也没钱治，越拖越厉害，房事非常疼，还经常会有一些怪味。他嫌弃我，就再也没碰过我。"

苏亚心里对黑汉充满鄙视，脸上还要装作面无表情。黑汉满不在乎地说："现在人人都在追求生活质量，性生活就是衡量生活质量的一个重要指标。"

黑汉的老婆用手捂住脸，哭着说："他外面的女人怀孕了，逼着他离婚。"苏亚同情地看一眼哭得撕心裂肺的黑汉老婆。

苏亚板着脸："下面依法对你们进行调解。"

黑汉很不耐烦，暴跳如雷："调解？为什么还要调解？真是麻烦，你们法院怎么搞的，简直是浪费纳税人的钱！"黑汉的新鲜词语真是不少，非常具有主人翁精神。

"请保持肃静，调解是必经程序，你必须遵守。"

开完庭，苏亚摇着头对同事说："这都是些什么人呀！"

同事说："现在不就这样？遍地都是陈世美，也难怪小姑娘们的眼睛只肯盯着绩优股。这男人嘛，穷困的时候找女人，只是为了完成人生的一个使命，顺便解决传宗接代的问题。等他们财大气粗再找金丝雀填补内心的空白，还要美其名曰：寻求真爱。一代代的陈世美算是让女人们警醒，现在是没有多少女人肯陪着穷男人一起荒废青春了。哎，你不知道那原告是谁？"

"不知道。是谁？"

"著名的乳品大王李大海，报纸上常常出现的。"

苏亚恍然大悟："哦，是他呀。难怪我看他眼熟，却想不起来。"

"就是他啦。听说情人一大堆，还有句座右铭：牡丹花下死，做鬼也风流。"

"噗，这么知名？一把年纪还要踢掉糟糠妻，他也真够可以的。"

"现在多少小姑娘都以邓文迪为楷模呢，榜样的力量是无穷的。他那个老实本分的老婆，哪里是那些女人的对手？"

"你说那小情人怎么想的？自己也是女人，为什么不想想自己人老珠黄的时候？"

"唉，你怎么那么天真啊？女人何苦为难女人，那只是一句歌词。君不见，生活中，为难女人的，都是女人。长江后浪推前浪，一代新人换旧人。没看杨德昌和蔡琴，是杨德昌提出要保持柏拉图式的交流，不让感情掺入任何杂质，不能受到任何的亵渎和束缚。结果呢，他跟小他十八岁的彭铠立热情洋溢地生了两个孩子，还说跟彭铠立在一起的时光才是生命中最快乐的几年。杨德昌对跟蔡琴婚姻的结论却是'10年感情，一片空白'。好像这空白是蔡琴一手造成的一样。男人的因果关系总是颠倒的。不是因为先有因，后有果，而是根据现成的果，反推出一个听上去冠冕堂皇的因。"

苏亚终于忍不住笑了出来："你怎么一副苦大仇深的样子，好像受苦受难的劳动妇女的官方发言人。"

陈瑾走了进来："你们说什么呢？这么热闹？"

同事接话："我们在说刚才的一个案子，五十多岁的乳业大王要离婚，理由是无性婚姻。你说好笑不好笑？多么牵强的理由。"

陈瑾和苏亚互相看一眼。

下班，陈瑾过来找苏亚："有时间吗？一起吃饭吧。"

苏亚一边脱制服一边说："好啊，我正发愁怎么打发时间。"两人到了餐馆。苏亚有气无力地靠在座椅上，神游一样翻菜单。陈瑾问："你俩还没有多云转晴？"苏亚摇头："涛声依旧。"陈瑾拂了拂头发："你们得尽早解决问题，拖下去，两个人会互相厌倦，要是再出个导火索，很难说会怎么样。"

苏亚叹气："我怎么不想解决呀？可是这是他的雷区，绝对不能说，一说就发火。现在我都快不认识他了。"

陈瑾说："我年轻的时候，对这事根本就不重视，以为我们的感情固若金汤，就像万里长城，足以抵御一切外敌。等到第一次知道张阳找了别的女人，才知道我自以为是的夫妻深情，只不过是一层薄如蝉翼的窗户纸，一捅就破。"

"那……你准备就这么一直过下去？"

陈瑾手里转着筷子："人的生活就是一种惯性，有的时候不离婚，不是因为双方情深似海，而是因为习惯了现有的生活模式，不想去打破，不敢去面对未知的风险。所以我才让你尽快解决。不然拖到我们这种境地，你会连改变的信心都没有。"

陈瑾喝一口茶，自嘲地说："绿帽子这词一向都是赠予男人的。可我呢，就是九旗旗主——绿帽子王。"

"别那么消极。你比我强多了。好歹你还有个儿子，有豪宅，还有花不完的钱。"

"你以后就会明白，男人千万不能有很多钱，否则，就算他生性寡淡，那些不甘平庸的女人都不会给他流芳百世的机会。"

"你得想开一点。能拥有一部分也算好。"

"刚结婚的时候，有精神，没物质。等到有了钱，还没来得及享受胜利果实，晴天霹雳就一个接着一个轰响。我能拥有的，确实永远只是一部分。"

"真搞不懂张阳的喜好。亚洲人，哪里有那么多巨无霸。"

"男人追求的就是刺激，视觉的，心理的。"

回家。婆婆好似被万能胶水黏在沙发上，每天到家看到的她，都是固定的位置加固定的姿势。苏亚叫了一声妈，就往卧室走。婆婆叫住她："小亚，你这个月，例假来了没？"

苏亚回答："刚来完。"

婆婆失望地"哦"了一声。

苏亚回屋，躺在床上。

曾经，苏亚还是豪情万丈的。她不相信力拔山兮气盖世的周冲会突然唱起虞兮虞兮奈若何，总以为那个顽皮的小家伙劳累过度，偷懒怠工，休息好了自然就会苏醒。两个人打闹的时候，间或会朝他身下抓一把，然后怪叫："快点，别再打盹，要开工了。"周冲对自己也是信心满满："别着急，它有点营养不良，正在养精蓄锐。"

两人都对未来充满期待。

然而，希望是美好的，现实是残酷的。等到周冲认为自己厚积薄发，完全可以再次冲锋陷阵的那天，两人早早沐浴更衣，苏亚还喷了香奈儿5号，期待着一场及时雨的降临。两人缠绵着做了许久的前戏，苏亚浑身的毛孔像莲蓬头一样绽放开来，只待雨露的润泽。

苏亚闭着眼睛，只待战鼓擂响。周冲却没有了下文。苏亚睁开眼，发现周冲颓败地坐在床上，再一次偃旗息鼓。

苏亚在几分钟内体验了失重和超重的双重感觉，本来预备着魂飞魄散的魂和魄由于热身过度提前飞散开来，迟迟未归。周冲低垂着头，像个要被推往菜市口的犯罪分子。她趴在周冲背上，搂住他的脖子，心里很是凄凉。周冲的体温，没能烘热她的心。

这样的状况，慢慢延续为周会，月会，直至年终总结。周冲一次次披挂上阵，又一次次铩羽而归。开始，泄气的是周冲，他的自尊心被扔到臭水沟里，跟一群破袜子烂泥为伍。后来，泄气的是苏亚，一个男人对着自己总是上演撤退战，让她觉得自己魅力尽失。

两人仿佛在一夜之间心有灵犀地达成了某种默契，小心翼翼避开这个话题。苏亚穿上了包裹严实宛若阿拉伯妇女的棉质睡衣，那些性感撩人的则被她放在衣柜的最高处关了禁闭。苏亚甚至开始有点惧怕冗长孤寂的黑夜。

苏亚和周冲的交流越来越少，周冲加班的次数越来越多，回家的时间越来越晚。除了在饭桌上当着公婆的面讲几句不咸不淡无关痛痒的话以外，回到房间，二人便各自为政：周冲对着电脑打游戏，苏亚看电视或是看书。周冲的耳朵仿佛多了一位铁将军把门，无论电视里的女人哭得有多凄厉，男人吼得有多呼啸，他都一副两耳不闻的样子，沉浸在游戏里。常常是鼠标的啪啪声伴着苏亚入梦，偶然惊醒，旁边的床上仍是空空如也。两人的睡姿也历经了三部曲：以前，周冲总是用胳膊紧紧环绕在她身前，相拥而眠；之后，两人挽着胳膊，中间隔着楚河汉界；到最近，他们已是背靠背，用后脑勺互道晚安。

终有一天，苏亚婉转地提示周冲："我们……要不要去一下医院？"她没敢用"你"，用的是"我们"，就怕周冲听到这样的提议暴跳如雷。

周冲没有一蹦三尺，耷拉着脸，一脸不耐烦："我又没病，为什么要去医院？要去你自己去。"拿起衣服就往外走。周冲妈在厨房喊："小冲，你干什么去？饭马上就好了。"周冲头也不回。

婆婆站在厨房门口，疑惑地问她："你们吵架了？"苏亚低头看着地面，说："没有。"

"那他是怎么回事?这孩子也不知道怎么了,脾气越来越差,他以前,是从来不会顶撞我的。"

直到开饭,周冲都没有回来。周冲妈给他打电话,电话却已经关机。周冲妈问:"小亚,你知道他去哪了吗?"

"不知道,你也看见了,他出去时什么都没说。"

"好吧,我们先吃,不等他了。"

三人悄无声息地吃饭。婆婆抬头看了看她,欲言又止。再抬头看了一眼,说:"小亚,你们,要不要去做下检查?看看到底有什么问题,有问题的话,也好尽早治疗。"

公公瞪一眼婆婆:"瞎说什么呢?"

婆婆拔高了声音:"我说错了吗?先检查一下,没问题当然最好,这样大家都可以放心。"回头对着苏亚,"我不是说你有问题。小冲也一样要检查。你们年轻人,生活习惯都不好,有点问题也不奇怪。就像小冲,睡觉那么晚,身体很容易出点小毛病,你说是不是?"

苏亚低着头,不说是,也不说不是。婆婆见状,不再说话。

周冲很晚才回来,浑身酒气。两人有隙后,周冲就养成了抽烟喝酒的习惯,并且有愈演愈烈的苗头。

04

陈瑾在开车,儿子打来电话:"妈妈,你什么时候回来?"陈瑾满脸洋溢着幸福的笑容:"乖,妈妈在回家的路上,一会儿就到了。"陈瑾对着电话亲了一下,收线。

张阳在家里给儿子当马骑。儿子穿着一件大红斗篷,英姿飒爽地骑在老爸背上,手里挥着羽毛球拍:"驾,驾,爸爸,你跑快一点,快一点,敌人在后面,跑慢了会被他们追上。"张阳跪在地上,膝盖上绑着两个"跪的容易",爬得满头大汗。儿子猛拍爸爸的屁股:"爸爸,快一点。"

陈瑾进门,儿子一眼就看到她,从爸爸身上跳起来,要往陈瑾怀里扑。张阳没有防备,被儿子推开,一脚蹬在头上,他"哎哟"一声捂住脑袋。陈瑾母亲闻讯赶过来:"怎么了?受伤了吗?"张阳连忙摆手:"妈,没事。"

把丈夫当做一种无色无味看不见摸不着的气体,陈瑾不看张阳一眼,一把抱起儿子,在儿子肉乎乎的脸上啄了一口:"乖宝宝。告诉妈妈,今天都干什么了?"儿子奶声奶气地给她讲述一天的活动。母亲埋怨陈瑾:"你是怎么回事,没听见张阳喊哎哟吗?"

陈瑾话里有话地说："儿子是我的，永远都是。老公嘛，说不是就不是。"母亲拍了她一巴掌："乱说什么呢？都三十多岁的人了，怎么还是信口雌黄。饭可以乱吃，话可不能乱说。"

陈瑾不理会母亲的话，陪儿子一起骑自行车。只有儿子，才是她的精神支柱，只有儿子，才能使她忘记屈辱，暂时地麻痹自己。否则，这个家还有什么意思？一具空壳而已。

张阳洗完澡，边擦头发边往床上坐。陈瑾把他拽起来："我说过多少次了，在卫生间把水擦干了再出来，你没看见吗，水滴得到处都是。"张阳低头一看，果真是满地的水渍。他无奈地起来，回到卫生间擦拭。

张阳看着陈瑾护理皮肤，思忖了片刻，想起个话题："你们最近案子是不是很多？你好像很疲倦的样子。"陈瑾继续无视他，懊恼地研究自己新近登科的鱼尾纹。张阳接着说："有时间的话，去美容院做做卵巢护理，女人到了中年，保健很重要。"

陈瑾屁股上装着发射器"嗖"一下弹起来："我护理卵巢干什么呢？我用得着吗？你还是让你那些莺莺燕燕去护理吧，她们夜夜笙歌才需要护理，免得未老先衰。"她转过身怒视着张阳，"我告诉你，定期去做体检，家里人多，你不要把细菌带回来，你壮烈了不要紧，别拉着一家人给你垫背。"

张阳伸出手求饶："好，好，你当我什么都没说。睡了。"伸手关灯。陈瑾余怒未消："关灯干什么？我还要看书呢！"

"啪"一声再把灯打开。

"砰砰砰"的敲门声，儿子的声音一并响起："妈妈，开门。"母亲似乎在拉儿子："乖，妈妈已经睡了，明天还要上班，铮铮跟外婆睡好不好？"儿子不依，仍旧拍门："不嘛不嘛，我就要跟妈妈睡。"

陈瑾正准备去开门，张阳却抢先一步下床。儿子抱着玩具光着屁股冲进来，晃着小短腿使劲往床上爬。陈瑾把他抱到自己身边："好，乖儿子，跟妈妈一起睡。"侧过脸对张阳说，"你去别的房间睡吧。"儿子却拉住爸爸的手："不，我要跟爸爸妈妈一起睡。"儿子的要求就是宪法，陈瑾必须遵守。

儿子幸福地睡在父母中间，一手拉着张阳，一手晃着陈瑾："妈妈。你给我讲个故事。"陈瑾努力驱散弥漫在空气中的硝烟，给儿子盖好被子："想听什么呢？变形金刚好不好？"儿子在陈瑾的故事中渐渐睡去。陈瑾小声对张阳说："你去别的房间，我怕挤到儿子。"

张阳开门出去。

陈瑾的眼泪扑簌簌地往下落。她并不想做恶妇。每一个恶妇，都是在男人这座大熔炉里锻造出来的。每当想到张阳在其他女人身上翻滚痴迷，尽享欢愉，她的心就一阵阵抽搐，连带着手脚不自觉地颤动，恨不得千刀万剐了他。张阳也很识趣，无论她是出言不逊，还是态度蛮横，他都坚定地奉行着"你进我退，你骂我躲，打不还手，骂不还口，你打左脸，我伸右脸"的方针政策，绝不跟她正面交锋。所以，他们也从未爆发真正意义上的战争，陈瑾伸出的拳头，一次次打在张阳用棉花筑成的防御工事上，销声匿迹。陈瑾的悲愤，只能在夜里付诸泪水，期待泪水卷走所有的苦痛和伤悲。

不是没想过离婚，也跟张阳提过。张阳却不同意："为什么要离婚？我们有幸福的家，可爱的儿子，除了那方面，别的都可以说是尽善尽美。可是，世上没有十全十美。我们是最有感情基础的原配。不是有首歌，叫《一起吃苦的幸福》吗？我们做了那么多年的贫贱夫妻，好不容易才熬到今天的柳暗花明，为什么要去破坏？再说了，我们离婚，儿子归谁？跟我，你不同意，跟你，那不是剜了我的心头肉吗？你忍心让儿子再有个后妈或是后爸，再给他生个小弟弟或是小妹妹分担他的父爱母爱？"陈瑾哑火，这话点到了陈瑾的心窝，她最不能容忍的就是儿子受苦，她最不想见到的，就是儿子不幸福。

断了离婚的念头，折磨却不会减少一丝一毫。张阳在偷欢的道路上大踏步行进，陈瑾在痛苦中熬过一年又一年。

张阳在跟陈瑾裸婚之后，很多年都坚定地充当着低收入阶层的中流砥柱。两个人的收入不仅要应付日常开支，还要支援张阳父母。生活很拮据，常常捉襟见肘，陈瑾的美好青春就在一片凄惶和潦落之中度过。张阳父亲身体不好，大病小病不断，因此他们每年要给医院的财政收入做出不小的贡献，同时也使得家庭存款始终保持在五位数之下。

两人从结婚开始就在跟一个顽症作着殊死斗争——夫妻生活。张阳的偶像是彭丹利智，而陈瑾则是非常正宗地道的纯平显示器。张阳对着电脑上的惊涛骇浪做单人活塞运动的频率要远远大于二人的实际作业。夏天里姑娘们穿得都很清凉，张阳不顾走在旁边的陈瑾，对着一个个妖娆的身体大饱眼福。张阳还会对着陈瑾盛赞某某女人火辣的身材，长长的口水蠢蠢欲动，飞溅的唾液像一柄柄的尖刀，扎得陈瑾的心血肉模糊。

渐渐地，陈瑾对此事有了恐慌，每次不是用手遮掩，就是穿着厚厚的衣服。她像一个观众，时时关注的都是男主角的满意度，自己则永远无法沉醉其中，绚丽旖旎都在别人家的院落，自己家则是枯木永难逢春。

张阳很快对陈瑾的身体失去了兴趣。两人的家庭作业，周期越来越长。从短跑，中长跑，变成了马拉松。原本就意兴阑珊的陈瑾有种如释重负的心情，仿佛被判无期徒刑的囚徒终于获得大赦，重新见到高墙外的阳光。

有一次，陈瑾夜宿结婚已经有些年头的表姐家，无意中看到表姐家囤积的如同粮草库一般充足的避孕工具，不好意思地问："你们……需要这么大的供应量？"表姐若无其事地说："总不能到关键时刻临阵退缩去买作案工具吧？"陈瑾更加惆怅。"你们难道不是吗？"在表姐的逼问下，陈瑾无奈地叙述了自己的婚姻生活。表姐惊诧地叫道："你们结婚才多久啊，怎么就坐上无性婚姻的大篷车了？"

这趟大篷车不是短线旅游，而是没有终点的环球旅行。

第二章
你方唱罢我登场

是背叛老妈归顺老婆，还是牺牲老婆讨好老妈，是每个已婚男人过去、现在以及将来都不得不面临的选择，等他跟某个女人把爱做成深情厚谊之时，就是我退出历史舞台之日。

01

婆婆坐在客厅择菜，苏亚在厨房和面。周冲今天出差回来，周冲妈想给他包顿饺子。苏亚买了茴香，准备做周冲喜欢吃的茴香馅饺子。婆婆却拎捆芹菜回家，把苏亚已经切好的一盆茴香一股脑儿倒进了垃圾桶："茴香味多怪，小冲喜欢吃芹菜的。"茴香并不好买，苏亚找了很多菜场超市，花了大半天时间才买到。看着那些蜷曲在垃圾桶里的茴香，苏亚气不打一处来。婆婆不问青红皂白地独断专行，日日盘旋在家庭上空。芹菜馅，恐怕还是周冲撒尿和泥时的最爱，婆婆对周冲的某些记忆，还停留在他上大学之前。周冲说过，他上大学时曾经因为吃了不新鲜的芹菜馅饺子，上吐下泻好几天，从此就对它产生了肌体免疫。

婆婆并不知道此典故，处理掉了可怜的茴香，按照她的规划包了很多芹菜馅饺子。周冲果真不吃。周冲妈夹给他的饺子，被他原封不动转移给了苏亚。婆婆不满地问苏亚："是你不让他吃？"苏亚满肚子都是火："妈，你说话总得讲道理，他回家就上了饭桌，你听见我跟他说这话了吗？"

"那他怎么不吃？他小时候最喜欢吃芹菜馅饺子了。"

"那都是哪年的老皇历了，他早就不吃芹菜馅了。我要包茴香，你偏不让。"苏亚没好气地说。

周冲赶忙打圆场："好了好了，明天再包茴香的。妈，我大二时吃芹菜馅的饺子坏了肚子，以后就不再吃，我没告诉你，所以你不知道。妈，你们吃吧，来，我给你夹一个。"周冲妈被饺子堵住了嘴。

晚饭周冲基本粒米未进，苏亚给他煮了碗面，等他吃完，进了厨房洗碗擦地板。周冲开始给父母展示他买给他们的礼物，二老喜不自胜笑逐颜开。

同事的孩子明天办满月酒，邀请苏亚和周冲出席。同事比她晚一年结婚，现在孩子都满月了，苏亚心里很不是滋味。

公婆带着满足回房睡觉。周冲偷偷摸摸关上门，把手背在身后，笑呵呵地问："你猜，我给你买了什么？"苏亚没什么兴趣，懒洋洋地问："什么呀？衣服？"

"不对，再猜。"

"哎呀，我不想猜了，你拿出来吧。"

"噔噔噔噔。"周冲边伴奏便神秘地拿出个纸袋，"看看。"

苏亚打开一看，一套豹纹内衣裤，不大点布料，可覆盖率几乎可以忽略不计，随即合上："你从哪淘来的这种东东？"周冲厚颜无耻地凑近她："来，赶快换上。"苏亚穿好，在镜子面前左扭右扭，的确火辣，颇有些《男人装》封面女郎的味道。

周冲迫不及待，却又猛然停顿。苏亚不用睁眼就知道，他再一次兵败如山倒。翻个身趴在床上，不想看他。周冲气馁地一把扯掉衬衣，只听"嘶啦"一声，衬衣裂成两片。他一拳捶在床上，苏亚感觉床板给她一个向上的弹力。周冲躺下。苏亚幽幽地问："我们买房子吧，分开住可能会好一点。"

"你当我不想吗？现在附近的房价3万多，我们不吃不喝一年也买不起五平米。"

"我们买个小点的嘛。五十平米就行。"

"五十平米首付也要五十万，我们哪里有，去抢吗？"

"我是真不想跟你爸妈住一起了，要不，我们租房子吧。"

"租房子？房租一个月好几千，交了房租，我们就离自己的房子越来越远了。"

苏亚背对着周冲，眼泪在心底哗哗流淌。忽然想起满月酒的事，打起精神问周冲："明天刘威葳儿子满月，请我们去吃席，你跟我一起去吧。"

周冲声音充满失落："你自己去吧，我没心情。"苏亚不想逼他，本想问问他差旅生涯，也就此打住。

满月酒办得很隆重，高朋满座。苏亚看到了刘威葳襁褓中的儿子，心里很羡慕。刘威葳体态臃肿，不施粉黛，喜气洋洋招呼来客. 刘威葳的腰好像挂了五六个米其林，她全然不顾，除了接待客人，全部的目光都聚拢在孩子身上。

苏亚想起没结婚时的刘威葳，院里的一枝花，长胖一斤都会大呼小叫，坚定的素食主义者，每周雷打不动地美容健身，只为了保持身材的苗条皮肤的水润。当了妈妈的刘威葳，仿佛灵魂出窍似的大变活人。

今天，苏亚特别不想回家，非常不想。她吞吞吐吐地问坐在旁边的陈瑾："张阳……今天在家吗？"陈瑾抱着小宝宝一个劲地亲，顾不上回答，她眼巴巴地盯着陈瑾，陈瑾这才挪动身体，给她留个侧脸："他上周就去德国了，下周才回来，怎么了？"

"我能去你家住吗？"

"啊？你们又怎么了？"

"你先说能不能嘛。"

"好，行。不过，你先跟你婆婆打个报告，等太后准假，不要自做主张。"

苏亚给周冲打电话："我今天住陈瑾家，不回去了，你跟你妈说一声。"周冲闷声说道："知道了。"立刻挂了电话。周冲妈目光投向他："谁的电话？"

"亚亚的。她今天住同事家，不回来了。"

周冲妈一脸不悦："同事家？男的女的？"

周冲不耐烦地说："你说是男的还是女的？"

周冲爸说："别煽风点火的，唯恐天下不乱。"周冲妈瞪他一眼："什么叫煽风点火？结婚这么多年都不肯生个孩子，谁知道她有什么企图？小冲，你可要注意小亚的动向，别她外面有了什么人，你是最后一个知道的。"周冲蹙着眉头："妈，你别乱想了行不行？哪里有你想的那些事情？"

"那……是不是小亚的身体有问题？哎，你抽空带小亚去趟医院，好好检查一下。我跟你爸，可是盼星星盼月亮地等孙子呢。"周冲爸在旁边帮腔："是啊是啊，早发现问题早治疗。"

周冲回卧室穿衣服。周冲妈喊："这么晚了，你去哪儿？"

"我有点事。"

周冲妈很不满："我们很碍你们事吗？一个不回来，一个又要出去。"

周冲坐进汽车，掏出手机打电话："大熊，有时间没？出来喝酒。"电话那头的那位一脸不信："真的假的？你这殖民地不是要陪着美娇娘吗，怎么有时间约我喝酒？"

"哪里那么多废话，你就说出来不出来吧。"

"好，好。说吧，去哪里？"

"森林酒吧。你跟你老婆汇报一下，我可不想破坏你们家庭的和谐。"

"她回她妈家了，你也赶得巧，我今天正好自由身。等着，一会儿就到。"

周冲进了酒吧，大熊还没到。找个角落坐下，要了杯啤酒，一口气喝完。夜色很好，谈恋爱的时候，有很多个这样的夜晚，他都和苏亚游迹在城市的街头。

大熊看到他，坐了过来："怎么回事？几个世纪之后终于想起了哥们我？和苏领导吵架了？"

"你更年期吗？这么唠叨！喝什么？我请客。"

"那敢情好。四瓶科罗娜。"他朝服务生挥挥手。啤酒送到，大熊喝了几口，脑袋凑到周冲面前："说吧，出什么事了？你这种重色轻友的人，没事早把我忘到美利坚了。"

周冲转着啤酒瓶："是有点事。"他心里盘算着措辞，怎样说才不会被大熊开涮。这么没面子的事情，一张口就容易落下终身被耻笑的话柄。他抬头："你先发誓，不许告诉任何人，不许讽刺我挖苦我。"

大熊惊诧："什么事啊？这么严肃？"

"快点，发誓。"

"好吧。"大熊举起两根手指向天："我大熊发誓，今天听到的，一出这个门，就全部忘掉，若以后再次提起，或是传播给别人，我就每天被老婆罚跪键盘，吃饭被米粒噎，泡妞被妞甩，私房钱被老婆全部没收。这么说，可以吗？"

"好了好了。"周冲一把拽下大熊高扬在半空的胳膊，闪烁其词对其说了个大概。大熊果然相当震惊："什么？不会吧？"拍拍他的肚子："周冲，你可是拥有八块腹肌的人，怎么也会……"

周冲被大熊的高分贝震慑，急忙四下窥探，看是否有人听到。幸运的是，酒客们各有各的心事，并无人注意到他们的交谈。周冲回头对大熊做了个保持安静的手势，大熊意会，压低了声音："你有没有去看医生？"

"没有，这么丢人的事情我才不想去做。"

"那苏亚是怎么说的？"

"她倒什么都没说。"

"这个问题，你得早点解决，女人三十如狼四十如虎，苏亚快三十了吧，你可要当心后院起火。哎，你是只对着苏亚那什么，还是对所有的女人都没兴趣？"周冲推他一把："我怎么知道？我又没试过别的女人。"

大熊垂头丧气地说："我还希望有个你那样的老婆呢。我老婆整个就一刘胡兰，别的女人在床上是享受，她则是受刑。紧闭双眼，咬紧牙关，一声不响。一副强忍着悲痛供我发泄的样子，还要不停地问'完事没有？完事没有？'对着这么一号女人，满腔的欲望无处为家。"

周冲"扑哧"一笑："没想到，你这也是一部苦难史。你结婚前就没发现？"

"我靠，我结婚前就他妈什么都没干。"大熊一肚子委屈，"那时候还想，洁身自爱的女孩子，如今是比华南虎都稀罕了，心里还偷着乐。没想到，居然他妈的遇上个性冷淡，炒股炒成股东，泡妞泡成老公，炒房炒成房东，我就是三大惨之一。我现在才知道，老婆不是工艺品，最重要的不是观赏性，而是实用性。"

大熊述说着自己的不如意，突然话锋一转，问了句："要不，你换个女人试试？"

"你思维也太跳跃了，不是说你自己，怎么忽然又跳到我？"

"今天是你的诉苦大会，你是主角。我不能喧宾夺主，先说你。天下牡丹那么多，何必单恋一枝花？苏亚是不错，漂亮、性感。可是，顿顿大鱼大肉，也想吃点青菜萝卜，是不是？人的口味没有那么单一，尝遍天下美食，阅遍天下女人，是每个男人的梦想。你可别跟我装纯，哥们才不信你是情圣。"

周冲不接话，继续灌着酒精。

02

苏亚和陈瑾等铮铮睡着，坐在餐桌前吃夜宵。苏亚问："张阳不回家的次数多吗？"

"不多，他没有固定的情人，只有炮友。"

"炮友？这词语从你嘴里出来真是惊悚。两个法官谈论这种问题，还有一个说到炮友，算不算也是一桩新闻？"

"新闻？要是这都算新闻，那些记者腿要跑断腰要累成折叠图形了，这世上，只有没听说过没见过的，就没有不存在的。那些隐藏在浮华背后，纸醉金迷里的丑恶，我们只是看不到罢了，要是看到，根本就不用吃减肥药，可以彻底得厌食症了。"

"唉，也是，就像这豪宅，我要不是认识你，怎么有机会参观呢，只能在网上找几张图片流流口水罢了。"

"豪宅有什么用？没钱的时候，都以为有了钱就能万事如意，等到有了钱，才发现有钱并不一定能导致烦恼的减少。钱这东西，不能少，也不能太多，有钱男人的生活，注定不可波澜不惊，总有那么一些原子分子跳出来打破平静。"

苏亚咬着勺子笑："生活真是能把人变成哲学家。"

"我这叫苦中作乐，聊以平衡，不然怎么办？是当怨妇，还是直接抹脖子了断？"

苏亚托着腮："你比我强多了，二人世界总共才过了几个月。公婆就屁颠颠过来了，婆婆每天端着主人翁的架子，大大小小的事情都要听她摆布，想换个窗帘她都不同意。我想买个木质沙发，可她说坐着腰疼，非要买皮的。什么话都插不上，什么主都做不了，行使不了一丁点的权力。婆婆的口头禅是——你要知足……只要她说这四个字，下文绝对是说房子，我都有化学反应了，胃里立刻翻江倒海。"

"她是不是对你没生孩子有意见？"

"有，意见大了。问题是，她以为是我不愿意生，或是我身体有毛病。我婆婆也是大学毕业，远远超出他们那个年纪的一般知识水平了吧？可她压根就没往她儿子那联想，坚定地认为症结都在我身上。你说气人不气人？"

"这是正常的。婆婆嘛。从心底里认为儿媳妇是外人，儿子才是自己家人。哪有亲疏不亲近的道理？肯定是把责任推到外人身上。"

"我现在才算体会到，为什么说婚姻是爱情的坟墓。恋爱的甜蜜就是骗女人进入坟墓的迷幻药。"

"你得让周冲去检查一下，这又不是什么大病，吃点药痊愈起来很快的。"

"我说啦，怎么没说？一说他就吹胡子瞪眼。他是怕难为情，大男子主义严重，只顾着自私，牺牲了我的性福。"

"你家周冲像是有大男子主义的人吗？他家分明是女权当道。"

"嗯，所以他把自尊自爱全面发扬在这一方面。"

"没准他哪天突然灵光一现的一次，你就怀孕了。我就是这样的，那些年唯一的一次，我怀了铮铮，够意外吧？要是买彩票有这手气，我就每期都买。"

"真的啊？这也是运气，铮铮多可爱啊。我怕是没你这福气。"

"唉，儿子是我活在人世上唯一的精神寄托了。"

"张阳会跟你离婚吗？"

"谁知道呢，情义千斤，抵不过胸脯四两。等他跟某个女人把爱做成深情厚谊之时，就是我退出历史舞台之日。但是我不想离婚，我必须保证给铮铮一个完整的家，免得他留下什么心理阴影。所以，我劝你，别小看性，良好的性关系，在婚姻关系里太重要了。俗话说床头吵架床尾合，身体磨合好了感情也会更好，从身体拉近心的距离。身体远了，心也会自然而然地远离。男人都是下半身思考的动物，下半身的快感主宰着他们大脑的思维和动向。"

03

周冲又要出差，苏亚给他收拾行李。婆婆递过来胃药和感冒药，嘱咐周冲带好。

苏亚依偎在周冲怀里依依不舍："你这次出差，怎么需要那么久啊，一个多月呢，以前从来没有这么长周期。"周冲抚摸着苏亚的头发："没办法，新的市场，连人员配置都不齐全，我去了既要招兵买马，还要迅速拓展业务，不过，可以多赚很多钱，出差补贴也很高，你不是想买房吗？自古都是苦钱苦钱，不辛苦怎么会有钱呢？更何况只是一个月而已，很快就过去了，乖啊。"苏亚拉着周冲的胳膊不放手："一个月，我可怎么办,每天都要面对你妈那张扑克牌一样的脸,简直是生不如死。"

周冲揉揉她的脸蛋:"没那么恐怖吧?虽说我妈难相处了点,但总不会是梅超风,不用那么战战兢兢,该干什么就干什么,吃完饭就进屋,要不就说加班,吃完了再回来。好吗?乖乖地等我回来。"

苏亚扎进周冲怀里,久久不愿分开。

周冲走后,苏亚每天心不在焉地工作,"加班"成了家常便饭,总要拖到很晚才不得不回到那个渣滓洞一般的家。每次到家,婆婆饱含韵味的眼神总要在她身上逗留很久,还会借故到她房间里坐上一会,探测一下她的表情和举止。苏亚只能装作若无其事,装出"日理万机"之后的困倦,以便缩短与婆婆的寒暄。

陈瑾见苏亚整天闷闷不乐,问她出了什么事。苏亚告诉陈瑾周冲出差,婆婆每天看犯人一样盯着她,简直让她度日如年。陈瑾忍俊不禁:"你婆婆真不愧是税务战线上的老员工,职业精神可嘉。你去打听一下,有没有单位返聘老干部的,你婆婆或许能够竞争上岗。"

"唉,我也希望她能再去工作,最好上夜班,那样我回家可以不用跟她打照面。"

"哟,什么想法?支走你婆婆,你老公又不在家,只有你跟你公公,你觉得方便吗?这下不止是你婆婆有疑心,连你老公都会倒戈了。"

"也是。"苏亚自知失言,哑然失笑,而后又晃着陈瑾的胳膊:"张阳什么时候不在家?我想去你家住。"

"下周,他去法国谈合同,半个月。"

"太好了,他一走我就过去住。"

"行,我给你办张房卡,VIP的,七五折。"

苏亚可怜巴巴地看着她:"便宜点,五折行吗?"

两人一起捧腹大笑。

苏亚每晚都跟周冲视频通话,这是她唯一的安慰。周冲声音充满倦意,嘶哑干涩,脖子细长,活像发育不良的豆芽菜。苏亚很心疼,不想再把自己的烦恼说给他听。

两人的日报刚刚结束,婆婆就敲门进来,苏亚赶快从床上坐起:"妈,什么事?"

"小亚,我们明天去下医院吧。"

苏亚没反应过来:"啊?去医院干什么?"

"我想带你去检查一下。"

"我?"苏亚以为自己听觉出了问题。婆婆重复了一遍,苏亚呆住:"妈,你什么意思啊?"

"我都跟你说过很多次,你不肯去,只好我亲自带你去。"

苏亚仿佛看见自己五花大绑被押赴菜市口的场面。

"你不说话我就当你默认了,明天早点起床。"

苏亚给周冲打电话,这次不能不说,否则她会郁闷致死。电话响了很久周冲才接:"喂,喂。"那头一阵阵狼嚎传来,吼得撕心裂肺。周冲对着电话喊:"你等一下,我出去接,这里太吵了。"找个稍微安静的地方站好,"亚亚,这么晚了你怎么还不睡觉?"

"我……你干什么呢?那么吵。"

"我陪客户呢,有个很大的单子,拿下来的话,我可以有八万的提成,要是有几个这样的客户,我们很快就能买房子了。你说好不好?"周冲疲倦里夹杂着几分欣喜。

十一点多,周冲还在为房子的只砖片瓦奋斗不息,苏亚不想再给他添堵,叮咛几句放下电话。心里却暗自垂泪,人为刀俎我为鱼肉,人在屋檐下不得不低头,等我有了自己的房子,再也不用受这窝囊气。

苏亚被婆婆押解去了医院。检查结果表明,她一切正常。婆婆很不解,不断地问医生:"什么都正常,为什么一直不怀孕呢?"医生白了她一眼:"我看你也不像是文盲。怀孕是两个人的事情你不知道吗?怎么问这么幼稚的问题!"

苏亚心里的大石头终于落地,虽说这检查让她心不甘情不愿,可是检查结果能让婆婆闭嘴,也算是件歪打正着的好事,从此可以不必再听婆婆的聒噪,也好给耳朵留下一方清净的土壤。婆婆的脸色,却像是白里透着红,红里透着黑,紫不溜啾,蓝哇哇的。苏亚的心情很雀跃,婆婆却是郁郁寡欢。苏亚懒得揣摩婆婆的心思,照常日出而落,日末而息。

过了几日,苏亚下班回家,发现他们的房间有被翻动的痕迹,很多物品都偏移了日常的坐标。苏亚一脸不悦地问婆婆:"妈,你进过我们房间了?"婆婆拉着长白山的脸,山雨欲来风满楼,苏亚感到气氛相当压抑。果然,婆婆拿出一板使用了一半的妈富隆,高举在手里不断挥动,活像一个挥舞着党旗的女战士:"这个,你一直在吃?"苏亚看了看握在婆婆手里的"物证"——源自几年前,藏身之处她都已经记不清,却被婆婆不知从哪个神秘之处翻腾出来。婆婆很厉害,有成为福尔摩斯的潜质。

苏亚很不高兴:"妈,你为什么随意翻动我的东西?"婆婆提高嗓门:"随意翻动?我要不翻怎么能知道你在吃这个?身体没有问题却一直怀不上孩子,原来你一直在避孕!你说说,你为什么不想生孩子?"

苏亚全身的血都往头顶涌:"我不想生?你怎么知道是我不想生?"

"你想生？为什么还要吃避孕药？"

"那都是几年前吃了的，我早就不需要吃它！"苏亚气愤得要发疯。

婆婆不依不饶："几年前吃的？就是说你现在不吃？不吃为什么还没孩子？"

"我懒得回答你，你去问你儿子吧！"说完，回房间，砰地把门关上，把婆婆的厉声责骂阻隔在门外。结婚以后，类似的状况已经发生过很多，婆婆总是按照她固有的思维揣测评点苏亚。苏亚本以为，自己的妥协和忍让能使婆婆将自己视为己出，回报她相应的宽容和体恤。怎奈，落花有意流水无情，所有的马屁都拍在了马腿，所有的退让都变成了心虚和理亏。苏亚真想冲出门去跟婆婆开仗，想起奔波在外的周冲，终是断了此念头。眼泪窝在眼眶里不知进退，终于滴在腿上。

苏亚拿起电话打给陈瑾："张阳走了没有？我要去你家住。"陈瑾乐了："你真是能掐会算，张阳今天早上刚走。过来吧。"苏亚收拾出一个小行李箱，拎好出门。

婆婆一脸愠怒："你干什么去？"苏亚也不回答。婆婆在后面喊："走了你就别回来！"

04

苏亚坐进汽车，眼泪在脸上缓缓流淌，她用手背擦泪，泪却流得更欢，握在方向盘上的手不听使唤一个劲颤抖。陈瑾家的保姆为苏亚开门，她拖着箱子进去，见到正陪铮铮玩闹的陈瑾妈妈，赶忙用头发遮住脸，不好意思地叫了声"阿姨"。陈瑾母亲招呼她坐下，让保姆去倒茶，朝着楼上叫："陈瑾，快下来，你朋友到了。"再微笑着对苏亚说："姑娘，你先坐，我带铮铮去洗澡。"苏亚站起来说："阿姨，麻烦您了。"

陈瑾下楼，看到苏亚的箱子，大吃一惊："怎么？你离家出走了？"苏亚讲了事情的原委，哭着说："他妈也太欺负人了。"陈瑾把纸巾递到她手里："这老太太怎么想的呀？你得告诉周冲，免得话传话传出误会。"苏亚说："周冲现在特别忙，我不想让家里的事再烦他，谁知道，他妈这么得寸进尺，把什么责任都推到我头上。"

陈瑾拍拍她："好了好了，你先住在这，等周冲回来再解决，免得再跟他们发生正面冲突。"

周冲已经睡着，手机突然蜂鸣，他从被子里伸出一只手，摸索了半天才抓到电话，看了下屏幕，含糊地说了句："亚亚，这么晚了，怎么还没睡。"周冲妈在电话那头河东狮吼："你老婆离家出走了，你管不管？这大半夜的，她拖着行李箱走了，她是不是在外边别的男人，你一直蒙在鼓里？"周冲猛然惊醒，从被窝里钻了出来；"妈，你慢点说，怎么回事？"

周冲妈一通添油加醋。

周冲挂掉妈妈的电话,再拨给苏亚:"亚亚,怎么回事?你去哪了?"苏亚哽咽着断断续续讲完事情的经过,周冲连忙安慰她:"亚亚,对不起,让你受委屈了。你先在陈瑾家住着,等我回去再接你。"

苏亚抱着靠枕对陈瑾说:"我想好了,我要租房子住,绝对不跟他们再生活在一起。否则,我没老死,都会被气死,他妈到时候可高兴了,再娶个媳妇反倒遂了她的心意。"

"你婆婆是不是结婚前就看你不顺眼?"

苏亚两眼空洞地晃着脑袋:"我不知道,周冲没说过,结婚前我只去过他们家一次,还觉得他爸妈特别和蔼可亲,谁知道居然是这个样子。真是年幼无知,两眼一抹黑地上了花轿,一失足成千古恨。"

"行了,先去洗澡,你看你的脸,像个大花猫。"

苏亚洗完澡,陈瑾正对着镜子满脸运作,一层一层往上加厚。她头也不回,对着镜子里的苏亚说:"快,过来,试试我上星期买的新产品。"苏亚凑过去,看到一大堆瓶瓶罐罐,每个瓶子都发出幽光,显示出昂贵的出身。苏亚问:"这是什么牌子啊?"陈瑾打圈按摩脸部皮肤:"sisley。"苏亚问:"多少钱?"

"这些加起来两万多。"

"两万多?天哪!"苏亚睁大眼睛,"这么贵,我几年都用不了两万多的护肤品,有钱真是好,有钱能使磨推鬼。"

"给你,赶快用用试试。"

"好吧,那我不客气了,你不会舍不得吧,哈哈。"

"舍不得?我连老公都变成了公摊,怎么会舍不得给你用点护肤品?"

苏亚忽然不知道该说什么,只能跟着陈瑾一起安慰自己的脸。陈瑾回过头,认真地对她说:"你知道吧,我刚结婚的时候,用的只是百雀羚,就连那百雀羚,都不舍得多抹,省了又省,那么小一瓶,我能用大半年。总想省下钱来能让张阳爸妈生活得宽裕一点。可现在,我就喜欢花钱,只有花钱的时候,才会有满足感和成就感,才会觉得人生除了孩子之外,还有那么一点点希望和乐趣。"

苏亚叹了口气:"你还能花钱找乐趣,我就什么乐趣都没有,买房子无望,孩子生不了,简直是生无可恋。"

"话不能这么说。没孩子,是不幸,也是大幸。起码,没有孩子离婚的时候就少了很多牵挂。我要是没有铮铮,早就离婚了,有了孩子,总得为他的幸福考虑。不能只顾及自己的想法和感受。哎,你就没想过离婚吗?"

"离婚?我没想过,至少现在没想过。我总觉得,我们还没有到离婚的地步。"

"我劝你,早点做打算。现在你还年轻,离了也好另谋出路。等到过了三十,女人就成了滞销货，大甩卖都不见得有人肯接盘。"

"不会吧，有那么惨吗？"

"你办过的离婚案子不少了吧？还用怀疑吗？那些中年成功男人，哪个不是前脚拿到离婚判决后脚就再当新郎，娶了年纪轻轻的美娇娘，可是中年女人，有几个还能找到跟原配差不多条件的男人？"

苏亚默不作声。

陈瑾叹了口气，说："有时候想想，女人真是很可怜，造物主真是不公平，给女人留下一道处女膜约束女人的行为。男人们没有处男膜，所以他们尽可以在结婚前花天酒地，然后高声呐喊'非处女不娶'。幸亏现在时代进步，没有什么守宫砂，否则女人真的会叫天天不应，叫地地不灵。很多女人把那层膜留到了洞房花烛夜，到结婚后才发现丈夫生理有问题。婚都结了，又能怎么办？有几个女人会因为这样的原因一结婚就马上离婚？还不是长夜漫漫，无心睡眠？还不是要自己吞黄连？这种事情，连倾诉都是奢侈。所以呀，婚前性行为是非常必要的，婚前尝试过，知道双方是否合拍，要远远好过结婚后再离婚。"

苏亚仰面躺在床上："这种事情，真是变幻莫测，以前没问题，不代表以后就没问题。以前有问题，也不代表以后就没办法正常。我和周冲，没结婚的时候多么合拍啊，可是现在，还不是空怅惘，叹哀伤。唉，想起来就是一把辛酸泪。人生啊，真不知道还有多少未知的挫折在前方等着我们。"

"现实是残酷的，但又是不得不面对的，要是回到十几年前，我一定找个要什么有什么的男人，绝不会枉费青春，做什么贤妻。唉。贤妻的另类注解就是贤欺。"陈瑾眼圈一红，"你是没体会过跟别的女人分享同一个男人的感受。他身上，时常带着别人的味道，那些味道就像毒药，熏得我透不过气。可是对着我妈和铮铮，我还得强颜欢笑，真不知道这样的日子，熬到哪天算是尽头。"

05

周冲出差回家，小心翼翼地问他妈："妈，你为什么逼着亚亚去做检查？"他妈火焰在胸中熊熊燃烧："我怎么回事？我倒想问问你是怎么回事？居然问我这种问题？娶了媳妇忘了娘，老话真是没错。你怎么不问问你老婆为什么这么多天夜不归宿，反倒来质问我？我辛辛苦苦把你养这么大，供你读书给你买房，到头来你就这么对待我？"

周冲梗着脖子说："妈，那房子不是给我买的，我和亚亚，只不过在这借住罢了。"

"借住？你们掏钱了吗？这房子一百多万，装修家电二十多万，你们掏过一分钱没有？你们住了三年多，交过房租没有？水电煤气吃饭，你们出过钱吗？我这带薪老保姆的人工费，你们支付过没有？"周冲理亏，一句话说不上来。的确，家里的开销都是父母负担，他和苏亚只是偶尔买一些生活用品。

周冲妈难过地流下眼泪："我让小亚去检查，还不是担心她身体有什么问题？这房子，没写你们的名字小亚不乐意是吗？这话要是从小亚嘴里说出来，我还能理解。可是，你这么说就太伤妈妈的心了。"

周冲爸也怒气冲冲："小冲，这次是你不对，你怎么能跟你妈这样讲话？"周冲爸第一次脱离了跟儿子结成多年的同盟，坚定地站在了老婆一方。

周冲势单力薄，气焰顿时缩水了几分，没有了据理力争的勇气。他直接开车到苏亚单位，等待苏亚下班。若在往常，如此长的分别，苏亚一定会对周冲望眼欲穿。可是这次，她在办公室注视了车里的周冲很久，才慢吞吞下楼。两人找了个幽静的餐馆，对着一桌子菜肴，谁都不怎么动筷。

周冲鼓起勇气说："亚亚，回家吧。"

苏亚一动不动："我不，我要租房子住。"周冲好言相劝："亚亚，坚持一下，等我们凑够钱，就买房。"

"算了吧，我怕还没等到凑够钱的那天，我就已经被你妈气得一命呜呼。"周冲无奈地看着苏亚，缓缓地说："亚亚，求你，看在我的面子上回去吧。"苏亚革命立场非常坚定："周冲，我是看在你的面子上，才忍你妈那么多年，现在我已经是忍无可忍，无需再忍。再忍下去，我都快成忍者神龟了。"

"我知道你很难，可是现在条件不具备，租房子很花钱的。"

"花钱，花钱，你就知道花钱，是钱重要，还是命重要？有再多的钱，也得先留着命才有机会花。"

周冲不声不响地吃饭，思考了很久说了句："好吧，我回去跟我爸妈商量一下。你先住在陈瑾家。"苏亚真想抄起桌上的碗砸向他的天灵盖。中华民族的传统美德是孝顺，可是先辈们没有留下另一条经验——孝顺的儿子，很可能是个窝囊的老公。孝和顺都贡献给了父母，委屈和怠慢只能留给老婆。

苏亚扔掉筷子："你慢慢吃吧。"起身出了餐馆。她去意已决，租房的愿望坚如磐石。步行往陈瑾家走，在路过的十几个房屋中介，留下了联系电话以及租赁要求，急切地告诉对方，有了合适的房子务必尽快通知。

陈瑾把苏亚迎进屋里，递上杯热奶："怎么样？谈判的结果如何？"

苏亚悻悻地说："他说要回家跟他爸妈商量。"陈瑾叹口气："意料之中。周冲就像个没断奶的孩子，事事都要听命于父母。你知道现在有个新鲜名词是什么吗？叫奶嘴男，意思就是虽然年龄成熟，但心智还处在哺乳期，仍然要处处依赖父母。你家周冲，可能就是这种。"

"这次我绝不妥协，我已经找了房屋中介，找到房子就搬家，我再也不想这么委屈下去。"

一周过后，苏亚终于觅得一处离周冲公司和自己单位都不算遥远的房子，心情却没有半点明媚。直接与公婆顶撞，还是委婉地说明自己的决定？这是个问题。周冲是何表示，她也没有把握。不能树敌太多，这是她浅薄的人生常识。必须先收服周冲，才能同仇敌忾，这是每个聪明人的选择——苏亚如是想。吃块巧克力润酥喉咙，拨通周冲的电话："老公，告诉你个好消息，我已经租好房子了，你要不要过来看看？"

周冲看到苏亚的昵称出现在手机屏幕，并伴随着一只小猫的扭动，就知道苏亚已经造反完毕。那边是老妈的责难，这边是爱妻的威逼，他终于感受到了做夹心饼干的悲惨。听着电话里苏亚甜得发腻伪装出来的平静，他举棋不定。是背叛老妈归顺老婆，还是牺牲老婆讨好老妈，这是每个已婚男人过去、现在以及将来都不得不面临的选择。周冲深知苏亚的秉性，她是个百分之八十的情况下都柔弱温顺没多少主见的人，但是，若她处于另百分之二十的范畴，那么，她所作的决定必是钢铁铸就，毫无逆转，更不必讨价还价。

原本以为结婚是件有百利而无一弊的事情，特别是老婆既美丽温柔，又风情万种，几乎符合了他对女人的全部要求。可是，一山容不得二虎，他不得不痛心疾首地承认，对于老妈和老婆的矛盾，他严重估计不足。可见，世上没有什么事情是绝对不具有反向附加值。看上去再美好的事物，都会有背光的一面。周冲在心底发了半天牢骚，却还是不得不遵从老婆的指令，赶到她找好的房子。妇女解放了，男人的地位就如自由落体一般，降到茫茫无底的黑暗，仍在继续无阻隔降落。有时候，他真是羡慕封建社会的男人，妻妾成群，夫为妻纲。

苏亚跑到楼下迎接周冲，周冲发愁该怎样跟父母交代，但是为了显示自己仍属于苏亚的领地，硬生生挤出变形的微笑。苏亚知道周冲的想法，并不要求他的笑容发自肺腑，并达到服务行业从业人员的制式标准。

苏亚在十八里外巡游一圈后，不得不再次回到原点："你准备怎么跟你爸妈说？"周冲一筹莫展："没想好。说实话我已经绞尽脑汁，也没想出个两全其美的办法。我妈的脾气你知道，她要是知道你要搬家，家里准得炸开了锅。"

苏亚听出点不妙的味道："什么？我搬家？难道你不准备跟我一起搬？"周冲低着头："嗯，我想，我还是先留在家里安抚我妈。"苏亚压住怒火。周冲慢悠悠地说："要不，你明天晚上再搬吧。我爸妈明晚去看电影，你可以趁他们不在回去，免得见面又大动干戈。"

苏亚苦笑，这哪叫回家？分明是行窃，还要挑选个月黑风高屋主外出的良辰美景天。这还真算得上是个不错的主意，苏亚只能同意。

第二天，苏亚回家，周冲已经提前把她的东西清理完毕装在箱子里。离开时，苏亚环顾了一圈居住了几年的房子，忽然有种风萧萧兮易水寒，壮士一去兮不复还的悲凉。难道这个名义上的家，自己真的要一去不返吗？今日的负气出走，来日还有回头的机会吗？思绪万千，却是开弓没有回头箭，心里打翻了五味瓶一样，怀揣着各味调料奔赴新家。

事已至此，苏亚突然感觉自己成了个被扫地出门的弃妇，完全没有想象中的成就感和舒展感。一直充盈心间的离开那个牢笼的兴奋，刹那间荡然无存。收拾好房间，她靠在周冲的肩膀，难过地问："你真的要把我一个人留在这里吗？"周冲抱住她："我回去先跟爸妈说一下，争取和平解决。你也知道家和万事兴，我真不希望你们闹到无法缓和。这次，我妈是有愧疚的，我能看得出来。"

苏亚搂住周冲，心事重重。

第三章
太平不太平

婚姻就是两个女人无休止的战争，作为儿子和丈夫双重身份的男人，只是这场战争的无辜牺牲品而已。

01

周一，忙得额头冒雪的日子。

依然是开不完的庭。

一个年轻漂亮的女人面色凝重处在原告席。苏亚忙着翻看证据，很多张不堪入目的照片，本该出现的男女主角居然是清一色的男人。主角里只有一个男人的面孔呈固定状态。

苏亚用余光扫了一下坐在另一端的"男主角"。

原告情绪激动："从结婚第一天起，我老公跟那些男人就住在同一间卧室。家里终日充斥着异味。他还经常光顾同性恋酒吧，跟各种男人鬼混。到了后来，他嫌我碍事，连家都不让我回，让我终年住在酒店。"

男主角气定神闲，慢条斯理地说："你不就是想嫁个有钱人吗？现在我满足了你的全部要求，有别墅有跑车，不用上班，还可以全世界旅游，买各种名牌。"

女人声音凄厉："你当我是尼姑吗？结婚前你还装着跟我意乱情迷，你不是挺正常的吗？怎么结了婚功能就丧失了？你跟那些男人纠缠的时候为什么就能猛虎下山？"

男人不气不恼："你得想清楚，离开我，你就什么都没有了。我所有的财产都在我爸妈名下，离婚？你以为离婚就可以捞上一笔再投奔新生活？别做梦了。我跟你结婚，无非是想找个人生个孩子，给我爸妈留下后代，免得他们不停地催我。中国什么时候要是能像荷兰一样允许同性恋结婚，我就立刻跟你离婚，再分你一部分财产。现在？甭想。"

女人缓缓坐到位子上，愤怒和无奈这两种神情在她的脸上交替出现。

苏亚宣证人出庭，是男主角的旧爱，一个肤色白皙举止阴柔的男人。

男人诉说着他跟他的悠悠往事："我跟被告以前感情很好的，他很爱我，我也很爱他，可是后来，他移情别恋，只掏了区区五万块钱就把我打发了。审判长，现在物价这么高，五万块能花多久？我的青春就值这么一点钱吗？"这个男人是来作证的，还是来索债的？苏亚连忙制止他并示意他退庭。男人的冤屈被蓦然打断，很有些愤愤不平，嘟嘟囔囔走出门去，临走时还用幽怨的眼神看了被告一眼。

回到办公室，苏亚感觉大脑缺氧，理不出头绪。今天的这桩离婚案是她接触的第一桩同性恋婚姻。以往，只是听说有同性恋为了隐蔽身份，会找个异性结婚生子。今天，她终于见到了活的范本。《正大综艺》的开场语是：不看不知道，世界真奇妙。的确，这话真是推而放诸东海而准，推而放诸西海而准，推而放诸南海而准，推而放诸北海而准。

小张急吼吼奔向 wc，排泄完毕晃晃悠悠回来，长出一口气："我的天，那个证人莫非就是传说中的小受？"

苏亚丈二和尚摸不着头脑："什么叫小受？"

小张好像看到外星人一样惊异："你连小受都不知道？你可真是原始部落的产物，小受就是同性恋里偏女性的一方，也叫0。与之相对应的呢，就叫小攻。也叫1。那个被告，看来是小攻。别说，看上去细皮嫩肉的，胃口却不小。"

苏亚"咯咯咯"笑出声来："小张，泡论坛真是长见识，你都快成百科全书了。我还是第一次听说这些名词。"

另一位同事在一边插话："真搞不懂同性恋为什么还要结婚。虽说性取向是个人的自由，可是明知道自己是同性恋，还要找不明真相的人结婚，就太不道义了。"

小张颇有深意地说："那女人也不是省油的灯。如果我所料不错，那女人会自己撤诉。"

苏亚说："不会吧？"

小张喝了一口水，慢悠悠地说："每个人对生活的要求是不一样的，有时候顾此，就会失彼。正所谓有所得就有所失，哪里有那么多两全其美的事情。每个人都在取舍之间徘徊，取一个相对重要的部分，舍弃另一个不太重要的部分，就看个人看重什么了。你看那女人，对物质的要求显然胜过生理需求，她想离婚，只不过是一时的冲动，还有失落和不平衡，真要让她离婚，她恐怕根本没有那个勇气。"

果然如小张预料的那样，一个星期后，那个漂亮女人向法院递交了撤诉申请书。苏亚心里怅然若失，她不知道这世上一息尚存的婚姻里，有多少是因为林林总总的各种原因，而不得不维持着表面的完整和平静。

02

苏亚在租来的小屋安营扎寨。周冲怯生生地跟母亲商量："妈，我想过去跟亚亚一起住，她一个人住在外面我不放心，那边房子很简陋，连防盗门都没有。万一有什么危险怎么办？"

周冲妈怒目而视："是谁让她出去住的？是我吗？是她自己！走的时候不是很有骨气吗？一副出去了就不会回来的架势。怎么？这才过了几天就受不了了，是她哀求你搬出去的吧？一个女人，动不动就离家出走，这是什么习惯？也不知道她父母从小是怎么教育她的，一点家教都没有。你就让她一个人住在外边，吃点苦，长点记性，以后才不会动不动就使脸色给我们看。我就不信了，胳膊还能扭得过大腿？我就不信了，一个小妮子还想兴风作浪？苏亚要是真有本事，就一个人在外面住一辈子，永远别回来。让你搬出去，凭什么？你结了婚也还是我儿子，哪有不跟父母住的道理？她想拉拢你一起跟我们搞对立吗？那是痴心妄想，我才不吃她那一套。你给我乖乖在家住着，哪都不许去。听到了没有？"

"可是……"周冲还想再争取一下。

"没有什么可是，也不需要什么可是。"周冲妈不想再继续就这一问题展开双边会谈，一扭身回了卧室。

周冲垂头丧气地回到卧室，像打了败仗的士兵一样给苏亚打电话："我妈不同意我搬出去。"

苏亚冷笑一声："哼，意料之中的事情。我发现，你妈根本是拿我当情敌来对待的，她怕我抢走你对她的爱。真是可笑。幸亏你爸活得好好的，否则，你这辈子都不要结婚了，跟你妈单过，你妈才能舒服，安心。"

周冲不高兴了："你怎么能这样说我妈呢？她虽然蛮横了一点，可还不至于心理不正常。"

苏亚撇撇嘴，懒得再跟他理论。现在是非常时期，她要尽量避免跟周冲的正面冲突，免得腹背受敌。

婆婆对苏亚的不满提升了几个级别，快要达到预警线。当初，她第一次见到苏亚，就觉得这姑娘外表柔顺，内心刚硬。如今，一系列的事实验证了她的预感，这小妮子果然是属桃子的，外软内硬，居然敢冒天下之大不韪搬出去住？！她今天敢出走，明天就敢离婚。周冲妈万分庆幸自己对于房子的英明抉择。让儿媳妇不高兴，总比自家碗里的肉无端落入在树下窥探的狐狸嘴里要好。几十年的人生经验果然能在关键时刻起到举足轻重的作用。

周冲妈对儿媳妇的数落与日俱增，一刻钟，半小时，一小时……

周冲跟母亲的数次交涉，次次败北。

周冲每日在两个"家"之间奔走，苏亚添置了很多的厨具，每天有滋有味地烧火做饭。周冲不得不先在"苏亚家"垫垫肚子，再装模作样赶回"母亲家"填满胃里剩余的空间。婚姻是什么？婚姻就是两个女人无休止的战争，作为儿子和丈夫双重身份的男人，只是这场战争的无辜牺牲品而已。

苏亚早上出门的时候，明明记得把门上了保险，向左绕了三圈。可是，等她回家开门时，钥匙在锁孔里绕了一圈，门就打开了。

苏亚顿时感觉头皮一阵发麻，一脚把门踢开，屋内没有人。苏亚试探着往里走了两步，还是没有人。继续疑惑着往里走，忽然看到阳台上有个人影闪过，苏亚的心陡然发战，腿有点酸软，她站在原地用高跟鞋跺出很大的声响，阳台上的人影活动起来，苏亚看清楚了，是个光头的精瘦男人。苏亚颤抖着声音对着门外说："老公，快来，家里好像有贼。"

光头男人惊慌失措地从大开的阳台窗户上翻出去，顺着排水管一直往下滑。苏亚直到听到那人落到地面发出"嗵"的一声，才迈着几乎没有知觉的双腿颤颤巍巍走向阳台。伸头一看，男人已经穿过树丛往远处跑去。

苏亚哆哆嗦嗦掏出手机，打给周冲，声音里抑制不住的惊恐："你快点过来，家里有贼。"

周冲一听，当即开始穿鞋，火急火燎地说："你先出门，找个人多的地方等我，我马上就过去。"

苏亚拖着沉重的双腿下楼，门都忘了锁，走到巷口的一个小超市门前，软绵绵地靠在门框上，再也动弹不得。

周冲一路加大油门，刚到巷口就见到了几近瘫软的苏亚，打开车门跳下车，一把将苏亚揽进怀里，紧张地问："怎么样？你没什么事吧？唉呀，小祖宗，你真是吓死我了。"边说边上上下下把苏亚仔仔细细检查了好几遍，生怕她掉了一根汗毛。

等苏亚慢慢平静，周冲拥着苏亚回家，在房间里来来回回勘察了一番，问苏亚："家里丢什么东西了吗？"

苏亚惊魂未定，里里外外搜寻了一遍，万幸的是，什么都没少。看来那个贼进屋时间并不长，还没来得及行窃，听到苏亚的开门声就躲到了阳台。

周冲又检查了一遍锁孔，锁芯已经被撬坏。周冲挠着头皮说："门锁已经不能用了。这种锁太老了，用铁丝、铁片之类的一捅就开。"

"那怎么办？会不会那个贼这一次行窃没成功，下次再来造访？"

"你别在外面住了，还是回家住吧，这里多不安全，这次是贼，下次万一是别的什么人，再半夜到访，多危险啊，你住在这叫我怎么能放心呢？"

苏亚拿起电话准备报警，被周冲按住："什么都没丢，警察不会立案的。"

苏亚悻悻然罢手："我才不要回去。现在回去，你妈该会多得意，多自豪，又会多看不起我，多蔑视我。那不是给了她鄙视我的机会？"

"算了，别赌气了，你跟谁过不去都不能跟自己过不去，住在外面连基本的人身安全都不能保障，万一连命都没了，鄙视蔑视的还算得了什么？"

苏亚站起来："我绝不回去！"出门买了一把段位比较高身价也比较高的锁，找人安上，不放心地试了试，果真是比以前的那个安全一些，至少铁丝铁片应该对其无能为力。

周冲发愁地看着苏亚："唉，你这是何苦呢？住在外面又花钱又操心。"

"哼！人争一口气，佛争一炷香，人要是连脸面都不要，活着还有什么意思？"

周冲回家，郑重其事地跟母亲说："妈，今天亚亚那里进贼了，我必须搬到那边住，否则亚亚万一有个三长两短怎么办？我怎么跟她父母交代？"

母亲横横地说："我还以为她能坚持多久！这么快就挺不住了？什么贼？该不会是苏亚到哪里找的临时演员，跟她一起演戏给你看的吧？"

周冲爸爸倒是很紧张："丢什么东西没有？小亚肯定吓坏了吧？"

"什么都没丢，贼可能刚进去不久，还没来得及行动。亚亚真是吓坏了，我到的时候，她脸上一点血色都没有，惨白惨白的。"

周冲妈妈的面部表情有了一些缓和，嘴上却依然强硬："那就让她赶快搬回来，家里可是万分的安全。"

周冲爸爸慢吞吞地说："算了，还是让小冲过去住吧，什么事情都要有个过度，一下子让她回来，小亚面子上挂不住。"

"你让我再想想。"周冲妈终于留出一丝门缝，透出一点微弱的灯火。

周冲又跟母亲磨了几天，周冲妈终于开恩，特许他二四六日在"苏亚家"留宿。周冲如若重见天日，兴奋地给苏亚报喜："亚亚，我妈同意了，我可以每周跟你一起住几天。你看，我妈人还是不错的吧？一听说你遇到了贼，立刻就转变态度了。"

苏亚的反应很冷淡，跟丈夫同居一室还需要婆婆批准，这是哪个朝代的封建陋习？住在一起还要区分一三五，二四六的，想想都觉得可悲可叹。更何况居在一起又能怎样，多一个人占据空间罢了。自从周冲身体有恙，苏亚觉得他俩就像对食的宫女和太监，有夫妻之名，却无夫妻之实。共处一室，只是想让周冲的体温能一直盘踞在自己身边。

一日，周冲妈见周冲带了一饭盒前日的包子前往苏亚住处，满肚子不乐意，对着丈夫不住地唠叨："你爸妈那时候非想要个孙子，小冲生出来以后他们高兴得两天没睡觉。我现在才算知道，生儿子是多么赔本的一桩买卖，要是有个女儿，我还能收笔嫁妆养老。养个儿子有什么用？恨不得掏心掏肺孝敬老婆，眼里哪还有我们？"

周冲爸从眼镜下面往上瞟，笑道："我当年对你还不是一样？发了工资第一时间就去你们家报到，好吃好喝的也都是先给你爸妈买，过年过节一分东西，大部分都孝敬给了你们家。这就叫风水轮流转，长江后浪推前浪，前浪死在沙滩上。每家每户都是一样的，想开点。"

苏亚的身体越来越像干涸的河床，皮肤就像龟裂的土地，一块块裂开，崩裂出灰尘，每个毛孔都渴望倾盆大雨的出现。身底潜伏的欲望在每个松散的日子里没命地向外扩张，大有破土而出的架势。她和周冲，都是既满含期待，又惴惴不安，怕那老调重弹，消灭那仅存的一点点期盼。周冲熟睡的时候，也会有个把时候呈现出小荷才露尖尖角的状态，身体的触碰会让并未睡熟的苏亚有触电般的欣喜，偷偷伸手探向那嫩芽，然而，嫩芽却始终处在萌动阶段，并没有茁壮成长的迹象。

苏亚调动了自己全部的热情，希望能唤醒沉睡的雄狮。周冲却不配合，总是找各种理由搪塞过去。"我今天太累了，陪了一天客户，浑身没劲。""唉呀，你们女人都有例假，其实男人也有的，女人的例假是生理反应，男人的例假是心理反应，不过结果都一样，都需要休息。""明天我要早起，今天要早睡，先睡了，晚安。"然后在不到九点钟的时候就爬上床，倒头就睡，呼声扯得像宣誓一样惊天动地。要知道，放在从前，周冲最早的就寝记录也在十一点半。

两人的沟通，完全是朋友之间的话题，仅限于吃喝拉撒睡，以及工作、同事、朋友，不切入任何实质性话题。

公婆的催促阶段性的告一段落之后，终于迎来了苏亚爸妈的车轮战。苏亚爸妈轮番上演劝告的苦情大戏——苦口婆心劝说苏亚早点生孩子，母亲结合自己的亲身实例以及听到看到亲戚朋友的事例，屡屡告诫苏亚，女人早生孩子有利于身材恢复，晚生孩子容易高危，带孩子也会更辛苦等等不知道是不是属于科学范畴的各种知识。

苏亚本想告诉妈妈周冲出现的问题，左思右想之后，觉得妈妈并不一定能像自己一样体谅周冲，让她知道，万一再生出些事端，不仅伤了周冲颜面，也会增加他们两人的隔阂，诉苦之词一次次在嘴边奔流，又一次次强行咽回肚子。

周冲的一味避讳，让苏亚越来越没有耐心，身体的小鹿不安分地游闯，失眠的次数越来越多。苏亚忽然后悔让周冲搬过来住，她发现周冲的出现不仅不能驱散她的孤单，反而让孤单成倍增长。一个人的孤单叫孤独，两个人的孤单叫绝望。这完全不是她期望的二人世界。

03

下班，苏亚招呼陈瑾："走吧，去逛商场。"

"苏亚，我发现我就是你的替补老公，只要你家周冲下场，肯定就轮到我上场。"陈瑾嬉笑着说。

"这说明咱俩关系铁，这说明你对我有极其重要的意义。被别人需要是一个人社会价值的体现，说明你的社会价值很高，你说是不是？"

"行，你真会给我戴高帽子，好吧，我就舍命陪君子。"

两人一道去了商场，苏亚在华歌尔柜台前收住脚步，目光被那些充满着艺术设计感和诱惑气息的内衣牢牢锁定。导购热情地迎上来："你们好，喜欢哪个款式？我拿给你们试穿。"

陈瑾和苏亚在试衣镜前各自旋了720度又1080度，各自心满意足地收下两套。

导购殷勤地对陈瑾说："你最适合我们家的产品设计，我们的内衣任何人穿上都会产生活色生香的味道。"陈瑾涌上一种莫可名状的心情，说是生气，不充分；说是愤怒，更算不上；说是无奈，有那么一点点；若说是完全没有一点触动，那真是骗人的鬼话。

晚上，陈瑾望着镜子里经年不变的平原发愣。

这恐怕是陈瑾这辈子最大的遗憾，甚至可以说，是心理阴影。

为了改善这块土地的状况，陈瑾真可以说是煞费苦心。物理疗法刚一问世，陈瑾就成为第一批充当小白鼠的试验田。一家美容机构的电视广告铺天盖地，宣传也是信誓旦旦，承诺签订合同，无效退款，那家机构瘦得好像木乃伊一样的院长握着陈瑾的手，满脸诚恳地说："你放心，我在美国、欧洲行医几十年，我在这行业是大名鼎鼎的专家，我帮助几十万女人解决困扰，你不是空前，也不会是绝后。"陈瑾犹犹豫豫，壮烈地掏出在包里握得发烫的钞票，一次性支付了三个疗程的全部费用。

每周两次，两个大罩子覆盖身体，插上电，一阵阵电流迅速蔓延，陈瑾透过罩子上方不断震动的电线，看到了在渣滓洞里受刑的革命烈士。

三个疗程过去，不见任何起色。一个疗程八千块的高昂费用，让陈瑾欲哭无泪。

陈瑾找该机构理论，对方顷刻变了脸色，之前的轻声细语巧笑细致周到一并消失不见，翻脸的速度超越博尔特的百米刘翔的跨栏。小护士拍着桌子大叫："搞没搞错？谁告诉你会有百分之百的效果？这世上哪有一种药物会对所有的患者有效？能有大部分就算不错了，更何况，你的基础那么差，怎么会马上就有效果？"小护士鄙夷地看着陈瑾的平原。

陈瑾越想越气，气得吃不下也睡不着，嘴里长满了水泡，腮帮子异军突起，看上去像嘴里卡了个核桃，突然间想起还有份合同，仔细审视了一下条款，发现对方做好了充足的准备，所有的条款强调的都是机构的权利以及求医方的义务，反方向则毫无涉及。作为法律专业人士的陈瑾，在对方牙尖嘴厉的忽悠声中，居然忘记了看一眼合同，只是怀着对未来的无限憧憬飘飘然地签上了自己的大名。

陈瑾叫苦不迭，捉了一辈子鹰，现在却被鹰啄瞎了眼。

半年后陈瑾又一次造访，那家机构已经人去楼空，走廊的墙上，各种证书和照片依然悬挂，正中间的墙上，挂着一幅巨大的照片，是那位院长和某位名人的合影。院长和名人都笑得胸怀坦荡。

这次无功而返的治疗给陈瑾增添了很多麻烦。她擅自挪用了公婆几个月的粮饷，对张阳的官方解释是买了国库券，暂时无法取出。张阳大发雷霆，认为陈瑾对长期资助其父母有了很大不满，想找借口中断资助。

陈瑾百口莫辩，不敢告诉张阳实情，只能低眉顺眼聆听张阳的指责。

那次的失败，不仅没有熄灭陈瑾更进一步的熊熊烈火，反而正式开启了她百折不挠的丰胸之旅。

陈瑾用过几瓶传说中来自原产地法国的精油，之后悲哀地发现内分泌发生了紊乱，月经即将更名为年经；还吃过一些各种名目的药物，效果还未凸现却摸出一些小小的颗粒，到医院一检查，医生说激素过量，得了乳腺增生，陈瑾老实交代了用药史，医生语重心长地说，如果得了乳腺疾病，很有可能会彻底失去这个让你不满的部位……

陈瑾孜孜以求的事业不得不戛然而止。

她还是迎来了一次欣欣向荣的发展期，那是她怀孕的时候，可惜好景不长，铮铮一落地，添加了发酵粉的身体迅速回归原位，还有了瘪沓的迹象。陈瑾像是从天堂被打回地域，从活得倍儿有劲头的蜈蚣精，一下子就被发配到紫云山千花洞看守门户。

她开始认命，哀叹自己的盐碱地实在种不出什么好庄稼，把全部的心思转移到儿子身上，不再关心张阳的喜好，或者说，是有意回避张阳的喜好。

第四章
女人心，男人心

丈夫是什么？古人造词真有学问，现在看来，丈夫丈夫，就是一丈以内是夫，超出一丈则是爱谁谁，鬼知道是个什么货色。

01

大学舍友到远都出差，苏亚提前安排好档期，周末跟舍友一起吃饭。

多年不见，两人说着胖了瘦了美了丑了的女人私房话。舍友满面桃花，如沐春风，苏亚羡慕不已，连声地问："老实交代，到底有些什么养颜秘笈。快点传授给我，赶明儿我苏亚也可以粉墨登场，羡煞旁人。"

舍友神秘兮兮地俯在她耳边，悄悄地说："已婚妇女了，性当然是最好的滋补佳品。没听说嘛，美满的性生活是女人最好的燕窝。"边说边直勾勾盯着苏亚的脸看，"哎，你的气色是不太好，怎么着？周冲不肯卖力？还是你需求无度？"

苏亚连忙矢口否认，巴掌雨点一样拍在对方的后背上："去你的，死鬼，说什么呢，我就是睡眠不足，有点神经衰弱。"

"你可不能掉以轻心，一定要赶快调养一下，女人一过了二十五，新陈代谢开始减慢，必须注意养生养颜，千万不能得过且过。"舍友细心地叮咛。

"你看看你，以前还是羞答答的大姑娘样，我们但凡谈论点相关事宜，你就板起脸教训我们不正经。现在可倒好，张嘴就来，怎么着？不觉得这是有伤风化的事情了？"

"那都是哪年的老戏码了，现在已经一把年纪，孩子都能打酱油，再色变就是装纯，不是流行一句话吗？莫装纯，装纯遭雷劈，哈哈。"

这一番见面，让苏亚的心像弹力球一样上下跃动，几个晚上都不能安枕，她忽然发现满大街的女人都是千娇百媚，容光焕发，鲜有人跟自己一样萎靡不振一脸菜色。

苏亚满腹的小火苗噌噌上升，加快脚步回到家里，准备跟周冲摊牌，像婆婆逼迫自己一样强迫周冲去医院接受检阅。

可惜，回到家里，苏亚才想起这日是周三，周冲在父母家 happy 的日子，纵有满腔怒火，断不敢让周冲再到这里报到，免得在婆婆那里再增添一条得寸进尺的罪状。

隔日晚上，周冲吃完饭就钻到被窝里进入晚间时段。苏亚不乐意，叫他一起泡澡，周冲慢慢悠悠脱衣服进浴缸。苏亚使出浑身解数，柔情蜜意，妄图激发他的雄性荷尔蒙。

直到沐浴露的芬芳再次被臭汗覆盖，周冲的小家奴仍然半死不活地垂头而坐。周冲看她急不可耐而自己又心有余而力不足，沮丧迭生，一步窜出浴缸，带着满身水花躺到床上，一把掀过被子盖在脸上。

苏亚抑制了许久的委屈和愤怒，顷刻间从四面八方汇聚到一起，眼泪也从眼眶里喷溅出来。她从浴缸里站起，披上浴巾，闯到卧室，拉开被子指着周冲的鼻子问："周冲，你准备这辈子就一直这么打败仗吗？"

周冲腾地坐起，冷冷地盯着苏亚，定定地看了一分钟，穿好衣服，从她身边绕过，开门，关门。

苏亚趴到床上放声大哭，周冲的不作为让她的挫败感与日俱增。这哭，是这长久以来不如意的一个总爆发，是自怜自爱，也是自怨自艾。

02

经过这段时间的拉锯战，苏亚对婚姻产生了很大的疑问。结婚究竟是为什么？为了找个人给苍白的生活增添点战争的油盐酱醋，以兹证明大家还有活着的气息？还是为了怕年老体弱之时晚景凄凉，所以趁着青春年少给自己找个可以并肩作战抗击老暮的革命伙伴？又或是，结婚只是为了共同缔造出合法的后代，来继承两人几十年挥汗如雨积攒出来的或多或少的财产，以及在几百年之后还能找到证明自己曾经在这个地球上存在过的一点基因？

丈夫是什么？古人造词真有学问，现在看来，丈夫丈夫，就是一丈以内是夫，超出一丈则是爱谁谁，鬼知道是个什么货色。

结婚前，想到结婚兴奋得觉都睡不着，一看到周冲，心里面就漾起甜丝丝润兮兮的味道。一日不见，如隔百年。领完结婚证那天，周冲捧着结婚证大亲特亲，晚上睡觉，还要把结婚证压在枕头下面。睡不着的时候，抽出来亲几下，塞回去立刻就能鼾声如雷。

枕头下面塞剪刀可以降妖伏魔不做噩梦，塞结婚证对周冲来说则可以顷刻间治愈失眠。

然而，结婚没几年，所有的快乐幸福就灰飞烟灭，有时苏亚回想结婚前的时光，像是上辈子的记忆，只觉得遥远得像是站在地球上望月亮。

周冲生了好些天的闷气，不知怎的疏通了管道，买了件苏亚眼馋了很久的连衣裙，态度诚恳向苏亚靠拢。

苏亚赶着写判决，留个后背给周冲。她目前的生活跟未婚时唯二的区别，在于：一，领了结婚证，永远也不会回到没有婚史的空白状态；二，从单位宿舍住进了出租屋。除此之外，她感觉不到还有什么变化，反而有所损失。结婚前，周冲还能不仅带给她满足，并且能偶尔创造些惊喜。

周冲在房间里抽了几支烟，留下了几截烟屁股，呼唤苏亚几次未果，又走过去扳苏亚的肩膀，妄图让她用正眼看一下自己。

苏亚不耐烦地甩开他："别闹了，没看见我正忙吗？"发脾气都是冲着电脑，连个侧影都吝啬于给他。

周冲在原地愣了一分钟，怒气冲冲地出门。很快，楼下就响起了汽车发动的声音。

苏亚忽然发觉，周冲这个名字起得真是不错，他常常都处在"冲"的状态。

想到这，苏亚笑出了声。

陈瑾在梳妆台前吹着头发，脸上敷着面膜。

张阳走进来，把手里的衣服扔到沙发上："过几天老六要到远都出差，老四闺女满月，老大约我们一起聚聚。你看，要不要让他们到家里来玩玩？"

吹风机的声音巨大，陈瑾没听清楚，于是关了吹风机，回头问："你说什么？"

张阳重复一遍。

陈瑾揭下面膜："老六要来？太好了，我算算看，一二三四……"陈瑾扳着指头清算，"不算不知道，我有六年没见过他了，时间真是快，哎，他这次来带他老婆孩子吗？她女儿我也就只见过一次，让他一起带过来，跟铮铮玩一玩。"

"恐怕不行，他跟领导一起过来的，拖家带口的影响不好。"

"哦，我让阿姨准备点东西，到时候你让他们到家里吃饭。对了，我上次给老大介绍的那个女朋友他还满意吗？"

"不知道，他来了你自己问吧。要不，你问问女方也成，反正都是大龄青年，直接点也没什么。"

陈瑾跟苏亚一起在超市采购，电话忽然响，张阳急急忙忙地说："老六直接去松坡老四那了，让我们去松坡汇合，你跟我一起过去吧。"

"松坡？不行不行，我去不了，明天还得上班呢。你自己去吧。他还回不回远都啊？"

"这个我要去了才知道。我先过去了，要是他还回远都的话，你再准备吧。"

陈瑾收了电话，为难地看着购物车里堆起的小山："他们暂且不过来了，咱们还得把这些东西送回原处。"

"啊？这么多？都要送回去？"苏亚惊呼。

"嗯，张阳说不知道他们还过不过来，只能先不给超市的营业额做贡献了。"

"陈瑾，你跟他们宿舍的人都很熟吗？"

"还行，他们宿舍的人都挺不错的，这么多年来往都挺多，在如今的社会已经很难得了。"

"也是。"

老四的老婆在乡下的岳父母家坐月子，把房子留给一帮男人造次。初为人父的老四满脸红光，走过来就给了张阳一拳："奶迷，认个亲家吧，我闺女以后就跟你们家铮铮混了。"

"妈的，再叫这个，我跟你急。"张阳佯装生气。

奶迷，是横贯了张阳整个青春期的外号，皆因他的这一特殊嗜好而来。别人都是按年纪命名，排行老七的他，被这一光辉称谓贯穿始终

老六走过来："别想洗刷你的历史，叫了都快二十年，这名字得伴你到老了。"

张阳摆摆手，找个地方坐下："好汉不提当年勇。陈芝麻烂谷子的事情还拿出来说，想让我永垂青史吗？"

老三坐在桌子上，手里翻着老四千金的照片，听到二人的话，抬起头来笑着问："奶迷，现在你已经实现了当初的梦想吧？你小子现在发达了，是不是整天在莺莺燕燕中折腾，根本顾不上回家？"

"你们是来给老四贺喜的，还是来开我的公审大会的？"张阳抖抖腿，斜斜眼。

老大坐在一边，面无表情，只顾抽烟，一言不发。

老四一边招呼大家落座，一边不忘了继续调侃张阳："你是我们宿舍的成功人士，我们是想看看，成功人士都有些什么样的花花心思，也让我们这些不太成功没有资本为非作歹的人眼馋一下。"

"去去去。你还不够为非作歹？快四十了才结婚生子，也不知道糟蹋了多少良家

妇女。"

众人嬉笑着推杯换盏。老四拿起一瓶啤酒,猛喝一口:"想醉,把酒留在胃;怕醉,白水往里兑;真醉,敢喝敌敌畏;烂醉,桌子底下睡;装醉,忘了给小费。你们今天,都必须给我桌子底下睡,谁要是敢白水往里兑,我就削了谁。"

老六举杯:"来,人生得意须尽欢,莫使金樽空对月。为老四闺女的顺利出世,为我们下一代的健康成长,干!"

众人纷纷举杯,老三把杯子在桌上磕几下:"干,为我们十几年后还能再坐在同一张桌子上喝酒,干。"

老大一仰脖把满满一杯酒一饮而尽。

大家一边吃菜一边喝酒,各自发着牢骚,述说着人生中的种种得意失意。

酒过三巡,各自的舌头根都有点发直,桌上的杯碗盘碟几乎被扫荡一空,老三拍着张阳的肩膀,絮絮叨叨:"咱宿舍,就数你现在过得最幸福,老婆贤惠,儿子可爱,事业有成,你再看看我们,老四折腾到现在才当爹,老六大江南北满世界地撒丫子到处跑,老大到现在还打光棍,我呢,婚了一遍又落了单。你小子,算是把我们的福气都占光了。"

"说的就是,你他妈的要好好珍惜现在的幸福生活,别他妈再整你那些个花花肠子,都这么多年,该玩的你也该玩够了,快四十岁的人,差不多就收手吧。"老六粗着脖子红着眼。

张阳保持缄默。

老四点燃一根烟:"还记得你第一次带陈瑾到咱们宿舍,我们就诧异,你小子怎么突然换了口味。你还告诉我们,当爱情来敲门,所有的标准都是非教徒眼里的圣经,尊敬,但却不需要遵守,这话,我到现在都记得。"

张阳想起那天,他拉着陈瑾的小手介绍给宿舍弟兄,满屋子的人都大跌眼镜,全部的目光都在陈瑾的飞机场上迅速稍息立正,房间里静得连苍蝇呼扇翅膀的声音都听得见。陈瑾被众人的目光灼烤得快要蒸腾,下意识地又缩了缩后背,把那旺仔小馒头缩成了盆地。

老大的反应稍胜一筹,很快收回目光,拉出张椅子,用抹布使劲地擦了擦,邀请陈瑾坐下,再找出个缺了耳朵的大瓷缸子,倒出了一点已经不冒半点热气的"白开水"。陈瑾本想象征性喝一口,往缸子里一望,缸沿四周是斑斑的历史遗迹,水底还沉积着一层黄黄的水垢,陈瑾拿着缸子的手有种被辐射过后的不适,轻轻把缸子放回桌上。

这一幕突然间就如此清晰地浮现在张阳的脑海里,他忍不住笑了起来。

老六夹一筷子牛肉送进嘴里:"你还记得吗?当年你还差点为了你那嗜好跟陈瑾分手。"

张阳喝一口酒，低头不语。当时，当两人的接触还停留在拉拉小手亲亲脸蛋的阶段，张阳对陈瑾真是万分满意。陈瑾知书达理，性情温和，既没有农村姑娘身上的土气，又没有城市姑娘身上的市侩。张阳感谢他的十八辈祖宗，祖祖辈辈的积德终于造福于今日的张阳。

天长日久，张阳渐渐不满足于表面文章，意图向纵深地带扩展。陈瑾害羞，数次制止了张阳妄图攻陷制高点的双手。终于有一次，在学校蚊子成群结队出没，情侣互相心领神会战斗的小树林里，陈瑾在张阳的热吻下，神智暂时离巢。张阳一鼓作气达成险恶目的。

摸着陈瑾那像被蚊虫叮咬后隆起的小鼓包，张阳的情欲被一瓢冰水浇灭，慌慌张张拉下陈瑾的文胸。张阳没有告诉陈瑾自己的失望。穿上衣服的陈瑾横竖还有那么一点曲线，可是经他实地探测，真的属于若有若无，跟他自己不分伯仲。

老六接着说："你还得感谢老大，要不是他把你骂醒，你就要错过这一番好姻缘。老大说，'你小子别身在福中不知福，陈瑾放在哪个地方都是女人堆里的佼佼者。你呢，穷家小院一白丁，人家姑娘不嫌弃，知道你穷，衣服都是她买，每个月从生活费里挤出一百块给你改善伙食。我可警告你，你前脚跟她分手，我后脚就去追她。妈的，老子就想找个这样的姑娘。'时间太久我记不清了，好像是这么说的，老大，是不是？"老六转过头向当事人老大求证。

老大喝得已经有点头重脚轻："你的记忆力还是那么好，不愧是数学天才，我的确就是这么说的。"

老三笑着说："你们不知道，这个问题，放在有的人那里，只能算是一点瑕疵。可在张阳眼里，这属于严重的质量问题，是严重到可以影响到用户的心情以及使用效果的大事。"

酒酣人半醉，老大一口酒咽进肚里，站起来，把张阳从椅子上面拽起来："当着兄弟们的面，今天我把话放这，你要是不爱陈瑾，或是想要另寻新欢，都别伤害她，把她完完整整地交给我。不论什么时候，我都会等着她。"

张阳勃然变色："你他妈什么意思？那是我老婆，你惦记得着吗？"

老大一把揪住张阳的衣领："这些年你是怎么对她的？我他妈心知肚明，你他妈也太忘恩负义了，陈瑾这些年跟你吃了多少苦，别人不知道，你还不知道吗？你能有今天，陈瑾为你奉献了多少，你都忘了吗？要不是她父母出钱让你倒腾电脑，你能淘得第一桶金吗？俗话说吃水不忘挖井人，你他妈算是忘得一干二净。"

张阳站起来想掰开老大的手，掰不动，对着老大胸口猛推一把："我们家的家事，什么时候轮到你插嘴？"

"你开店的时候，为了省钱，你们搬去了大杂院，夏天到处是蚊子臭虫，你们房子隔壁就是公共厕所，整个屋子臭不可闻。冬天连个暖气都没有，只能烧煤炉，杯子里的水第二天早上就是一坨冰疙瘩，陈瑾满手满脚都是冻疮。她一下班就到店里给你帮忙。你他妈倒好，好了伤疤忘了疼，一有点钱就开始得瑟，你有没有考虑过陈瑾的感受？你知不知道她心里有多痛苦？"

"我不知道她心里有多痛苦，你知道是吧？她背着我跟你说什么了，还是你们已经背着我把生米做成熟饭了？"张阳脖子上的青筋扭成了河道，力拔山兮气盖世的样子。

老大怒了，抡起拳头砸在张阳脸上："你他妈说什么呢？自己一屁股屎，还以为谁都跟你一样蹲在茅坑里。"

老四赶紧出来打圆场："老大，你喝多了，来，坐坐坐，有什么话好好说。"

老大推开意欲搀扶他的老六和老四："我没醉。"一屁股坐到椅子上。

张阳也吊着脸坐下。气氛瞬间尴尬。众人纷纷闷头喝酒抽烟，异常寂静。

过了很久，老六走到张阳身边，拉张椅子坐下，手搭在张阳的肩膀，口齿不清地说："兄弟，哥们现在也有点喝多了，也想啰嗦几句，你先答应哥，有……有什么让你不痛快的地方，你……你也别往心里去，说……说完拉倒，你……你要是不乐意，全当哥放……放了个屁。"

张阳点点头。

"老……老大说的话，也不是没道理。你往周围看看，像陈瑾那样的老……老婆，真是不多见，你真是身在福中不知福，要是哪……哪天失去了，你真是后悔都来……来不及。陈瑾把青春年华，还有……她……她娘家的家底都贡献给你了。你……你真的应该好好想想。做人，真的不……不能太自私。"老六的酒气呼呼地吹到张阳脸上，巴掌在张阳肩膀上啪啪作响。

众人喝得东倒西歪，有的蜷在沙发上呼呼大睡，有的坐在地上吐得一塌糊涂，还有的干脆趴在桌上进入了梦乡。

老大望着窗外发呆。远处，朝气蓬勃的陈瑾在对着他笑，时光，仿佛从来不曾远离，

第五章
风不平浪不静

这伤害了他作为一个男人的自尊,有种被扒光衣服游街示众的感觉。

01

苏亚美美地洗了个热水澡,浑身轻松,一天的疲惫一扫而光。刚刚擦完身体,电话就恰到好处地响起。

妈妈的声音喜悦地穿越万水千山:"亚亚,我明天要到远都出差,你明天早上十点到机场接我。"

苏亚张开的各路细胞因此通电话被迅速召回,刚才的舒爽顷刻间就被一阵狂风吹的无影无踪。妈妈来了,该怎么向她解释流落在外的悲惨处境?妈妈一定会跟公婆见面,到时候婆婆告状怎么办?若是婆婆跟妈妈吵起来,她该怎样应对?

一连串的问号在苏亚的脑子里织成了一张密密的大网,她满地乱转,想不出办法,妈妈也真是的,到远都也不知道提前通知,想搞突然袭击吗?

人在惊慌的时候智商为负,这是苏亚不知道从哪里看来的理论,它恰当地反映了苏亚此时的状态。在地上顺时针又逆时针地绕了几百个圈,仍旧没有想出合适的办法,只能硬着头皮给周冲打了电话。一小时后,刚从"苏亚家"赶回"母亲家",同样急火攻心的周冲经历了 5 公里 ×4 的往返跑,又一次出现在"苏亚家"。

两人在惨亮的节能灯光照射下,头对头商量了半小时,也没有想出个两全其美皆大欢喜的办法,只研究出了第一方案——苏亚早上要开庭,由周冲去机场对丈母娘献

第一回合殷勤。

苏亚问周冲："你有没有跟你爸妈说这件事？我爸妈还给他们带了礼物。"周冲为难地说："我爸妈到疗养院参加同学会了，电话打不通。"

苏亚听完，更加心急如焚六神无主，完了，完了，怎么跟妈妈编谎？

周冲迟疑地问："要不要先把你妈接到家里，再先斩后奏在我爸妈回家之前通知他们？"

苏亚肚子里喜马拉雅顶峰的积雪没有半点消融："算了吧，你爸妈连我都容不下，何况是我妈？"做不了主的周冲也不坚持，两人面面相觑。

周冲思考良久，又想出个办法："你妈到远都出差，一定会住酒店，你到酒店看望她，然后带她四处玩玩。这样不就好了？"

苏亚使劲剜他一眼："你搞笑呢吧？我妈到远都能不见见你爸妈？你当我妈跟你爸妈一样不通人情？我爸还给你爸带了两瓶茅台呢，难道我妈人都到了，还要托我转交给你爸？"

周冲的脑子运转率看来也不怎么样，只能决定先把苏亚妈妈接到，再骑驴看唱本——走着瞧。

第二天，周冲到机场接到丈母娘，使劲调动满脸的血管加肌肉，争取堆出个最灿烂最洋溢的微笑。丈母娘对苏亚没有出现颇感意外："亚亚怎么没来？"

周冲小心翼翼地说："亚亚今天要开庭，没法请假。我今天正好要去见客户，所以亚亚让我来接您。"

周冲以为丈母娘把行李放在酒店里，就会先去忙公务。这样，一切都可以等苏亚下班两人再细作安排。没想到丈母娘把行李往酒店一扔，就拎着大包小包的礼物让周冲带她回家。苏亚妈妈是个有几十年经验的老牌财务工作者，常年跟数字打交道的她，很讲究工作效率以及精准度。

周冲彻底傻了眼，借着上厕所的工夫给苏亚拨打连环催命call，怎料苏亚正在开庭，电话按部就班地蜂鸣，却始终无人接听。

周冲把丈母娘送进车里，向着不知道目的地的前方驶去。他先是朝着自己父母家开去，行驶一半后发觉不妥，苏亚并不住在那里，丈母娘见不到苏亚，会以为他们全家人合伙把苏亚赶出了家门，还是带到"苏亚家"比较好，母女俩更容易沟通，不管怎样都会实现和平过渡。于是，他拐个弯，把丈母娘带到苏亚家楼下。

丈母娘狐疑着跟在周冲后面上楼，这住处不像是苏亚描述中的地点，苏亚说家里住在电梯房，还是19楼，这怎么还得爬楼梯呢？周冲一言不发，只低头在前面带路，怀着上刑场即将被枪决的壮烈感在房门站定，开门。

他等待着暴风骤雨的来临。

周冲接过丈母娘手里的东西放在桌上。苏亚妈妈疑惑地四处张望："周冲，这是你们家？不是一百多平吗？看上去怎么这么小？你爸妈不在家吗？"

周冲蜷缩着身子，恨不得立刻发生十级地震，震出个裂缝，把自己掩埋进地下。

苏亚妈妈在不大的空间里来回走了几圈，站回周冲面前："周冲，怎么回事？"

周冲简明扼要避重就轻介绍了事情的来龙去脉。苏亚妈妈大为光火，当下拿起手机拨给苏亚。苏亚刚开完庭回到办公室，正在核对手机上的未接来电数目。她拿起电话，就听到妈妈用五十几年蓄积的能量发出的怒吼："亚亚，你赶快给我回来！"

躲得过初一，躲不过十五。苏亚只能垂头丧气地往家赶。一进门，发现空气中弥漫着炮仗点燃后刺鼻的火药味。周冲站在床边，背靠着桌子，脑袋跟脖子呈直角垂立。妈妈怒气冲冲侧坐在床上，满脸愠色。

苏亚胆战心惊地走进去，怯生生叫了一声"妈"。苏亚妈妈三步并作两步冲到她面前："怎么回事？你是被他们家驱逐出境了吗？"

苏亚的胳膊像被铁环钩住，生疼生疼。她大叫："哎呀，妈，你轻点，弄痛我了！"

苏亚妈放松一点，但仍没有丧失对她的控制："快说，怎么回事？我倒要听听你跟周冲的话对不对得上，你们是不是串通好了来骗我。"

苏亚看了一眼求生不得求死不能的周冲，对妈妈讲了一下她的版本。看来妈妈已经听过周冲那一版，不知自己这一再版，是否能跟周冲的一字不差。

昨日两人惊慌失措，恰恰忘了这一重要事项——串供。然而苏亚没有料到的是，她和周冲不约而同略去了所有矛盾的本源——性事。

苏亚讲完，苏亚妈的脸就像那冬日的地面，被寒风掠过再焊上数层冽冰。

屋外呼呼的大风，肆无忌惮地撕扯万物。苏亚仿佛听到树杈上那窝乌鸦无助的凄鸣。房间里死一般的沉寂，三个人面色沉重，各向而站。

大风势不可当的侵袭过后，渐渐丧失了征服欲，放缓了脚步。苏亚妈拉着苏亚坐下，把她的头放进自己怀里，轻轻地说："亚亚，你怎么不跟妈妈说呢？你一个人在外面无依无靠的，受人欺负不能不告诉爸妈，爸妈是你永远的靠山啊。"声音里是一种无法掩饰的难过。苏亚一瞬间就泪眼滂沱，孩子在妈妈的面前总是难掩痛苦。

苏亚先是小声啜泣，接着大声呜咽，最后是号啕大哭，边哭边叫妈。妈妈搂着苏亚恨恨地说："亚亚，以后不管发生什么事你都要告诉爸爸妈妈，我们会给你撑腰的。"

周冲站在一边，手足无措地看着母女二人抱作一团。

苏亚的哭声渐渐平息，妈妈抚着她的后背轻轻拍打："看来妈妈这次出差真的是不虚此行，既可以公干，又可以给我闺女做主，我不会放任我的女儿被别人这么欺负。什么东西！"

苏亚妈妈站起来，克制着声音里的颤抖："周冲，你爸妈现在在家吗？"周冲想说点什么，声音却卡在喉咙里发出含混的声响，他干咳几声，小声说："不在，他们去疗养院了。"

苏亚妈的声音不再压制："疗养院？他们居然有心情去疗养院？真是杀死人不用偿命，心情好得很啊。你，你，你，你赶快给他们打电话，说我要见他们。"苏亚妈妈的手指在周冲身上指指戳戳，微微颤抖。

周冲低眉顺眼拿起手机躲到阳台上，悄悄给母亲打电话："妈，苏亚妈妈到远都了，你跟我爸赶快回家吧。"

周冲妈妈很不乐意："到远都为什么不提前通知我们？想给我们来个措手不及搞个闪电行动吗？做客不需要事先征得主人的同意吗？一点教养都没有。真是有其母必有其女。"

周冲小声说："她妈不是来做客的，是出差，顺便来看亚亚的。"

周冲妈妈冷冷地说："你们等会吧，我们这就往回赶。"

周冲回到房间里，瞅着脚尖说："我爸妈这就往家赶，我一会儿送你去。妈，你先别生气，先坐下，气坏了身体多不好。"

苏亚妈抄起电话："你知道不知道？我们亚亚被公婆赶出门了。她现在一个人租房子住着。这房子要多差有多差，墙皮脱落，卧室的门上有个大缝，连防盗门都没有。亚亚在家里还遇见过小偷。你说他们家人是不是欺负我们亚亚娘家没人呀。你赶快到远都，我们要跟周冲父母好好谈谈。"苏亚妈对着苏亚爸哇啦哇啦一顿叙说，似要纠集一干人等杀将过去，为女儿打抱不平。

苏亚爸好言安抚苏亚妈："你不要火上浇油，安静点，有什么事好好说。不要恶语伤人。亚亚都已经结婚了，你总不希望她离婚。记住，你去是解决问题的，不是去跟人家拼命的。"

苏亚妈嘟嘟囔囔地说："亏我们还给他们带了那么多东西，他们就这样对待我的女儿。哼！"

周冲无奈地看着伤心欲绝的苏亚，以及喋喋不休的丈母娘，不知如何是好。苏亚抽抽噎噎地跟她妈说："妈，你中午还没吃饭呢，走，我先带你去吃饭。"

苏亚妈恨恨地说："吃饭？还要吃什么饭？我气都气饱了。一下飞机就欢天喜地来看你，没想到一腔欢喜都扔到长江里喂鱼了。"苏亚妈脸对着苏亚，话却是说给周冲听的。

周冲连忙接着苏亚的话："是啊，妈，我们先去吃饭吧，有什么事也要先把肚子吃饱，才有力气解决问题。"

苏亚妈理了理苏亚的头发，又把她头发往正中间盖了盖："眼睛都哭红了，别让人看见，这么大的姑娘一脸泪痕，让人看了笑话。"

两人一前一后出门，谁都没有搭理周冲。周冲呆了一下，尴尬地跟上去。

三人来到楼下的小饭馆，周冲吃了一顿不甚丰盛的午餐，没人招呼他吃饭，他也自觉没脸下筷。吃完饭，苏亚叫来服务员结账，周冲急忙掏出钱包。

苏亚冷冷地拦住他的胳膊："不用你付。"

周冲拿着钱包的手僵在半空。

苏亚和妈妈手挽着手往家走，周冲一路踢着一个小石子低着头跟在后面，肚子里饥肠辘辘，咕咕作响。

电话响，周冲拿起手机，周冲妈妈利索地说："我们已经到家，你带着苏亚母女过来吧。"

周冲接到父母的指令，迈开大步跳上楼梯。苏亚跟她妈刚好开门进去。周冲慢慢进门，讪讪地对丈母娘说："妈，我爸妈已经到家了。他们邀请你过去。"

"哧。"苏妈毫不掩饰自己心中强烈的不满。

02

苏亚在家里磨磨蹭蹭，从心底里讲，她很怕见到公婆，已经有大半年未谋公婆的面，她甚至记不起他们的模样，感觉跟他们无比陌生。

妈妈催她："快点，快点，丑媳妇迟早要见公婆，躲是躲不过去的。再拖下去，他们会以为我们心虚气短。"

苏亚不情愿地梳洗打扮，她可不想让公婆以为自己离开那个家就会颜色憔悴，面容枯槁，让他们心底的满足感大肆膨胀，连带着看妈妈的笑话。

临出门时，苏亚妈一直在犹豫要不要带去她越高山跨赤水带来的礼物。不带，面子上说不过去，还会落下个不懂礼节的话柄，进而影响苏亚在婆家的地位；带去，又觉得怨气更重，女儿被扫地出门，她一当妈的还要带着厚礼送女儿回去，实在是气愤难平。可是，人终究是要讲面子，伸手不打笑脸人，唯有自己做到恭而有礼，才好张口指责别人的礼坏乐崩。先礼后兵，也好义正词严。尽管苏亚妈是一万个不乐意，却还是携带那堆礼物去完成它们此行的使命。

周冲开车，苏亚和她妈坐在后排，妈妈紧紧地拉着苏亚冰凉的小手，一方面把自己的体温传导给她，另一方面是告诉苏亚，别怕，她是有依靠的人。

周冲父母已经等候在家，门铃响了一下，防盗门就立刻大开。周冲妈迎出来，脸上绽放着硕大的一朵牡丹，拉着苏亚妈妈的手就往里走："哎呀，亲家，你来了也不提前通知我们一声，你看我们也不在家，都没能去机场接你，真是不好意思，太失礼了。"

这般的热情让苏亚妈有些措手不及，她接过苏亚手里拎的礼物，放到茶几上："我这次是突然出差，也没什么好准备的，不知道你们喜欢什么，就随便带了点礼物，希望亲家别嫌弃才好。"苏亚偷偷地想，随便？妈妈什么时候是个能随便出几千块钱的人？买根大葱都要反复比较粗细颜色水嫩度以及是否空心。这话假的，连苏亚都不忍卒听。

一群人亲亲热热坐在沙发上，周冲妈不等苏亚妈兴师问罪，主动坦白："亲家，真是对不起，我们没有照顾好小亚，两个孩子吵架，小亚就搬出去住了，我们也劝了，可是没用。唉，现在的孩子，都是娇生惯养长大的。像我们家周冲，都结婚好几年了也没个正形，一点都不知道体恤小亚，不懂得避让，总惹小亚生气。亲家母，对不起，我代我们家周冲给你和小亚赔罪了。"

苏亚妈张口结舌，周冲妈的这一拳出得巧也出得妙，看似在责备周冲，实则是搬了一个沙袋堵在她面前，有效地防御了她即将喷发的口水。苏亚妈心里暗暗叫苦，如此精明的婆婆，不谙世事的苏亚怎能是她的对手？

周冲沏好茶端过来，一言不发地坐在苏亚旁边的沙发扶手上。

苏亚妈很是不爽，却又不能发作，只能皮笑肉不笑地说："我们亚亚也是，从小被我和她爸爸惯坏了，一点眼色都没有，结婚了也不知道收敛，也不知道讨公婆欢心。都说人在屋檐下不得不低头，做儿媳妇的在公婆面前，怎么好不退不让呢。"

周冲妈心领神会，知道苏亚妈的言外之意是房子，又打着太极话中有话："话也不能这么说，现在又不是旧社会，哪里还有公婆给儿媳妇脸色看的事情，只要儿媳妇不要给公婆下马威，公婆就算是烧高香了。孩子结婚对我们做父母的来说就像是多了一个孩子，高兴还来不及。我们只有小冲一个儿子，不管有什么，以后还不都是他们的？难道还会捐献给国家？我们可没有那么高的精神境界，更何况，哪里能找得到不贪不占的基金会。亲家母，你说是不是？"

苏亚妈气得牙根发痒，脸上还继续装着和蔼可亲："是啊是啊，我和亚亚爸爸也这么说，我们家里也有两套房子，要是周冲和亚亚什么时候需要用钱，我们就卖掉一套，全力支援。"苏亚妈想要打击一下周冲妈的嚣张气焰，显示一下自己家的财力。

周冲妈笑呵呵地说："是呀，我们也这么想，原本也想把省城的房子卖掉的，再买一套给他们单过，也免得住一起他们看我们老的烦，可是没办法，我们那边的房价跟远都比还是一个天上，一个地下。一套房子的钱都不够远都房子的首付。所以只能算了。"周冲的家在省城，苏亚的家只是个地级市，周冲妈含蓄地抬高着自己的出处，顺带着贬低一下苏亚妈妈这种"小地方人"。

两个妈虚伪得像是在演戏，不露声色，却句句刀光剑影，空中道道寒光闪过，交叠错乱，一声声脆响，一片血迹洒开。

苏亚妈不甘示弱:"是啊,亚亚出生以后,她奶奶还不乐意,想要个孙子。可是现在看看,有女儿多好,全中国的男人讨老婆都要准备房子的,女人只要空着手嫁人就好,很多地方还能收一大笔彩礼,足够父母养老的。"

周冲妈妈的脸立刻耷拉下来,心想,怎么着?是在埋怨他们家当年没出彩礼,现在觉得吃亏,准备秋后算账?

周冲爸眼见风向不对,赶忙出来打圆场:"亲家母,你来我们也没去迎接,很过意不去,就让我们给你接风洗尘,聊表心意,你看好不好?"

苏亚妈觉得这是对方应尽的义务,不加推诿,说声:"好吧。"

周冲妈眨眼间驱散了脸上的乌云,笑吟吟站起来:"亲家母,请稍候,我去换件衣服。我们只见了没几次,也没好好聊过,等下我们边吃饭边叙啊。"

等周冲妈再出来时,已然换上了一件非常隆重的貂皮大衣,像是要出席晚宴的贵妇。苏亚妈登时觉得自己的棉袍在那件华服的衬托下相形见绌,寒酸且不登大雅之堂。苏亚妈下意识地拽了拽衣服,想拽平上面的皱痕。

吃饭时,周冲妈不住地把菜往苏亚和苏亚妈盘子里夹,客气地说:"这家店味道很不错的,亲家母,你尝尝怎么样。你和小亚爸爸经常下馆子吗?"

苏亚妈微微带笑:"我平时下馆子的机会太多,我们做财务的,领导总归要照顾的,这种胡吃海喝的机会少不了我的。我对饭店的菜都产生了抵触情绪,平素就想吃点亚亚爸爸做的家常菜。"

周冲妈惊讶地问:"呀,小亚爸爸还会做菜的呀?"

苏亚妈心里灌满了蜜,脸上还要装作若无其事:"手艺一般,不过我们家来客人都是亚亚爸爸掌勺,我只能打打下手。"

周冲妈不满地看了一眼周冲爸。很快回过头笑着说:"北方男人都不愿意进厨房的,觉得那样没有男人味。"

周冲爸抵住老婆的话:"会做菜最好了,会做菜的男人才能算得上是好男人。我也一直想学做菜的,可是实在是没有这方面的天赋。亲家母,你有时间跟小亚爸爸一起来远都旅游吧,我们两家人只在孩子们结婚前碰过一次面,这么几年都没有再见过。两家就这么两个孩子,我们要经常聚聚也好加深感情。"

苏亚妈觉得周冲爸爸的这几句话还算是合情合理,让她心里舒服一点。

苏亚和周冲一直听着各家妈妈的唇枪舌战,觉得可笑,窃窃私语着近日朋友以及单位的趣闻,寒冰有了消融的苗头。

周冲爸试探着说:"亲家母,周冲不懂事,慢待了小亚。你看小亚租房子在外面住,你们不放心,我们也不放心。今天你也在,我们当大人的做的有什么不对,也希望你和小亚不要放在心上,我们以后都会好好对待小亚的。小亚呢,把房子退掉,早点搬回家来住，不然这样长期分居会伤害夫妻之间的感情。亲家母，你说呢？"

这个台阶给得恰到好处，这也是苏亚妈一直等待的结果。能够主动伸出橄榄枝提出接苏亚回家，即使认错不那么诚心诚意，至少表面上是说得过去的，她便频频点头："是啊，是啊，我也是这么对亚亚说的，夫妻两个，哪能一个东头，一个西头的，像什么样子。亚亚这孩子，有什么事都不告诉我们，我来之前，都不知道她搬出去住的事，要是知道，我和她爸爸早就教育她了。"

周冲妈一愣，这是她万万没有想到的，她以为是因着苏亚的告状，她妈才千里迢迢跑来兴师问罪的。那些礼品，只不过是先礼后兵的一些道具罢了。周冲妈有点不好意思，觉得自己有点以小人之心度君子之腹，语气上也立刻客气了许多："亲家母，你这次来可要多住上些日子，我们老姐妹好好叙叙，孩子们要上班没时间，我时间可是大把，就带你四处转转，逛逛商场，你看好不好？"

苏亚妈应承着，心里的恶气总算是排泄出去一点，周冲妈忽然的多云转晴，让她一时有点不能适应："好呀，我就先跟亚亚住几天，我出差要一个星期，走之前把亚亚送回家，也算是完璧归赵。"

周冲妈笑得眼睛都眯成了一条缝："亲家母，你真是有文学修养，成语用得一道道的。"

苏亚妈心里得意洋洋——想当年，我可是学校公认的文学才女。

03

苏亚妈让苏亚带着几件换洗衣服跟她一起住进了酒店，反正是公差，一切公家报销，不住白不住。

娘儿俩和衣躺在床上。苏亚妈把手伸进苏亚的衣服里给她挠痒痒，苏亚惬意地直哼哼，指挥着母亲的手往左往右往上往下。

苏亚妈一边提供爱心服务，一边忧心忡忡地说："亚亚，你那婆婆，可真不是个省油的灯。你凡事要长个心眼儿，你可不是她的对手。她是九段，你顶多就是个二段。"苏亚爸喜欢下围棋，苏亚妈对分段知道点皮毛。

苏亚也不吭声，继续沉醉在母亲温柔的大手下。妈妈接着发表观感："你得跟你婆婆搞好关系，不能蛮干，只能智取，打硬仗你是要吃亏的。这是秃子头上的虱子——明摆着的。你那公公，国家一级标准机器上生产出来的妻管严，我看，你婆婆放个屁他都能说是檀香味的，就不用拉拢他了，没什么用。"

苏亚脸埋在被子里发出"咻咻"的笑声："妈，你整天以文化人自居，怎么一张嘴就这么俗。"

"谁告诉你文化人就不能俗了？吃喝拉撒睡，哪样不俗？文人墨客要是那么清高，不被憋死就是断子绝孙。男男女女的事情还不是更俗，那些才子还不是个个眼巴巴地等着佳人。哎呀，你别打断，我刚才说到哪了？"

"你刚才说的是檀香味的屁。"

"哦，这檀香味的屁吧……死丫头，又乱说。我是说，你公公这人在家也做不了主，就不用发展成革命统一战线了，公公跟儿媳妇站在一起，容易让婆婆产生误会。你别总跟周冲闹别扭，这男人一旦结了婚，就跟谈恋爱时不一样了，结婚前再多的甜言蜜语，你侬我侬，都是为了把你追到手。一结婚，他们就没有钓鱼的兴致了。你跟周冲，那是人民内部矛盾，跟你婆婆，才叫人民外部矛盾。家里就那么几口人，你得团结一方，打击另一方。不能处处为敌，要是所有的人都站在你的对立面，你就被彻底孤立了，到时候你婆婆再在周冲面前挑拨是非，你连解释的机会都没有，因为周冲的心离你远了，离他妈近了。人还不都是喜欢听比较亲近的人的话？你听清楚没有？"

苏亚懒懒地趴着："妈，我听你的高谈阔论呢，别说，你的才女名号不是盖的，有那么点水平。接着说。"

"你得让周冲永远站在你这边，女人嘛，别像茅坑里的石头又臭又硬的，撒个娇，发个嗲，事情好解决得很，别总是针尖对麦芒的，屁用没有，反而让他觉得你无理取闹。"

"嗯。"苏亚认为母亲的话很有道理。她一直在考虑要不要告诉母亲她和周冲之间的真正问题。

周冲妈信守承诺充当临时导游带领苏亚妈逛遍了所有的商场。女人对购物有着经久不衰的热情，对博物馆纪念馆之类的则是意兴阑珊。苏亚妈回来以后对苏亚说："你那婆婆，真是个奢侈的主儿，三千多块的大衣，眼皮都不带眨地买下来，真是个对自己大方，对别人抠门的人啊。"苏亚妈还是对房子耿耿于怀。

苏亚白她妈一眼："你管得也太宽了吧，她妈花的既不是你的钱，也不是我的钱。"

苏亚妈气呼呼地说："我才懒得管她的闲事。只是，他妈那个小市民样，不断地炫耀着她家多有钱多有钱，她衣服多有品质，首饰多么华贵。既然那么有钱，买套房子给你们单过呀，又不肯。买衣服倒是花钱如流水的。衣服能保值吗？穿一穿不就旧了，难道还能拿到二手市场上甩卖呀？"

"唉呀，妈，你才是小市民，对别人的事情指手画脚的。"

"我哪里是小市民，我这不是希望你能早点有自己的房子，也好脱离你婆婆的魔爪，住在一起，上牙碰下牙的，难免有个磕磕碰碰。唉，我真是不放心。都说儿女大了父母就可以享福了，哪里是那么回事。我这次来，心以后都没办法放下了。你婆婆就是个定时炸弹啊。你婆婆张嘴闭嘴就是他们给你们买的房子有多好多好，那是给你们买的房子吗？你说你，结婚前都不知道说一声，好像爸爸妈妈是外人一样。"

苏亚拉长了声音叹气："我当时哪里知道房子这么重要，有情饮水饱，当时让我租房子结婚我都没意见的。"

母亲在她头上戳了一下："傻丫头，你不知道，倒是告诉我和你爸爸，我们也好帮你拿主意。结婚前我问你，房产证是谁的名字，你还骗我是周冲。等我们知道，结婚证都领了，黄花菜都凉了。你呀你，傻乎乎的，这下可好，人家占完便宜还能落个天大的人情。"

苏亚妈在远都的最后两天，两人离开酒店，回苏亚的小窝居住。妈妈决定利用这最后的两天时间，帮苏亚收拾一下东西，在她离开之前把苏亚遣返回周冲家。

苏亚下班，刚打开家门，就被母亲一把拽进屋里。苏亚像片树叶，一下子被狂风卷走。

她没好气地问："妈，你又怎么啦？"

"我今天给你收拾东西，发现你这里一点避孕工具都没有，你们是不是从来不避孕？"

"……"苏亚张口结舌。

"既然不避孕，为什么一直没有孩子？你们是不是那方面有问题？"

"妈……"苏亚羞臊地制止母亲。

母亲看到了苏亚脸上痛苦又无助的表情，觉出不对，坐下来，降低声调慢慢地说："我不说了。你说吧。"

苏亚吭哧了许久，吞吞吐吐给母亲讲了事情的经过。

母亲丢了魂一样跌坐在床上："这可怎么办啊，周冲才二十几岁，往后的日子你可怎么过呀。总不能一直守活寡吧。你们怎么生孩子？难道像电视上说的那样去人工授精？"

母亲伤心绝望的语调，仿佛出问题的不是周冲，而是苏亚她爸。

苏亚嗫嚅着说："我也不知道，我催他去看病，可他不肯。"

母亲歪着脑袋思忖了半天，问道："你公婆他们知道这事吗？"

苏亚摇头："不知道。周冲是个自尊心超级强的人，这种事情知道的人还是越少越好，否则他会很难堪。"

身在月球上的母亲顷刻间就弹上了半空："凭什么呀？问题出在他们家儿子身上，

你婆婆凭什么不带他儿子去做检查，非逼着你去？她不是国家干部吗？她不是知识分子吗？难道她不知道生不出孩子男人占一半原因的吗？什么东西！我这就去告诉她。"

苏亚腾地一下站起来，死死抱住母亲的腿："妈，你可千万别说，这事由你传到他爸妈耳朵里，要是让周冲知道，还不得多记恨我呢。"

妈妈无奈地说："那怎么办呢？他一辈子不去看病，你就一辈子这么过吗？万一哪天周冲在别的女人身上尝到甜头，把你一脚踢开，你怎么办？到那时候，你所有的忍耐和奉献，都会覆水难收。周冲不会记得你为他做过的事情，包括你对他父母的隐瞒。"

苏亚的愁云都快堆成了棉絮："做一天和尚撞一天钟，凑合一天是一天吧，难道因为这个离婚吗？"

"是，凑合一天两天是没问题，你这都凑合好几年了，凑合出什么结果了？而且，你这种控制和忍耐，又有谁知道？有人念你的好吗？"苏亚妈的痛苦似乎超过了苏亚。

苏亚妈若有所思。

第二天，苏亚临出门时，把身体从门外又抽了回来："妈，你记住，千万别告诉他爸妈。"

"行，你赶快上班，不然要迟到了。"

母亲心里的小锤不断摇响，脑海里浮现出宝贝女儿为了照顾周冲面子牺牲自己尊严被押着去医院接受检查的场面，周冲妈妈板着骄横的面庞数落女儿的场面，以及苏亚拖着沉重的行李箱挂着满脸泪珠可怜兮兮搬家的场面。

她坐不住了，拉开门冲了出去。

04

苏亚妈打了辆车直奔周冲家。

她无法忍受女儿承受这种不白之冤，无法忍受女儿浸淫在这样痛苦的婚姻生活里；也无法忍受周冲妈妈在她面前的洋洋得意自我感觉异常良好。

苏亚妈决定在临走之前，逆女儿的意愿，给女儿讨还个公道。

苏亚妈按响门铃，随门一起映入她眼帘的，是周冲妈吃惊的脸："呦，亲家母，怎么大清早就来了，不是说好晚上的吗？"

周冲妈打开门。

苏亚妈迅速朝周冲妈身上扫视了一圈，发现周冲妈妈今天不修边幅，蓬头乱发，完全没有前几日的贵气和风韵，心里暗暗冷笑：原来她也不过如此，看来世上真的没有丑女人,只有懒女人。马路上无论什么样的美女,看来都是经过包装的。

苏亚妈昂着脑袋说:"我是想来跟你们说件事情,必须避开两个孩子,免得他们在场尴尬。"

周冲爸闻声走过来:"亲家母呀,有什么事进来再说,外面那么冷。快进来快进来。"

苏亚妈雄赳赳气昂昂地走进去,昂首挺胸在沙发上就座。

周冲妈疑惑不解地问:"什么事啊?还要避开他们?"一边说一边拿张椅子坐在苏亚妈对面。

周冲爸挨着周冲妈坐下。

苏亚妈理直气壮地说:"我听亚亚说了,你们想要抱孙子。我和亚亚她爸爸呢,也是这个意思。"

周冲妈遇到知音一样激动:"亲家母,你也是这么想的吧?你看我们老辈人,想法都是差不多的嘛。前几天我就想跟你聊聊这件事情,让你做做小亚的工作。我们老周还不让我说。你看看,我就说嘛,亲家母一看就是通情达理的人,不会不讲道理的。"周冲妈朝周冲爸瞟了一眼,一副"看吧,被我言中了"的成就感。

苏亚妈问:"亲家母,听说你已经送亚亚去做过检查?"她本想用"押",想想和为贵,就改为了"送"。

周冲妈脸上的笑容陡然冰封,尴尬地说:"哦,是的。我想……"

苏亚妈不客气地打断她:"结果是,亚亚没问题,对吧?"

周冲妈赶快接上:"是,没问题,可是,她一直在吃避孕药。我从他们房间里找出来的。"

周冲爸觉得这个话题他不方便参加讨论,咳了一声,对苏冲妈说:"亲家母,你先坐,我下楼转转。"在暗中捅了周冲妈一下,穿衣出去。

苏亚妈心想,这死女人,真是贼喊捉贼,猪八戒倒打一耙,她耐住性子问:"你没看看那药是什么时间的吗?"

"我哪里注意到那个,这药放在抽屉最上面,肯定是刚吃的喽。"周冲妈很自信地说。

苏亚妈笑笑,笑里藏着山呼海啸:"那药,是亚亚几年前吃的。她现在早都用不着避孕了。"

周冲妈绣过的眉毛紧密团结在印堂周围:"什么意思?"

苏亚妈心里冷笑,原来知识分子的智商也不过如此,考虑问题都不知道变换个方向:"他们已经很久没有夫妻生活了。"

周冲妈一愣,半天没接话,渐渐品出那么点意味:"你是说,我家周冲……?"

苏亚妈郑重其事地点了点头:"没错,就是这样。"

周冲妈大惊失色，难以置信地把嘴巴圈成个"O"形："不会吧？不可能！小冲怎么会……"

苏亚妈的腰杆挺得更直，中气十足地说："事实就是如此，容不得你不信。"

周冲妈疑惑地问："是小亚亲口告诉你的？"

苏亚妈使劲地点了一下头："那当然。难道我还会信口雌黄不成？这种事情，怎么好瞎编乱造。"

周冲妈面色惨淡地靠到沙发背上，全部的斗志顷刻间化为乌有，一脸的颓败，一脸的苍老。

苏亚妈觉得非常解气，女儿这几年来受到的委屈、不公和责难，终于在适当的端口完整地还给了对方。

房间里静得掉根针都能听得见。两个母亲各怀心事，缄默不语。

周冲爸带着一大堆蔬菜瓜果鱼虾回来，看到两位的表情，好奇地问："咦？你们怎么不说话？这么安静干什么？"又笑着对苏亚妈说，"亲家母，今天中午在家里吃饭，我把菜都买好了。"

苏亚妈笑呵呵地站起来："不用了，我还要回去帮亚亚收拾东西，等她下班再送她回来。"

周冲爸迟疑了一下："好吧，那晚上再来吃饭。我们一家人一起吃饭，迎接小亚回家。"

周冲妈呆坐在椅子上一动不动，毫无反应。

周冲爸看着状况异常的老婆，一头雾水。

苏亚妈走后很久，周冲妈终于回过神来，喉咙翕动，发出嘶啦嘶啦的痰音，周冲爸见状，放下手里正在择的菜，快步走向周冲妈："你这是怎么了？你们吵架了？"

周冲妈有气无力地摇头。

周冲爸急火攻心："你倒是快点说，发生什么事了？急死人了。"

"苏亚她妈说，小冲那方面有问题。"

果真是老夫老妻，周冲爸爸的第一反应跟周冲妈妈如出一辙："不会吧？不可能！小冲怎么会……"

"我想，她妈一定是确定了的，她不会拿这种事情乱讲的。"

周冲爸紧跟着加入了愁眉苦脸的行列："那怎么办？小冲怎么会有这方面的问题？他年轻力壮的。"

"我们现在要考虑的，不是为什么会这样，而是已经这样了该怎么办。"

周冲爸万分赞同领导的话，忙不迭地点头。

周冲妈在短暂的纷乱之后，恢复了往日的镇定："我们得带他去医院，这又不是绝症，会药到病除的。"接着自嘲地笑，"一直以为问题出在小亚身上，没想到灯下黑，居然是自家儿子出了毛病。"

周冲爸无奈地摇头："谁知道会这样。"然后严肃地对周冲妈说，"我看，你以后得对小亚好一点，你看这么长时间她都没有告诉她父母，也没有给我们提过，肯定是为了照顾小冲的面子。也难为她了。"

周冲妈觉得这话对自己有失公允："我哪里有对她不好？我又不知道实情，怎么能怪我呢？"声音里明显的软弱无力，理屈词穷。

05

苏亚妈在心里哼唱着"红太阳照边疆，青山绿水披霞光……"

苏亚妈坐着出租车快乐地往回赶，眼前浮现出一幕场景：她和周冲妈一起站在拳击台上，周冲妈被她一拳打翻，裁判在旁边倒数着6，5，4，3，2，1，周冲妈仍旧躺在地上一动不动，裁判走上前，举起她的手向观众宣布她是最终的获胜方。

苏亚妈踏着轻快的步子上楼。

苏亚妈哼着小曲收拾苏亚的衣服。

苏亚下班回家，看到母亲喜滋滋归拢东西，好奇地问："妈，什么好事啊？这么高兴。你难得有这么神清气爽的时候。"

母亲神秘地看了她一眼："我把那事，告诉你婆婆了，你都没看见她那张脸，跟酱爆茄子一样。哈哈，真是太有意思了。哈哈。我怎么就没带相机呢？我要是带了相机一定给她照张特写，这可是具有划时代的历史意义，值得永久纪念的珍贵时刻。"

苏亚妈得意洋洋，没注意到苏亚的骤然变天。

苏亚大吼："妈，你怎么这么不守信用，你答应我不会告诉他们的，怎么出尔反尔？你让我跟周冲以后怎么相处，他非得恨死我了。"

苏亚妈收起喜气，一本正经地说："我这么做是为你好。你公婆不知道，就不会给周冲施压，还会一味怪罪你。他们永远认为是你不愿意生孩子。周冲也永远不会去治病。难道你愿意现在的生活一直持续下去？难道你希望你的婚姻永远是无性婚姻？你这么难为自己，你跟周冲就没有矛盾了吗？这么几年你们少吵架了吗？最后的结局，还不就是你拖着大包小包搬出他们家。你要记住，什么事情拖着是永远不会得到解决的，万一哪天周冲在别的女人那里解决了问题，你哭都来不及。"

苏亚承认妈妈的话很有道理，却还是纠结该怎样跟周冲解释。

半小时后，周冲载着苏亚母女回家了。

迎来宴摆在饭店，送往席设在家里。周冲妈做了一大桌好菜，以此表达对苏亚的愧疚。周冲妈分外客气，不断地给苏亚母女夹菜，还打开了苏亚妈妈带来的茅台，满脸堆着谄媚的笑："亲家母，我就借花献佛了，借亲家公的美酒款待你，你可不要介意哦。"

周冲爸也客气地说："是啊，今天小冲妈忙了一整天准备这顿饭，亲家母一定多吃点。小亚，你也要多吃点。"

三位父母彼此心照不宣，虚假地你来我往。席间是难得的一派祥和，跟上一次完全是天壤之别。只有周冲不明白，母亲为何太阳打西边出来，忽然间如此殷勤，记忆里，母亲只有在老局长面前才会这样刻意逢迎。

苏亚妈走后，周冲妈几次想跟周冲说说这个问题，几次都是欲言又止。终于找到个苏亚不在家的日子，周冲爸妈叫住了准备出门的周冲："小冲，你等会，我们要跟你谈谈。"

周冲疑惑地看着在沙发上正襟危坐的父母，收回了欲往外走的双脚："这么严肃？什么事？"

周冲妈认真地讲了从苏亚妈那里听来的事端。

周冲顿时火冒三丈："苏亚说的？"这几乎是他第一次叫苏亚的大名。

"不是，你丈母娘说的。你别责怪苏亚，这种事情藏着掖着有什么意义？"周冲妈罕见的通情达理，"今天我和你爸爸，想跟你说说治病的问题。"

周冲恼羞成怒："苏亚怎么这样啊，什么都跟她妈说，她妈也真是的，回头又告诉你们，一群长舌妇，懂不懂什么叫隐私！我有什么病？我好得很！我才不去看什么病！"说完抬腿就要往外走。

周冲妈声色俱厉："坐下！往哪走？"

周冲气急败坏坐下，侧面对着父母，双腿一个劲抖动。

"这点小毛病，有什么好难为情的？我们是你爹妈，还会看不起你不成？这种问题，就像是男人的前列腺炎，女人的妇科病，再正常不过的小事，你用得着这么紧张吗？真是小孩子没见识。"

周冲闷不作声。

"这种事，你爸年轻的时候也有过，吃了几副中药，很快就好了，有什么大不了的？"周冲妈为了鼓舞儿子士气，开始编排起周冲爸。

周冲爸感觉面子上挂不住，但是知道老伴的用意，于是违心地不遗余力地往自己脸上抹黑："我那时也觉得天要塌下来了，觉得没脸见人，对不起你妈，结果到医生那一看，吃了一些药，很快就好了。这几乎是每个男人都可能遇到的问题，没什么大不了的，你的思想负担不用那么重。"

周冲在父母润物细无声的夹攻开导下，勉强同意去中医院看病，但他要求自己独自前往，不要任何人作陪。

晚上，周冲把脊背留给苏亚，任苏亚怎样扳动，他都岿然不动，誓死抵抗。

苏亚知道，一定是公婆跟周冲谈过，周冲心里不爽，于是巴结地说："你转过来嘛，我都一天没见你了，你就不想跟我说说话吗？"

周冲没好气地说："该说的不该说的都跟你妈说，你牙很长吗？长的痒痒？长的难受？要是难受就在地上磨磨，免得嘴唇包不住牙到处走风，跟僵尸一样。"

苏亚火冒三丈地坐起来："我替你瞒了多久？你照顾过我的感受吗？你想过解决问题吗？你准备一直拖到我们俩在阎王爷那报到吗？"

周冲再也不说话，呼声扯得震天响。

周冲从中医院拿回了一大包中药，家里开始弥漫着中药的"芬芳"。医生叮嘱周冲，一副药熬三次，早中晚各喝一次。周冲妈特意买了个砂锅，每天按时、积极地熬药。还特意准备了一个瓶子，让周冲带到公司午饭后喝掉。

周冲死都不肯，把瓶子从包里拿出来放回桌上："我带这个干什么？吃完午饭在办公室里当着所有人的面喝药？公司里人多嘴杂，很快所有人都会知道我得病了。还会传得很难听，没准还会传出个绝症什么的，过不了几天，你儿子就会被解雇了！"

周冲妈琢磨一下，好像是这么个理儿，收回瓶子。他们没有严格遵医嘱，把一天三次，擅自改为了一天两次。

周冲没给苏亚好脸色，他倒不是怕药苦，而是存心记恨苏亚的出卖，把此事捅到了父母那里，尤其还告诉了丈母娘。周冲觉得这让他很难堪，很别扭，这伤害了他作为一个男人的自尊，有种被扒光衣服游街示众的感觉。

从那天起，背着父母周冲称呼苏亚为"叛徒"，许是玩笑，许是埋怨。即使在他们分居的日子里，周冲每周都会雷打不动给苏亚爸妈打电话，汇报一下两人的近况。然而苏亚妈走后，他再也没给岳父母打过电话，他觉得在他们面前，自己就像是个侏儒，是个无法带给他们宝贝女儿幸福，还让他们嗤之以鼻的无能的废物。想起岳父母，他就觉得矮了三分。

周冲也很少跟苏亚讲话，他觉得在重振雄风之前，说什么都是多余的。

第六章
新怨旧恼

老婆是什么？老婆就是为了奴役我而诞生的一个永无止境的剥削阶级。排除掉这些不能的日子，一个月还剩下几天？汽车限行好歹只是分个单双号，我们都快赶上一年一度的牛郎织女鹊桥会了。

01

周冲刚吃了一星期的中药，周冲妈便迫不及待地问："怎么样？感觉好点了吗？"周冲爸也在旁边把希望的目光播洒在周冲身上。

周冲不耐烦地回答："哪有那么快？给我看病的又不是华佗，哪里能做到妙手回春药到病除？你们也真是的，皇上不急太监急。你们那么关心这个干什么？烦不烦啊。"

周冲最近的脾气很差，心情烦躁，发脾气的频率渐高，其余三口人对他极为宽容忍让，对他的暴怒都保持着绝对的克制和冷静。周冲父母更是可以理解儿子的心情，互相看一眼，闪进了厨房。

周冲在电脑前坐下，刚想打盘游戏，精神却怎么也不能集中，一会功夫就被打得丢盔弃甲，所有的部族都被杀得落花流水。周冲在心里骂了句：妈的，没一件顺心的事，打个游戏都这么背，真他妈郁闷。周冲忽地一下站起来，把椅子使劲推到一边，怒气冲冲出了门，一脚踢飞了躺在小区花园里的一个易拉罐，没成想，脚撞到了花坛的外延，钻心地疼。周冲咧了咧嘴，又在心里骂了句娘。

周冲一个人坐在西餐厅里，对着一大堆食物大快朵颐，切牛排时特别用劲，把盘子切得一震一震，叮咣作响。周冲吃得正欢时，家里来了一个电话，周冲毫不迟疑一把按掉，接着吃，牙齿把牛肉嚼得稀烂，一连喝掉了四杯红酒。

吃完饭，周冲又进了一家维族餐厅，要了五十串烤羊肉，吃得满嘴流油。全部进肚，周冲这才有了一点饱胀感，打着饱嗝摸了摸圆滚滚的肚子，又喝了一杯奶茶，仍然有意犹未尽的感觉。

周冲掏出手机给一个朋友打电话："喂？干什么呢？有时间吗？出来聚聚。我靠，你老婆怀孕了？那算了，你还是在家陪你老婆吧，当爹可是大事。恭喜恭喜啊。什么时候生？哦，那还早呢。我？我目前还没有这项计划，我跟我老婆都忙，还没时间，过两年再说吧。你小子，赶紧当模范丈夫吧，不跟你啰嗦了，挂了。"

周冲妈在周冲爸爸吃完饭下楼遛达的空隙，悄悄问苏亚："小冲，他好点了吗？"苏亚红着脸，眼睛瞅着空碗："不知道。妈，刚吃了一个星期的药，中药见效没有那么快的，至少要一个疗程。"

婆婆安抚苏亚："我不着急，我是怕你着急。耐心点，别着急，也别催他，男人要面子。小冲尤其是，小冲四岁的时候，有一次我当着他舅舅的面训他，他整整哭了一个晚上，他爸爸怎么劝他都没用。这孩子，自尊心特别强。还有，他最近脾气不好，你也别跟他一般见识，多忍忍。"

苏亚点点头："妈，你放心，我知道的。他肯去看病，我就挺高兴的。"

02

周冲连续不断地吃了几个月的中药，家里的每个房间都弥漫着浓重的中药味道。苏亚曾在电梯里听到邻居互相私语："这是谁家在熬中药，这么大的药味。"

苏亚的头发上衣服上也都布满了药味，好几个同事都关心地问她，是不是身体不好在吃中药。苏亚对这药味开始有了一点过敏，每天一回家闻到药味就头晕目眩，毫无食欲。她觉得周冲真是挺不容易的，她仅仅是闻到药味都这样难受，那么每天坚持吃药的周冲该需要多大的毅力和耐力。苏亚对周冲的态度一百八十度的大转弯，柔情蜜意，嘘寒问暖，似乎回到了热恋时光。

周冲在煎熬了几十天后，终于有了一点点破土而出的迹象。他吻上苏亚的耳垂，呼呼地吹着热气，苏亚居然很不适应，身体僵硬，不知如何反应。太久的隔离，让她几乎忘记夫妻交响曲的步骤和程序，周冲的身体也让她很陌生，像是一个天外来客。那种感觉很怪异，对着一个最熟悉的人，身体却极度排斥。身体是最真实的信号灯，身体的反应就是内心世界最真实的折射。苏亚感到她和周冲之间，就像是隔着辽远的大西洋。

周冲却没意识到苏亚的心理变化，之前的那些一鼓作气，再而衰，三而竭的履历，让他心有余悸，他迫切地想打一场胜仗，洗刷不光彩的过去。周冲慌慌张张开始，心生欣喜，这药果然有效，今日的确比往遭的感觉要好。这场春雨历时时间不长，却足以显现出春雨贵如油，昭示着新的希望，以及无穷尽的未来。

周冲在结束的时候发出一声低吼，像是吐出了心底所有的郁结之气。苏亚很恍惚，这完全不是她记忆里性爱的模样。这给她的感觉，像是狮子的交配，没有序曲，没有高音，只是一望无际的大草原中极其短暂的一瞬，开篇仓促，收尾潦草。苏亚心里完全没有愉悦的波澜，这胜利离她的期望值太远，甚至是她还没来得及品咂，就宣告了结束。

周冲沉浸在难得一见的成功里，拿起装着体液的避孕套对着灯观看了足足有十几秒，喃喃自语：“终于成了，终于成了，不容易啊！看来吃药还真是有用。”

苏亚怔怔地看着他，在想周冲会不会把这个避孕套做成标本，封存在家里的某个纪念册里，作为永久的回忆。

周冲俯身躺下，兴奋地搂过苏亚，问：“还好吗？”苏亚装出跟周冲一样的兴奋，连说：“很好，真好，太好了。”

苏亚心里很想说，一点都不好，简直就像在喝白开水。

周冲快乐地仰天高呼，说：“一切都过去了，我们会好起来的，我们很快会有个宝宝的，太好了。"

几个月的中药，周冲实现了由痿帝到秒射帝的成功转型，常常是苏亚刚在开幕式现场就座，周冲就做起了闭幕式的总结陈词。

苏亚觉得，这还不如从前的那个阶段，那时候两人井水不犯河水，彼此相安无事，可以把欲望扼杀在孕育阶段。可是现在的这种急转直下，让她刚被点燃的酒精灯，在瞬间就被灯帽熄灭，这种感觉很不好，就像是隔靴搔痒，完全达不到她的要求，完全跟从前的那种酣畅淋漓相去甚远。两个人的步调永远无法达成一致，常常是周冲挂靴呼呼大睡，苏亚睁着眼发愣。

苏亚发现，原来守活寡居然不算是最坏的事情。

某天晚上，周冲在花园里浇灌向日葵、小辣椒、蒜头、土豆，完了再跟僵尸展开殊死搏斗。苏亚躺在床上翻看着杂志。苏亚妈妈打电话给她，“喂”字不讲，称呼没有，非常地有的放矢："周冲吃了很久的药了吧？怎么样？好转没有？"

苏亚抬头看了看埋在游戏里奋发图强的周冲，顾左右而言他："吃过了。"

妈妈加大音量："死丫头，对妈妈还不好意思？"

苏亚抬头看了看，发现周冲正沉浸在游戏里，于是捂住话筒小声地说："效果不大。"

苏亚妈在电话那头叫嚷起来："没效果？那就换家医院，这都这么长时间了，怎么会没效果呢？周冲是不是没按时喝药？"

苏亚赶忙制止老妈的叫唤："妈，你小声点。"

苏亚妈妈不依不饶："小声点就能解决问题了吗？我是替你着急，周冲是没关系，反正孩子也不会从他肚子里生出来，年龄大小对他来说没问题，他只需要折腾十分钟，可是你不一样，你要折腾十个月呢。过了三十，体力就会下降，怀孕的时候更辛苦。恢复起来也很困难，到时候生完孩子身材变形，变不成今天的模样，周冲再有个什么想法，吃亏受罪的可是你。我们现在都年轻，你早点生我们也有体力帮你带，再过几年，我们连自己都照顾不了，哪还有力气帮你拉扯孩子呢？"

苏亚妈妈停了一下，接着说，"亚亚，你可要当心，男人这方面是不能断粮的，他要是跟你不行，迟早会在别的女人那里寻求自信。"

苏亚妈妈慷慨陈词，好像在发表演说，苏亚几次试图打断她，都被妈妈的滔滔不绝把话击退。

苏亚妈妈的声音也越来越大，夹枪带棒的："周冲是不是想把你拖成老姑婆再找个豆蔻年华？你们是不是别的地方有什么矛盾，他借这个冷落你？他是不是有别的女人，他给那些女人交了私粮，公粮反而供给不上？"

苏亚妈妈越说越气愤，苏亚越听越无奈："唉呀，妈，你都想到哪里去了？不是那么回事……"

苏亚这边还在跟母亲理论，那边周冲愤然起身，拿起鼠标，狠狠地摔在桌上，一脚蹬翻椅子，震得桌上的纸杯惊慌失措地跳到地上。周冲打开门，"咣当"一声拍上，扬长而去。

苏亚妈听到了这边的响动，急急地问："怎么了？什么声音？"

苏亚气恼地说："妈，你都乱说什么呢，被周冲听到了。"

妈妈"啊"的一声大叫："周冲在家？你怎么没告诉我？你这丫头也是，都知道我在说悄悄话了，也不避开周冲。"

苏亚急得恨不得蹿墙上树："我都让你小声点小声点了，你偏不听，嗓门越来越高。我声音放得这么低，你没听出来呀。你越说越大，越说越起劲，想打断都打断不了。这下怎么办？他好像都听见了。妈，你可真是的，哪壶不开提哪壶，火上浇油。"

苏亚妈好言安慰："没事的，我声音再大，也还隔着电话，他听不齐全的，顶多是听了个皮毛。再说了,我说的有什么不对吗?换个妈,也一样这么心疼女儿。你别管了,他自己会想通的。"

苏亚的心随着周冲飘到了外面,她对妈妈说:"好了,好了,我不跟你说了,烦死了。"放下电话,走到窗前,掀开窗帘,伸着脖子往下看。

周冲的车,拖着一屁股烟雾缓缓开出了小区。

苏亚慌乱地坐在床上,手到处乱抓,心乱如麻。她不知道周冲听到了多少母亲的高论,也不知道他现在要去哪里,更不知道他心底的愤恨积攒了多少。

苏亚的心里好像有成千上万只蚂蚁穿梭其间,坐卧不安,她拿起电话又放下,不知道这样的情况下该跟周冲说些什么。问他去哪,会加重他的反感。解释些什么,又显得太过欲盖弥彰。电话在她手里渐渐升温,还冒出点汗珠——那是苏亚手心渗出的汗水。

时钟指向午夜十二点,周冲仍旧没有回家,也没有往家里打电话。

苏亚再也沉不住气,拿过电话,拨打那个已经烂熟于心的电话号码。周冲已经关机。

苏亚顿时慌了神,她不知道这么晚了周冲能去哪里,会不会出了什么意外,她想给周冲的朋友打电话,却不能确定周冲跟谁在一起,担心打扰别人休息,只能作罢。

苏亚抱着手机,不知什么时候迷迷糊糊地睡着。

她看到一辆大卡车迎面撞向周冲,卡车没有刹车,直直地从周冲身上压过。周冲被卡车压在轮子底下,苏亚跑过去,发现周冲的脸只剩下了半边,另一半已不知去向。她扑上去,抱住周冲从车轮下露出的上半身。周冲血肉模糊,已被齐腰斩断……

苏亚惊呼一声,从噩梦中惊醒。

灯没关,仍旧尽忠职守地照耀着房间。苏亚惊魂未定,压着胸膛,心脏嘭嘭嘭嘭跳得很欢腾。苏亚慢慢从梦中清醒,发现床上仍旧只有她一人。此时已是凌晨四点。

苏亚到客厅、厨房、卫生间都找寻了一遍,四处都黑洞洞静悄悄,没有周冲的身影。公婆的卧室漆黑一片,传来二老均匀的鼾声。

苏亚急匆匆回卧室,颤抖着双手拿起电话,周冲依然关机。

苏亚傻了眼,睡意全消。

从四点到六点,苏亚做的唯一的一件事情,就是不停地拨打周冲的手机。

直到手机拼尽最后一点力气,支撑着苏亚听完又一遍的"您所拨打的电话已关机",然后气若游丝一般自动关机,天空已经泛起了鱼肚白,远处有橙红色的朝霞。

03

周冲被茶几上柜子上桌子上成群结队、各式各样欢蹦乱跳手舞足蹈的闹钟梯队训练有素的早操演练陡然惊醒。

他迷惑地睁开眼睛,不知道家里什么时候多出这么一些吵得他要死要活,心脏快要骤停的家伙。四下打量了一圈,才发现这不是自己家,是一个看上去熟悉,却想不起是哪里的地方。

他歪头一看,自己睡在一张沙发上,还穿着昨天的衬衫西裤,领带歪歪扭扭地挂在脖子上,快要变成夺命绳索,勒得他喘不上来气。他一边拽松领带一边爬起来,四处观摩,想看看到底在哪睡了一夜。

卧室里面传来惊天动地的呼噜声。周冲小心翼翼地敲了敲门,除了呼噜声还是呼噜声。轻轻一推,门自己开了。

周冲把脑袋往里一探,只见床上睡着四仰八叉,衣服东扭西歪,鞋袜却是一应俱全的大熊。大熊一只穿着皮鞋的脚踩在床单上,另一只伸出床面,悬在空中。大熊的呼声震耳欲聋,客厅的闹钟交响乐并没有影响他的睡眠质量。

周冲走进去一看,咧嘴笑出了声。大熊的嘴角两边,口水蜿蜒出两道浑浊的小渠,白色毛衣上,还留着啤酒红酒的残迹,好像某位抽象派大师的力作。大熊的眉毛上,有一块奶油蛋糕的残渣,把他的眉毛凝结成一陀。大熊两手交叉在胸前,睡得香甜无比。

周冲这才想起,昨晚跟大熊在酒吧喝酒,喝到几乎人事不省,才把各自的车留在酒吧附近,打车回到大熊家。模模糊糊的记忆仿佛一瞬间苏醒,同时记起的,还有丈母娘的唠叨。

丈母娘的嗓门足可以充当行军号,隔着好几米,透过话筒,他都能感受到她的鄙夷、不屑,还有失望。周冲觉得丈母娘很不可理喻,对女儿的夫妻生活关注到令人发指的地步,他没听说过哪个母亲这样八婆。况且,吃药之后,他的情况还是有了很大的好转,也不知道苏亚怎么跟她妈解释的。真是成事不足,败事有余。一点都不知道做个中转站,把两边的情况刻意美化一下。

周冲决定不叫醒大熊,自己赶回家换衣服。这么邋遢的形象,被头儿看见了,又得挨一顿k。周冲坐进出租车,打开手机,咦,什么时候关的机?摁了半天启动键,没有反应,原来手机没电了。

周冲爸妈正在吃早饭,见他回来,奇怪地问:"你怎么刚走又回来了?"看来,他们并不知道他的夜不归宿。

周冲答应一声,一个箭步冲进卧室。妈妈看他的背影一眼,回头对丈夫说:"不对呀,这孩子,好像昨天穿的就是这套衣服。他早上没洗脸吗?胡子拉碴的。"

周冲爸低头吃饭:"赶紧吃饭,少管闲事。这种小事你就不要瞎操心了。"

周冲妈嘟囔:"我儿子的事情,怎么能叫闲事呢?"

周冲快速地换好衣服,冲到卫生间洗脸刷牙,用剃须刀胡乱地刮了几下胡子,过于着急，刀片划伤了脸，一道血痕闪现在腮帮子上，钻心得疼。他赶忙抽出张纸巾，擦去血迹，血却不止，丝丝地往外冒。周冲跑回卧室，拿出片创可贴，对着镜子贴好，再急行军至厨房，打开冰箱，拿出面包牛奶，塞进包里，对着正埋头吃早饭的爸妈说了句："我走了。"换好鞋，拉开门风一样地冲了出去。

周冲妈收回投射在儿子身上的目光，望着周冲爸说："你看见没？他脸上好像有块创可贴，怎么回事？"

周冲爸头也不抬："赶快吃吧，豆浆都凉了，你可能眼花看错了。"

周冲等了十多分钟，才打到一辆出租车，坐进车里，周冲对着手机屏幕轻轻地揭开创可贴，还好，已经止血。

昨晚玩得实在有些太晚，否则不至于这么手忙脚乱。

自那次大熊和周冲促膝长谈，并互相掌握了对方的小秘密后，两人常常一起借酒消愁，互诉苦恼。

大熊诡笑着说："你那身体，还没恢复原样呢？你老婆有意见，冲你发邪火了？"

周冲问："你这么有经验，该不会是你的真实写照吧？"

大熊猛喝几口："我靠，我倒是想，我家的李胡兰要是能有你老婆十分之一的兴致，我就谢天谢地了。你家跟我家正好相反，我是欲壑难填，我老婆是冰封的石窟。""美娇娘"就成了苏亚的代名词，"李胡兰"则是大熊老婆的雅号，大熊老婆姓李。

昨晚的大熊前所未有的颓落："哥们现在是奴隶 s，房奴，车奴，未来的孩奴，奴隶的中坚力量。现代的新三座大山，就像五行山，都快把哥们我压垮了。我丈母娘，有事没事就说我赚钱少，没本事，没让她女儿背上爱马仕，去马尔代夫度蜜月。你说，我一个月好歹也有一万五，可这钱怎么就这么经不住花呢？每到月底我就不剩几文钱。连烟酒都开始限量，唯一的乐趣都要被合法取缔。我老婆还列出个作息时间表，过了十一点不行，她累了不行，做面膜的那天不行，心情不好不行……外带着她一个月还有一周要来大姨妈，你说说，排除掉这些不能的日子，一个月还剩下几天？汽车限行好歹只是分个单双号，我们都快赶上一年一度的牛郎织女鹊桥会了，她还一副皇上宠幸妃子的架势。"

"哈哈哈哈，"周冲不厚道地笑了起来，他实在是觉得这一幕很有喜感，"李胡兰同志真是一朵奇葩。"

DJ 非常贴心地送上了张镐哲的《再回到从前》：

如果再回到从前所有一切重演
我是否会明白生活重点
不怕挫折打击没有空虚埋怨

让我看得更远
如果再回到从前还是与你相恋
你是否会在乎永不永远
还是热恋以后简短说声再见
给我一点空间
我不再轻许诺言
不再为谁而把自己改变

在这伤感的歌声里，酒吧里突然间一切喧嚣不再，痴男怨女们纷纷沉浸在种种莫须有，或是真的有的哀伤里，各自舐舔内心的伤口。

大熊跟着音乐小声吟唱，唱着唱着眼里噙满了泪水。男儿有泪不轻弹，只因未到伤心处。任泪水滴落在杯中，很快与酒精混为一体，消失不见。

周冲想起小时候的大熊，吸着鼻涕跟自己一起拽女生小辫、捉毛毛虫放进女生文具盒的大熊。想起了高考后把所有的习题课本都扔到楼下，高呼"解放万岁"的大熊，想起了大学毕业后踌躇满志到了远都，满脸兴奋地说"哥们要在远都落地生根，要在远都成就一番事业，娶个远都妞儿"的大熊……他们都是大熊，但他们却分明不是眼前这个大熊，眼前的大熊，气馁，挫败，无助，居然还显现出几分衰老。时间就是一把杀猪刀，刀刀催人老。

周冲想起苏亚哀怨的眼神，再看看大熊的苦楚，忽然间觉得人生的快乐实在是寥若晨星，而痛苦却是绵延不绝。

凌晨两点，周冲架着已经喝得不知今夕是何年的大熊，东倒西歪地走出酒吧。

寒风刺骨，马路寥落，灯光透过尘雾散发着惨淡的气息，连繁星都厌倦了这份凄凉，不知道藏身在了何方，天空一片沉寂的黑蓝。

他们两个仿佛无家可归的流浪汉，相互搀扶顶着大风艰难地迈步。李胡兰又未经通知地回了娘家，见不到人，也听不到声音，大熊的心比这冬日还要寒冷。

周冲的脑子也是迷迷糊糊，混混沌沌，只记得大熊拖着哭腔一遍遍地唱着《我这个你不爱的人》，走得踉踉跄跄晃晃悠悠，一屁股坐到地上抱住一个垃圾桶死活也不愿意撒手，连哭带笑地说："我有老婆吗？我没有，一旦不让她满意，她就会挖苦我讽刺我，拍屁股就回她妈家，连招呼都不打。她妈说我还不如武大郎，武大郎好歹还有一座带着小院的小复式，还有个当国家公务员的弟弟装点门面，说我就是个负翁。我早知道结婚是这副鬼样子，我宁愿打一辈子光棍。周冲，你说人活着怎么就这么累呢？我有房子，但是我却没有家。老婆是什么？老婆就是为了奴役我而诞生的一个永无止境的剥削阶级。"

大风把大熊的哭嚎声带到很远很远的地方。

周冲等大熊哭累了，抱着垃圾桶呼呼大睡，才东摇西晃地走过去，使出吃奶的力气掰开大熊紧箍着垃圾桶的手，把他拽起来，架着大熊往前走。好不容易等到一辆出租车，司机停下车，摇下车窗，看到两个醉酒的壮汉，立刻摇上车窗，踩一脚油门仓皇驶去。

周冲扶着大熊哑然失笑，的确，半夜三更的，若是没有压车的同伴，没有几个司机敢让他们上车。

几辆出租车驶过，都停顿数秒，而后夺路而逃。

终于等到一辆两个人一起结伴的出租车，司机万分不情愿地让他们上车，才使他们没有露宿街头，没有成为第二天晨报上标题为"两青年醉卧路旁，在寒夜冻死街头"的新闻人物。

04

张阳在家陪儿子玩耍，见陈瑾进门，抬头说："下周一我要去次大连，大概要几天才能回来。"

"知道了"

"我带儿子去洗澡，你帮我收拾一下东西。"张阳起身去抱儿子。

"不用。"陈瑾一躲，闪过张阳的手，"等儿子睡着了再给你收拾。"

"好吧。"张阳表情无奈。

大连。

一间海景房内，春色缭绕。

张阳身边躺着一个新鲜出炉的女人，女人衣衫凌乱，酥胸外露，显现出满园春色关不住的绮丽。

这是张阳的第 N 号过客。究竟有多少个，连他自己也数不清。记忆里留下的都只是一个个模糊的影子，那一张张面孔，仿佛蒙上了蒸汽的窗棂，一片模糊。

电话响，张阳拿起电话，走向窗边。

"回来的时候别忘了给儿子买礼物。"陈瑾的声音不冷不热。

"知道了。"简明扼要。浪费唾液也是一种对自然资源的极大破坏。

女人水蛇一样的胳膊环过张阳的脖子:"你真讨厌,还骗我说是带我来旅游的,可是我都在这住了两天,连酒店门都没出过。"

"你没出过,我不一样也没出过?"

"我这几天体力消耗巨大,你要好好补偿我。"女人赖在床上撒娇。

"看在你表现还不错的份上,我会补偿你的。呶,这个给你。"张阳递过去一张卡。

女人欢呼雀跃着迅速爬起来,美滋滋地收进包里:"你是不是又骗你老婆说是出来开会的?你们男人,最坏了。"

张阳手伸过去:"来,再坏一下给你看看。"

几天后,张阳独自返回。陈瑾把张阳的物品一件件归整,面无表情地问:"约会可以在远都,跑到大连干什么?"

张阳不动声色:"你说什么?我怎么听不懂?"

"你恐怕是忘了,我从来不用这么浓烈的香水。而且,下次记得别把别人的东西顺手牵羊。"陈瑾从旅行箱里拿出一双团得皱巴巴的长筒袜。

张阳背对着陈瑾换衣服。

"大冷天的跑到那种天寒冻地的地方去偷情,也真难为你了。"陈瑾把张阳的衣服扔到地上。

张阳用被子蒙住头,把后背留给陈瑾。

"儿子越来越大,也越来越懂事,以后骗他也要讲究一点。"陈瑾把一张购物小票拍在桌子上,"你再投入,也不至于连给儿子买份礼物的时间都没有,你可以欺骗我,但是,请不要欺骗儿子。我不希望你在他心里的形象受到什么影响。"

购物小票上赫然打着一行字:远都世纪百货。

陈瑾开门出去:"铮铮,今天妈妈跟你一起睡好不好?"

第七章
推波助澜

别人都是攘外必先安内,你倒好,老婆扔到一边大旱三年,你雷锋一样跑到别的地方去灌溉。你真是大公无私,你就是新时代的楷模,你就是焦裕禄、孔繁森!感动中国人物没选你,是评委们瞎了眼睛,是全中国人民的损失。

01

周冲风驰电掣地赶到公司,在八点二十九分打卡报到。前台笑着问他:"周经理,你是掐着秒表来上班的吗?只差五秒钟,你就要迟到了,真巧。"

周冲气喘吁吁地站下,喘得上气不接下气,脸涨得通红,等进气和出气都变成了匀速直线运动,他才拿起一张纸,边扇风边说:"我要是有那么能掐会算,早支个摊儿算命去了,或者专业买彩票,次次五百万,多赚,到时我雇你给我数钱,怎么样?"

前台的小姑娘笑着搭腔:"没问题。"然后像哥伦布发现新大陆一样惊地问,"周经理,你脸上怎么了?怎么有那么长一道血痕。"

周冲笑笑,说:"今天起晚了,要赶时间,剃须刀划的。"

周冲坐到座位上,掏出牛奶面包充电器,先把手机充上电,再开始早餐。

一旁的助理Mike打趣地问:"经理,昨晚干什么去了?这么火上房的,电没充,早饭也来不及吃,你真是废寝忘食啊。"

周冲打开电脑看报表,嘴里塞满了食物:"一边待着去,赶快把那家公司的资料找出来,我们下午得过去。"

手机终于有了一点力气,开机了,立刻唱得激情澎湃,周冲扫了一眼,苏亚的。拔掉充电器,溜到走廊尽处。

苏亚听到周冲的手机终于有了彩铃的声音，悬在泰山顶的心终于有了一丝放松，她本来想说"你昨晚到哪去了？是不是出了什么事？我都担心死了，一晚上没睡。"不知是大脑缺氧，还是情绪失控，脱口而出的竟然是："你昨晚到哪鬼混去了？手机也不开，你牛啊，晚上都不需要回家了。你是不是以后永远都不需要回家，直接在外面安个安乐窝，养个金丝雀？"

周冲本来想说："我手机没电了，大熊喝多了，我送他回家，太晚了就没走。"可是一听苏亚不分青红皂白的指责，立刻血涌脑门，口气横得好像吃了十几粒枪子："我去哪关你屁事，轮得着你管？你管我开机不开机，我特意把手机关了，怎么着？以后没事你少查房，神经病一样！我想去哪就去哪，那是我的自由，你一边待着去！"说完，"啪"的一声合上手机。

苏亚听到听筒里传来的滴滴声，恨不得一伸手把手机扔到地中海去。碍于周围还有其他同事，只能压着心头的万丈烈焰，把手机轻拿轻放。

一上午的工作总算告一段落，周冲伸了一个长长的懒腰，把脸往明媚的阳光下伸了伸，难得的冬日暖阳，真好。

Mike约他一起去吃午饭。周冲一边答应，一边收拾着堆在桌子上的文件。他们在餐厅遇到了公司行政部的几个女孩。

女孩们不约而同看到了周冲脸上的异样。最年轻的一个女孩子大大咧咧地说："天哪，周经理，你昨天跟嫂子打架了？她挠你了？这么长的抓痕，嫂子是不是刚做过指甲？指甲上面镶了水钻？"

几个女孩相互看看，笑地前仰后合，很是放肆，周围的人的目光齐刷刷地向周冲射去，周冲很不好意思，录音机一样的重复："不是的，剃须刀划的。"

这一相同的问题，在一天当中，周冲至少解释了四遍。当然，还有一些人没有发问，但是脸上是讳莫如深，洞察一切的窃笑。周冲很窝火，再也懒得跟别人解释什么。

下午，周冲带着Mike和另一个同事到客户那里进行例行回访。一番沟通之后，就到了下班时间。饭点怎么可能对财神爷没有表示？周冲带着大家到了一家粤菜馆。客户的兴致明显很高，吃饭的时候从FBI聊到了C罗日益登峰造极的球技，又从两岸局势，聊到了像伊辛巴耶娃一样，总是在不断地刷新着由自己保持的世界纪录的油价。

酒足饭饱后，夜生活才开始徐徐拉开序幕。城东有家KTV，设施豪华音响一流，是公司御用的接待场所。周冲一行带着客户快马扬鞭直奔目的地。

客户显然对唱歌喝酒没有什么兴趣，扯着嗓子吼了几首历史悠久源远流长的经典老歌，便不断地往门外张望。

周冲心领神会，轻车熟路地出去。很快，一位浓妆艳抹的妈妈桑带着几位职业素养非同凡响的小姐鱼贯而入，个个幽香覆体，娇媚喜人。客户心情大好，眉开眼笑。小姐们每个人环拥一个男人，娇滴滴的声音此起彼伏："哎哟，先生，你的手指长得真好，又细又长，你会弹钢琴吗？""老板，你一看就是大老板，这么潇洒周到又有风度。""哥哥，来，我们喝杯交杯酒，庆祝我们的相识，以后你可要常来看看我，不然我会想你的。""哎呀，亲爱的，你真帅"……

这样的阵势对周冲来说已经是司空见惯，可以做到视若无睹。他推开了身边那位小姐凌霄花一样在他后背攀援的胳膊："你唱首歌吧，活跃一下气氛。"小姐扭动腰肢踩着小高跷拿起了麦克风。

那歌声还真是不一般，周冲在乡下同学家听过的杀猪声都要比那歌声悦耳一些。小姐们提供着无微不至的服务，唱歌的小姐也是倾尽全力，尽管效果不怎么样。

周冲端起酒杯喝酒。

肥头大耳的客户旁若无人地把手伸进了小姐畅通无阻的"这里欢迎你"的前胸，上下滑动。Mike搂过一个小姐，贪婪地互换着唾液，手也在对方身上不断游弋。唱歌的小姐眼见别人都进入了更高一级的服务，担心自己拿到的小费没有其他人可观，一扭一扭地颠过来，拉着周冲的手就往自己身上送。

周冲慌忙甩开她的手，说了声"你到对面那位先生那去"，然后走出了房间，找个稍微安静的地方抽烟。

他内心的愧疚感像涟漪一样慢慢荡开，一夜未归，想来苏亚肯定是着急上火，夜不能寐。她也并没有向父母告状。想想自己，真是有些过分。

其实，他恼的，依旧是她把自己的隐私泄露给了双方父母，让他颜面扫地这件事。这一段时间，他跟苏亚没少吵架，大多数都是他找茬。他知道父母们让他看病，是出于对他和苏亚的关心，希望他们能尽快有个一男半女。但是，他就是过不了心里的那道坎儿，他就是怎么看苏亚怎么来气，叛徒两字一次次从心里跃动到嘴上，叫得越来越起劲，每当他看到苏亚气得发白的脸，心里的怨气才能得到一点点抒发。

周冲鼓足勇气给苏亚打电话，电话响了好久他才听到苏亚带着朦胧睡意的声音"喂"。周冲饱含歉意地说："亚亚，对不起，早上我脾气不好。"苏亚好似处在梦游仙境："嗯？嗯。你是哪位？"

电话忽然就断线。周冲再拨，苏亚的手机也关机。周冲以为苏亚的手机也因没电消极怠工，本想打家里的座机，看看时间，十一点多，父母怕是早已睡下，父母房间有电话分机，此时响起，一定会吵醒他们。

周冲合上手机，又抽了一支烟，眉头在黑暗中扭成麻花。

周冲悻悻地回到包厢，刚才热闹异常的包厢居然冷冷清清，只剩 Mike 跟一位小姐柔情蜜意地上演口条大戏，旁边还有一小姐，孤零零地坐着，不耐烦地等待小费的驾到，她一见到周冲，眼睛里立刻闪出一线光芒，足有四十瓦灯泡的亮度。

周冲走进去，Mike 连忙跟小姐分开，用手梳理那已经杂乱无章的草垛一样的乱发，向他介绍战地情况的最近进展："他们都去开房了。"

周冲掏出钱包，拿出几张钞票打发了坚守阵地的两位小姐。小姐们道谢离开。

Mike 说："老大，你可真是出淤泥而不染，都这么多次，我真是从没见过你动过凡心。你真是好同志，立场坚定斗志强，可这歌，好像是唱给雷锋同志的。我小学时候经常唱：学习雷锋好榜样，忠于革命忠于党……"

周冲推了 Mike 一下："去你的，一边去。我今天可没办法让你搭车了，我今天没开车，你自己打车回家吧，注意安全。"

周冲打车去昨晚的酒吧，他的车还停在那里。

苏亚拿着手机气哼哼地坐在床上，是她主动挂断了周冲的电话，她这是以眼还眼以牙还牙，要给周冲相同的礼遇。邦交礼仪只适用于和平时期，两国交战，适用的则是战争法。

周冲穿越横七竖八的条条大路，赶回家时，已是凌晨两点。苏亚自从被周冲的电话吵醒，神经就再也没有得以松散，她一直坐在床上生闷气，冥想着周冲前晚的生活轨迹。

听到门响，苏亚赶紧关灯，倒在床上，盖好被子装睡。

周冲进来，伸着脑袋看了看"熟睡"的苏亚，在她脸上亲了一下，脱掉衣服，去卫生间洗澡。

苏亚猎狗一样地坐起来，蹙起鼻子使劲地闻，空气中弥漫着一股异乎寻常的香气，她循着香味追踪，在周冲脱下的衣服前停下脚步。苏亚猛然想起，陈瑾说过，张阳身上就经常混合着不同女人的味道。

苏亚疑窦丛生，瞬间幻化成福尔摩斯，打开灯，对着灯光仔细研究周冲的衣服，再拿到鼻子跟前仔细嗅闻，好像一条正在服役的警犬。苏亚一寸一寸地搜索，终于在周冲的衬衣领口发现了一个鲜红色的口红印记，只有半个唇印，分不清楚是上半边，还是下半边，看上去是月牙形。

苏亚用手比划了一下，再跟自己的嘴唇对比，看来这个嘴唇比自己的嘴要大，朱莉娅·罗伯茨的尺寸。苏亚再次认真地搜寻了一遍，发现了新的物证——一根卷曲的酒红色长发。

苏亚可以确定这头发的主人不是自己，她是黑色的长直发，她们单位是绝不允许染发的。这根头发无论是造型还是颜色，都明显的跟自己的不是同一宗族。

苏亚胸腔里的怒火腾一下蹿到了上空，不点自燃，发出"啪啪啪啪"火苗跃动的声音。

衬衣西装上一齐散发着浓郁的香味。苏亚的工作性质，导致她从不会使用任何牌子的香水，所以，这香味，更是来自遥远的异国他乡。

苏亚把周冲的衣服重重地摔在地上，把那根头发细心地留在桌上，怕它走失，再拿本书盖上，她准备好好地审查一下周冲。

哗哗的水声一直在继续，周冲却迟迟没有出来。

哼，一定是做贼心虚，在里面想对策！苏亚的怒火已经足以可以效仿董存瑞炸碉堡。

02

周冲洗完澡，擦着头发，带着满身的倦意回到卧室。

前晚只睡了短短几个小时，今天又忙了整整一天，他的眼皮都快粘连在一起，几乎是靠着惯性闭着眼睛走回卧室的。

苏亚双手叉腰，站在房间中央，周冲推门，首先感受到的是屋内的强光，忽一睁眼，映入眼帘的是苏亚那已经被怒火烘烤的略有些扭曲的脸，一惊："你站在地上干什么？不是已经睡着了吗？"

苏亚的怒火像火山一样裹挟着岩浆喷发出来："你是希望我睡着是吧？最好在你明天上班之前都不要醒过来，是吧？你是想让我眼睛瞎了鼻子报废，最好看不到你做的下作事情，也闻不到你身上的异味，是吧？"

周冲感到很是莫名其妙，他不知道深更半夜的苏亚发的是哪门子邪火，难道就因为昨晚的一夜未归？

周冲想这事是自己有错在先，无论如何该向苏亚解释一下，于是克制着席卷全身的瞌睡，揽过苏亚，把昨晚的经过竹筒倒豆子一样倒了个彻底。他以为坦白从宽，抗拒从严，自己交代得如此坦荡，无论怎样都会有个宽大处理的机会。他以为苏亚会平息怒气，给他个原谅性质的拥抱或是亲吻。

没想到，苏亚冷冷地"哼"了一声，揶揄地说："大熊什么时候留起了酒红色大波浪，还涂上了那么鲜艳的口红？大熊是准备去做人妖，还是已经变性成功？"

周冲把手里的毛巾狠狠拍到床上："苏亚，你这人说话怎么这么过分？大熊招你惹你了，你说得这么难听干什么？"

苏亚这叫一恼火,她没想到周冲居然会恶人先告状,把屎盆子反手就扣在她的脑袋上,她转身来到桌子前面,拿起那根非常珍贵的头发,凑到周冲面前,使劲晃动:"看看,这是大熊的头发吗?"

周冲下意识地伸手,想拿过头发仔细看看。苏亚眼疾手快,收起头发,放回原处,她担心周冲销毁罪证,再来个抵死不承认。

苏亚回身拿起周冲的衣服:"看看,这衣服上的口红,是怎么回事?哪个又蠢又俗的女人会用这么俗不可耐的颜色,准备去唱《血染的风采》吗?还有这香味,放到河边洗一洗,十里八里的人都能闻到顺水漂来的香气。"

周冲呆立着,他无法回复苏亚突如其来的诘问,连他自己也搞不清楚口红、头发,以及香味的发源地。

苏亚对周冲这一反应的唯一理解是,周冲已经默认了某些状况的出现,所以无言以对。于是,她没有给周冲多余的时间追忆,就把衣服劈头盖脸扔到了周冲脸上,咬牙切齿地说:"好呀,周冲,你居然在外面玩女人,玩到有家不回,你今天怎么不去玩了?钱没带够开不起房间是吗?没关系,你可以现在带好钱再去,一万年太久,只争朝夕,赶快去呀,这种大事一定要分秒必争。钱不够我给你,存折上的钱不够,还可以加上卡里的。我让你玩,我让你玩。我让你玩个痛快,玩个尽兴!"

苏亚的拳头雨点一样落在周冲的头上,身上。

衣服蒙住了周冲的脑袋,周冲半天动弹不得。

苏亚还不解恨,抄起枕头,狠狠地砸向周冲。

周冲好不容易从衣服丛里伸出脑袋,又挨了枕头的一记直拳,他一把夺过枕头,扔回床上,压低声音怒吼:"这大半夜的,你想干什么?还有完没完?还让不让人睡觉?"

苏亚听到周冲完全没有愧疚的意思,反而义正词严,委屈顿时袭上心头,眼泪刷刷地往下掉:"周冲,你不是人,背着我在外面找女人,还找得理直气壮,我不让你睡觉?是你自己不想睡觉吧?既然有了野女人,何必还要回这个家?既然能在外面住一夜,干吗不一直住在外面别回来?"

苏亚的委屈风雨兼程地汇合到了一起,说话也越来越口不择言:"我说你怎么跟我不行呢?原来公粮都交给了别人,到我这断供了,原来是粮草供给不足,优先供应野女人了。周冲,别人都是攘外必先安内,先照顾完老婆,多余的力气再去别的女人那里发泄,你倒好,老婆扔到一边大旱三年,你雷锋一样跑到别的地方去灌溉,你真是大公无私。你就是新时代的楷模,你就是焦裕禄、孔繁森!天安门城楼不应该挂毛主席的头像,就应该挂你周冲的照片。感动中国人物没选你,是评委们瞎了眼睛,是全中国人民的损失。你这么伟大的人缩在我们家里,真是屈才!你是不是想离婚?想离婚早说，我也好早改嫁！别总是藏着掖着，偷偷摸摸，浪费你我的大好青春。没事，脑袋掉了碗大个疤，更何况离婚呢？你不用怕我找不到下家，我会找个比你好一万倍的男人，我会找个一夜七次郎，比你强得多的男人！"

周冲瞌睡虫不断跳出来作祟，被苏亚这么一闹腾，更是怒发冲冠，抬手给了苏亚一个响亮的耳光。

苏亚被这凌空而至的耳光打懵，居然瞬间停止了哭泣。几秒过后，缓过神的苏亚坐到床上，张开大嘴"哇哇"痛哭，哭得撕心裂肺。

周冲懊悔自己冲动之下伸出的这一巴掌，把苏亚拉到自己怀里低声道歉："对不起，对不起，我不是故意的。"

苏亚痛恨打一巴掌再赏个甜枣的无耻举动，抬起一脚踹向周冲的大腿，周冲没有防备，一屁股坐到了地上。

隔壁的公婆听到这边传来的夜半啼哭，以及嘀嘀咣咣的协奏曲，披上衣服就跑了过来，看到满脸泪水的苏亚，坐在地上的周冲，生气地说："这么晚了，你们在这闹什么呢？"

周冲妈妈伸手拉起坐在地上的周冲，责备地问："小冲，怎么回事？"

周冲气哼哼地从地上爬起来，指着苏亚："你问她。"

婆婆探寻的目光扫向苏亚："小亚，怎么回事？"

苏亚觉得，这个时刻，跟公婆一起结成革命统一战线，是件非常重要的事情。她抹一把眼泪，下床，光着脚从地上捡起周冲的衣服："妈，你看。"

婆婆翻了半天，没看出什么异常，疑惑地问："这衣服怎么了？"

苏亚翻过衣领，指着上面的口红，再把衣服递到婆婆鼻孔正下方："你闻闻。"

婆婆认认真真端详完衣服，再分辨完气味，扭头看向周冲。

周冲眉毛竖成个"八"字："我辛辛苦苦忙一天，回家连个觉都睡不了，被你们一群人盘来问去的，有意思没意思？我什么亏心事都没做，你们爱信不信！不信拉倒！"

苏亚的哭泣声渐高，捂着脸哭得呜呜咽咽。周冲下手不轻，半个脸灼热，疼在身上，也疼在心里。周冲妈发觉苏亚的异样，拉开苏亚的手，苏亚白皙的脸上一片通红。

周冲妈捧起苏亚的脸仔细看看："哎哟，肿了，怎么回事呀，小冲打你了？"

苏亚顿时觉得像是打散的散兵游勇重新找到了组织，哭得更加起劲，呜呜作响。

周冲妈妈翻箱倒柜找出瓶云南白药气雾剂，一边往苏亚脸上喷，一边怜惜地说："小冲，你也真是的，再怎么气愤也不能打人呀，小亚你消消气，今天太晚了，妈明天教训他，替你出口气。"一边对着站在一边的周冲说，"小冲，你这是什么毛病？你们老周家可没有打人的习惯，你爷爷奶奶一辈子没动过手，你爸几十年也没有动过我一根手指头，你这次太过火了，赶快跟小亚道歉，快点。"

周冲梗着脖子立在旁边："我就不！妈，那是你没听见她说什么，她说我在外面有女人，她说我不行，是因为把力气都用到了别的女人身上。妈，你说，这是人说的话吗？我一天到晚披星戴月，还不就是为了这个家，还不就是为了多赚点钱。我今天回家都几点了，就想睡个觉休息一下。她还这么死作，我能不来气吗？我能不窝火吗？"说完，抱着被子进了书房。

婆婆听完，又把责难的目光投向苏亚："小亚，你也真是的，这种话怎么能乱说？小冲无论如何不会是那种人，都这么多年，他是什么人你还不知道？"

公公在旁边显得很是手足无措，呆立了一会，到书房找周冲谈心。

苏亚嘤嘤地边哭边接过云南白药："妈，你先去睡吧，太晚了，我自己来。"

婆婆再安慰了苏亚一阵，关灯出去。

周冲妈进了书房，对周冲爸爸说："赶快出来，先让他睡觉，有什么事明天再说。"

苏亚怎么也睡不着，翻来覆去烙大饼，又像铁板上的鱼，正反两面煎。周冲在外面有了女人，这是一件多么让她伤心欲绝不想面对的事情。更让她痛心的是，周冲发现事情败露，连半点忏悔都没有，反而恼羞成怒，赏她一记五指山下的一片情。周冲，还是当年那个信誓旦旦唾沫横飞许诺要给她幸福的周冲吗？

隔壁房间里很快传来了周冲的呼噜声，苏亚在这呼噜声中守望天明，脸上的疼痛仍在持续。

03

周冲妈见苏亚出门，大步流星蹿到书房，一把掀开周冲的被子："小冲，快点起床，要迟到了。"

周冲翻个身，用被子盖住脑袋，从被子里发出沉闷的声音："让我再睡一会，我今天不用打卡。"

半个小时过后，周冲打着哈欠蜗牛一样从书房里爬出来，一屁股坐在沙发上，歪着身子看《早间新闻》。

周冲妈擦着双手从厨房里出来，坐到周冲身边，神秘兮兮地问："哎，那女人是谁呀？"

周冲伸着懒腰，若无其事地问："哪个女人？"

周冲妈笑呵呵地说："就那个，口红，还有头发的主人。"

周冲把地板跺的咚咚直响："妈，你瞎说什么呢？我像是干那种事的人吗？"

周冲妈白他一眼："装什么装？苏亚已经走了，你不用装了，没人看的。来，跟妈妈说说，是个怎么样的女人。"

周冲懒得搭理他妈，进了卫生间洗漱。他妈靠在门框上一脸期盼等他介绍作案经过。

周冲刚坐到餐桌边，他妈便问："那药是不是挺管用的？你是不是已经完全恢复了？"再递给他一杯牛奶，"你是只想找个女人试验一下，还是已经产生了真感情？"

周冲差点没被一口牛奶呛死："妈，根本没你想的那回事。"

"哎哟，跟妈妈有什么好隐瞒的？怕妈妈去跟苏亚告密？妈妈又没得老年痴呆！来，跟妈妈友情透露一点，就一点点。"周冲妈用右手的拇指和食指比划着"一点点"。

周冲觉得老妈真是不可理喻，想象力丰富的简直可以去当作家，他两晚没睡好，没力气解释，只垂着头吃饭。

周冲妈兴趣盎然，不想这么快给这段谈话画上句号，伸着脑袋问："你说说嘛，口红女人是谁？"

周冲深刻理解了一句话，唯女子与小人难养也，他觉得再被母亲逼问下去，就会变成新时代的窦娥，得拿着血书拦轿喊冤去。

周冲拿起一块面包，边吃边穿衣服："妈，你可别当着苏亚的面乱说，什么事都没有，越描越黑。"

周冲妈敲他的脑袋一下："知道，知道，妈又不是甫志高，不会出卖我儿子的。"带着跟周冲结成攻守同盟的豪气万丈。

周冲打着呵欠开车。

苏亚在办公楼下遇到了陈瑾。

陈瑾上前一步托起苏亚的脸，轻轻抚摸："呀，怎么了？脸肿得像个馒头？"

苏亚嘴巴瘪了瘪，一滴眼泪就进出了眼眶。

陈瑾抬手看了一下表："还来得及，走，先吃早饭。"两人到了新岛咖啡，找了个僻静的角落，陈瑾摸着苏亚的脸仔细看了看："怎么回事？撞到什么地方了？"

苏亚低着头，带着哭腔说："周冲打的。"

陈瑾睁大眼睛："不会吧？怎么可能？周冲怎么会做这种事情？"

"就是他，他有了别的女人，被我发现，他就打了我。"

陈瑾攒眉想了一会："苏亚，周冲不像是那样的人，你们是不是有什么误会？"

"我已经发现了口红、头发，还有香水。物证齐全，就差没有堵在被窝里捉奸捉双。"

"那也不一定，周冲做销售的，应酬的时候蹭到点口红之类的也不奇怪，你最好听他解释一下,免得冤屈了他。"

"就是因为他什么都没解释,我才觉得这事一定是真的。他什么都没说,上来就是一耳光。你说,这像是想要解释的态度吗?这像是被误会的反应吗?一个人要是被误会,是不是应该尽快澄清自己?打人,就说明他心中有事,无法解释而不得不采取武力给自己壮胆。"

"你先别着急下结论,平心静气好好谈谈。"

"哼,他要是不跟我道歉,不给我解释清楚,我一定让他好看。"

陈瑾把杯子往苏亚面前推了推:"赶紧吃完先上班,下班我们再聊,你在办公室等我。"

苏亚进了办公室,小张惊讶地问:"苏亚,你脸怎么了?肿得好像小土包?"

苏亚抛出了在心里已经打好底稿的谎话:"牙疼,发炎了,害得我一晚上都没睡,你看,我的眼睛是不是也肿了?"

小张凑过去认真地看了看:"还真是,你吃消炎药没有?"

苏亚装模作样地点头:"吃过了,吃了好几种,可能还没发挥药效。"

小张关心地说:"要是下午还没消肿,你得赶紧去医院吊水。你没听说有句俗话嘛,牙疼不是病,疼起来真要命。"

苏亚点头答应。

周冲这一天都忙着拜访客户,签合同,从一个公司一刻不停地奔向另一个公司,他一直想抽出时间给苏亚打个电话,郑重其事地道歉,可是始终没有半刻的空闲。他感觉自己就像个电动陀螺,没完没了的旋转。

整整一天,周冲只吃了顿早饭,等到终于可以找个固定的地点坐下来换口气时,已是晚上七点多钟。

苏亚这一整天也没闲着,她在等待周冲的电话。潜意识里,她还是希望周冲能给她一个合情合理的解释,哪怕是虚与委蛇,只要那个解释说得过去,她就会强迫自己相信。她不知道她对周冲究竟还存着一点爱情,还是仅仅变成一种习惯,她放不下的,究竟是周冲这个人,还是自己在他身上倾注了多年的时间以及感情。她必须承认,她还没有做好离开周冲的心理准备。以前她敢分居,是因为她对周冲有十足的把握。可是现在,这种把握在慢慢消失。对于未来,她一片茫然。

即使是在开庭,苏亚仍旧带着手机,把铃音调成了震动,她怕错过周冲的任何一点举动，哪怕只是一个短信。开庭的时候，苏亚一直尽力调动汗毛的积极性，让它们可以第一时间感受到手机的震颤。可是，汗毛们似乎在冬眠，没有一点反应。

开完庭，苏亚迫不及待掏出手机，想看看是否因为自己的迟钝错过了周冲的召唤。屏幕上很干净，既没有未接电话，也没有短信。苏亚失望的让手机继续在兜里关禁闭。

下午，手机终于咿咿呀呀响了起来，苏亚从椅子上弹起来，伸手去抓处于胳膊势力范围之外的手机，勉强够到，已经奋斗的车疲马倦的胳膊在回来的途中撞翻了桌上的一堆案卷，接着带翻了杯子，杯子压在案卷身上，把所剩不几的一点水泼洒在上面。

苏亚顾不得照顾案卷，拿起电话就说："喂。"电话那头一个陌生的女音说："您好，苏法官，我是张达克的朋友，是他给我您的电话，我想咨询一下……"

苏亚失望地打断对方："不好意思，我现在很忙，你过一会再打给我好吗？"

小张蹲在地上收拾残局，用面巾纸吸案卷上的水滴，头也不抬地问："等谁的电话呢？这么乱了方寸，这可不像你。"苏亚没接话，强烈的空虚涌上心头。

以往，苏亚在两人的争吵中处于绝对的优势，周冲对于她的蛮不讲理，一向能够保持相当的退让和谦恭。如果周冲有错在先，则更会主动求饶，主动示好。而这次，周冲貌似没有这样做的打算。

苏亚像被浪涛抛弃的散沙一样，孤零零地躺在岸边，失落感一波一波向上涌动。她感到无比的无助，无比的懊丧。

04

下班后，苏亚跟陈瑾窝在办公室打牌。

电话终于又响起来。苏亚懒洋洋地拿起来，看一眼，倏地一下接听。

周冲磁性的嗓音传过来："你在哪呢？我去接你。"

苏亚心里的石头终于挪了个窝儿，嘴上还要逞强："不用了，用不着。"

陈瑾说了句："死鸭子嘴硬。"抢过电话，告诉周冲她们在办公室。

挂了电话，陈瑾说："人家伸过来一个台阶，你就赶快就坡下驴，什么事情都要适可而止，切不可恣意妄为。"

"哼，我又不是沙滩，一层浪过去什么痕迹都不会留下。"

"你公公又没有家暴的嗜好，周冲不会从小耳濡目染，继承革命先辈的优良传统的。人在疲倦的时候情绪失控也是可以理解的。现在警察替代刑讯逼供的最新招数就是不让犯罪嫌疑人睡觉，轮番换警察进行疲劳轰炸，这一招式比刑讯逼供可有效多了，人可以不吃饭不喝水，但是不能不睡觉。不睡觉会让人的心理防线彻底崩溃，大脑混沌，意识丧失。所以，你也别怪他，也许他真的是太累了。"

苏亚一声不吭。

"你先听完他的解释，实在没有道理你再冷战也不迟，总要先搞清楚状况，不然万一错怪了无辜怎么办？"

周冲到了以后，又来个电话："我已经到门口了，你赶快出来吧，我们一起去吃饭。"

苏亚心里得意洋洋，哼，我怎么能赶快出去？你是来负荆请罪的，我自然要摆足了架子，我马上出去，岂不是显得我内心惶恐，望穿秋水地等待着你？我偏不！

苏亚慢悠悠地洗牌："再打一圈。"

陈瑾妄图制止她："苏亚，改天吧，周冲已经在外面等了很久了。"

苏亚闭着眼睛坚守阵地："让他等着！请罪就得有个请罪的态度，连这点耐心都没有，说明他根本就没有一点诚意。哼，我就要晾着他，让他吃点苦头。"

陈瑾还是不安心："苏亚，这么做是不是太过分了呀？"

周冲又打来电话，声音里透露着明显的不耐烦："亚亚，还要多长时间？我今天只吃了顿早饭，现在快饿死了。"

苏亚漫不经心地说："等会吧。我也一天没吃呢，我今天脸肿得什么都吃不进去。"

陈瑾劝道："苏亚，差不多行了，把他惹急了又开吵了。"

苏亚余怒未消："就不，我今天非得治治他，让他知道马王爷有几只眼。真是的，老虎不发威，他当我是hellokitty。"

陈瑾无奈地摇摇头。

苏亚和陈瑾步出办公楼，一眼见到的就是怒气冲冲的周冲，他冲着苏亚就开始咆哮："你怎么回事？看看现在都几点了，你不知道我没吃饭吗？"

苏亚这叫一窝火，你一犯罪分子，政府肯给你个洗心革面重新做人的机会，那已经是宽大处理，宽宏大量，你居然给脸不要脸，冲着我大声嚷嚷，你这是认罪伏法的态度吗？你这是道歉的态度吗？既然做错了，就要接受一定程度的处罚，我还没开腔，你居然敢对着我发飙？

苏亚不干了，音量盖过了周冲，尖利的女高音划破了夜空的宁静："周冲，你搞错没搞错？你没吃饭，难道我就吃饭了吗？我不是也在饿着呢吗？你也不先问问我脸上的伤怎么样了，居然一开口就质问我，你的良心被狗吃了吧？你脑子里装满了黄金塔吧？"

周冲气势汹汹地说："那是你活该，谁让你不赶快出来的，你有病吧！想当劳模吗？你们院长都走了，你表现给谁看？"

苏亚气得浑身发抖，本想给周冲个下马威，没想到猪肉没吃着，却被猪拱翻在地。当着陈瑾的面，苏亚感觉很没面子，语气越发恼怒："我让你来接我了吗？是谁自觉自愿自作多情要来的？不愿意接就回去，离了你地球照样公转自转。你当世界上只有你一个男人吗？你的自我感觉未免也太良好了，告诉你周冲，克隆人功能都比你齐全！"

周冲恶狠狠骂了句："有本事你就别回家！"狠狠地拍上车门，绝尘而去。

苏亚想，基因真是个神奇的东西，周冲跟他妈的话真是如出一辙，跟刻录出来的CD一样。

陈瑾尴尬地站在一边看着他们的争吵，周冲的车像离弦的箭一样窜出了一里多地，陈瑾才走到傻呆呆站着的苏亚身边，拉拉苏亚的袖子："苏亚，何必呢？赶快回去吧，缓和一下。"

苏亚雕塑一般站在原地一动不动。陈瑾这才发现，苏亚不知何时已经泪流满面，泪水滑过她高低不平的面颊。

陈瑾搂过苏亚的脖子："走吧，去我家。"

周冲一路呼啸着回家，一到家就对着他妈呼号："妈，快给我做点吃的，我都一天没吃饭了，快饿成木乃伊了。"

周冲妈立刻像接到上级命令一般火速冲进厨房，一边准备吃的一边心疼地抱怨："你们这是什么工作，一天到晚连顿按点饭都吃不上。这么下去，身体怎么吃得消？可不能年轻的时候拿命换钱，老了以后拿钱换命啊。"

周冲挺尸一样仰面八叉躺在沙发上，有气无力地谛听他妈的絮叨。没过五分钟就开始哼唧："我亲爱的老妈，你能稍微快一点吗？你唯一的儿子就快成为烈士了。"

周冲妈加快速度，厨房里锅碗瓢盆一起奏鸣。

不一会儿，热气腾腾的饭菜端上桌，周冲一个鲤鱼打挺从沙发上一跃而起。

周冲爸拍儿子屁股一下："你不是要壮烈了吗？怎么起得这么迅速？"

周冲一头扎在饭桌上狼吞虎咽，顾不上回应老爸。

周冲妈慈爱地看着儿子，紧张地说："哎哟，慢点吃，慢点吃，别噎到，没人跟你抢的，哎哟，真是饿死鬼投胎的，几辈子没吃过饭的样子。"

周冲进攻饭菜的同时，周冲妈把汤盛好，放在嘴边小心地吹凉，又亲自试了一下温度，然后才放在周冲手边："慢一点，先喝口汤，润润肠道，有助于消化。"周冲端起汤一饮而尽，饮牛一般。

周冲打着饱嗝宣告晚餐的结束，献上一文钱都不值却甚得父母欢心的赞美："还是老妈的手艺好，什么一级大厨，特级大厨，跟你比通通都是小巫见大巫，鲁班门前抡板斧。"

周冲妈的眼睛乐成一条直线。

看着儿子酒足饭饱，周冲妈小心翼翼地凑近周冲："现在可以跟妈说说那个女人的事了吧？"

周冲松了松皮带："哪个女人啊？"

周冲妈一脸神秘："这孩子，明知故问，就那根头发的主人。"

周冲无奈地撇撇嘴："妈，你没发现你特像一八卦小报的记者？"

周妈兴致不减："快，说说，什么样的人？你们在谈恋爱？"

周冲叹口气："妈，你那么希望我有别的女人吗？苏亚有那么不好吗？"

"不……不是，这不是因为你们那方面有问题嘛，妈是想，也许换个女人能解决你的问题。"

周冲爸在一边附和："你妈说得没错，有时候男人是因为对某个女人没了兴趣，才会导致身体的没反应。"

周冲妈觉得这话很碍耳，大声质问老伴："你这话说得很像是亲身经历，你倒是说说，你跟多少个女人找过反应？"

周冲爸觉得自己真是搬起石头砸自己的脚，端起杯子说："说儿子的事呢，你往我身上联想什么？你的泼辣全局出名，有哪个女人敢往我附近靠拢，那不是自寻死路？"

周冲妈得意洋洋地回他："哼，我量你也不敢。"

周冲起身想去洗澡，被妈妈一把拉住："别走，先说说。"

周冲一屁股落回原地："没有那样的女人，我跟客户应酬，客户点名要的小姐，拉扯间可能沾到我衣服上的。这下你们明白了吧？"

周冲妈皱起眉头："你说说，就这么点事，你跟苏亚解释清楚不就完了吗？何必打她一巴掌，还落个虐待她的话柄？我还以为你真有什么，都不敢多说。"

"我解释了，她不肯听，我一来气，就给了她一下。妈，我觉得我现在对苏亚没恋爱时的感觉了，我有时对她就是挺不耐烦的，不像恋爱时，她怎么使性子我都觉得她特别可爱，觉得女人就应该是那个样子。可是现在，她一闹我就烦，就气不打一处来，根本遏制不住。你说这是怎么回事？"周冲虚心向他妈请教。

周冲妈说："按说，你们还没到七年之痒不至于如此，可能是那方面不合，谁心里都有怨气的缘故。再说，夫妻到了一定的年纪，就需要有个孩子充当润滑剂，不然整天大眼瞪小眼，相看两生厌。"

周冲若有所思。

周冲洗完澡出来,边擦头发边对妈妈说:"妈,你帮我收拾一下东西,我明天要出差。"

周冲妈应了一声,走进他们的卧室,整理周冲的衣服、日用品,问道:"你去哪里?多长时间?"

"深圳,二十天左右。"

"又是这么长时间?苏亚知道吗?咦?苏亚呢?苏亚怎么还没回来?"不说到这个名字,周冲妈似乎忘记了还有苏亚这么一号人物的存在。

周冲声音平稳地说:"别管她,八成她今天又要住她同事家了。"

周冲妈妈的不满显而易见:"这个苏亚是怎么回事?夜不归宿居然成了家常便饭,不回来也不知道给我和你爸打个电话请示一下,不说请示,通知总该有一声的吧?这孩子,真是越来越没规矩了,以前还是挺懂事的一姑娘,现在越来越没章法,亏我最近对她那么体贴。这孩子啊,终究还是谁生的跟谁亲,别人的孩子,就是白眼狼,喂不熟的。"

周冲默不作声。

周冲妈妈接着说道:"等你回来,我给你找家西医看看,这中药见效就是慢。说到底,这事是咱们理亏,就是苏亚再不乐意,咱们也得受着,你是没看见你那丈母娘,一副兴师问罪得理不饶人的样子,恨不得能把我吃掉,好像是我撺掇你唆使你有问题一样。她们家人也真是,这种事情知道就算了,还偏偏要告诉我们,不给我们添堵他们就很难受是不是?保守一下秘密就那么困难吗?照顾一下别人的颜面就那么不应该吗?一点不会做事情。"

第八章
何处惹尘埃

夫妻之间,身体交流是必不可少的,身体一旦疏远,心灵也会随之南辕北辙,男人的出轨,有时就像吸毒,染上以后便很难戒掉。

01

苏亚又一次地借住在陈瑾家。

陈瑾妈妈看到苏亚脸上的淤痕,一句话都没说,拿来红花油轻轻涂在苏亚脸上,又让保姆拿块热毛巾,让苏亚躺下,敷在她的脸上。

苏亚十二万分的不好意思:"阿姨,真是对不起,我总是经常来打搅您。"

陈瑾妈妈的笑容很慈祥:"没关系的,我们家人少,你来了正好热闹,铮铮可喜欢小苏阿姨呢。你们慢慢聊,我去睡觉了。"

苏亚的脸在维持了一整天的小高地之后,肿已经消退,但红红的淤痕又跃然脸上,跟周围的白皙形成鲜明的对比。

陈瑾掀开毛巾仔细看了看:"哟,下手还真不轻。这周冲,怎么搞的,打人也不知道注意点轻重,不知道打人不打脸,揭人不揭短吗?脸上有了伤,还怎么出去见人?"

苏亚痛苦地说:"陈瑾,我觉得我的婚姻快要完蛋了。周冲以前是绝不会这么对我的,现在,先是冷淡,后又是耳光,他真的变了。"苏亚的泪水再一次溢出眼眶。

陈瑾安慰她:"你别这么悲观,可能周冲是心情不好。你也知道,这方面有问题很影响男人的心绪,容易烦躁、多疑。"

苏亚委屈地说:"我已经很体谅他,这么多年我什么都没说过,他还想要我做什么？我只是昨晚说了他几句，他就这么大反应，凭什么？难道我就必须忍气吞声？只能退不能进？"

"你说他什么了？"

苏亚在记忆库里仔细搜索了一下，不完全地复制了昨晚的话。

陈瑾一下子乐了："你说话可真够不好听，难怪周冲会这样。男人是最要面子的动物，你怎么能揭他的伤疤呢？"

"我也不想的，可是火气一来，这些话都往嘴边涌，拦都拦不住。"

"所以儒家才说，盛怒之下，勿与人语，免得伤人又伤己。"

苏亚静默了一会，抬起头无神地看着房顶："你说我们这算什么？活寡妇？你听说过一个词没？叫做网游寡妇，现在寡妇的种类真是越来越多，各式各样，层出不穷。"

"网游寡妇？什么意思？"陈瑾很好奇。

"就是老公整日沉浸在网游里，有老公，却等同于没老公。也就是说，几乎可以忽略不计。"

"唉……"

苏亚忽然想起什么似的问："你现在还爱张阳吗？"

"爱？早就没什么爱了，只剩下一点亲情。而张阳对我呢，就只剩下一点亏欠，还有一点感激。"

苏亚发出一声悠远绵长的"唉！"接着问，"你准备一直这么扛着吗？"

"扛着吧，为了儿子，我没有什么做不到的事情。儿子就是我坚持下去的动力。什么叫坚如磐石？我就是磐石，我就是金刚，我就是黄河泰山。"

苏亚已经睡着，陈瑾却迟迟没有睡意，她站在窗前看着窗外，外面已经万籁俱寂，今天是他们的结婚纪念日，可是张阳却不知道跟哪个女人一起共度良宵。

没有遭遇丈夫背叛的女人，永远都无法体会那种痛彻心扉痛心入骨的感觉。

那年，陈瑾拿着医院的孕检报告兴冲冲地赶到张阳公司，想给他个意外之喜，没想到，张阳率先给了她一个意外之痛。当她推开张阳办公室的门，就被一阵阵淫声浪语包围。张阳和女秘书在办公桌上纠缠，张阳相当卖力，卖力得脸都有些扭曲，在阴暗的房间里显得狰狞无比。女人如泣如诉的歌唱，在某个高点戛然而止。张阳意犹未尽地从秘书身上起来，拍着秘书的屁股说："你这个小骚货。"

陈瑾怔在门口，呆呆地看着这触目惊心的一幕，大半天没有做出任何反应。张阳抬头看到她，愣住了。平铺在桌子上的女秘书看到她，也愣住了。她感觉眼前一片模糊，脑子一片空白，耳朵一阵嗡鸣，什么话都没说，不知道何时离开那栋办公大楼。

天色阴沉，团团的乌云笼罩在天边，仿佛想要吞噬大地的恶魔。顷刻，电闪雷鸣，瓢泼大雨顺天而落，路上积水甚多，路边的泥水汇流成河。

不知过了多久，陈瑾的泪水像瀑布一样喷出来，她蹚着水在无边无际的黑暗里行走，浑身湿透，雨水沿着她的头发一路向下。三个多小时后，她发觉已经站在自己家门口。

是夜，陈瑾发起了高烧，昏昏沉沉说起了胡话。醒来时陈瑾发现自己已经置身医院。

医生很不满地说："你都怀孕了，不知道不能淋雨吗？你就是不考虑自己，也要考虑孩子，你看看你烧的，三十九度五，又不能用药，要是有个好歹你会后悔一辈子的。老大不小的人，做事想想后果行不行？要是不想要，趁早做掉，要是想要，就对孩子好点，他现在的生命还很脆弱，随时都有可能离你而去。"

陈瑾听着医生的斥责，眼泪扑簌簌地又往外掉。张阳这才知道自己即将升级，欣喜若狂，一把握住她的手："老婆，你可吓死我了。"

陈瑾别过头去，从张阳手里把自己的手抽出来。

此后的一周，陈瑾思考的，一直是要不要留下这个孩子，离高龄产妇这道大门越来越近，陈瑾做母亲的愿望一天比一天强烈。她本来是无比快乐，怀着大串联的知青拜见伟大领袖的激动心情奔向张阳的办公室，那不堪入目的一幕毁掉了她所有的兴奋和喜悦。

张阳接来了陈瑾的父母。陈瑾妈兴高采烈，从家里带来了很多对孕妇有益的土产。陈瑾见到她爸妈的第一眼，忍不住又哭了。陈瑾爸妈以为她的眼泪是出于即将为人母的幸福，连声说："这孩子，都是大人了，还这么容易哭。别哭了别哭了，孕妇哭对自己身体不好，对孩子也不好，会影响孩子的身心健康的。"

一星期后，陈瑾再次检查，胎儿发育良好，陈瑾想，经受了这么一通折磨，孩子仍然健康，说明他很期待这个世界，陈瑾决定留下孩子，她太想当妈了，她太渴望孕育出一个小生命。

陈瑾爸妈喜不自禁，张阳喜上眉梢。

陈瑾强迫自己忘掉那不愉快的回忆，她说服自己——那只是一场意外，是张阳偶尔的失足。张阳说以后不会，他一定会做到的。

铮铮的出生，给这个家庭带来了无与伦比的快乐。陈瑾享受着结婚以来最甜美的时光，父母在旁，娇儿在怀，人世间所有的快乐都在这一阶段汇聚。

事实证明，快乐这东西，要一点一点地享受，过度透支，会让幸福过后的凄凉在对比间显得更加不堪和惨淡。陈瑾不知道，男人的出轨，有时就像吸毒，染上以后便很难戒掉。

铮铮学会走路，穿着开裆裤开始叫爸爸的时候，张阳回家的时间开始变晚，他的理由是公司要扩大经营，接了不少外单，必须加班加点。

张阳一脸歉意地对陈瑾说："你看，爸妈现在都来了，家里住的地方不够大，我要多赚钱，换套更大的房子，这样爸妈住着舒服，儿子活动的空间也足够大，咱爸妈辛苦了一辈子，我们总要给他们提供更好的生活条件，咱们好不容易才有了孩子，也要让他过得更舒心，你说是不是？"

这理由很说得过去，自从有了孩子，家里的开支确实增多不少。

陈瑾默许了张阳的托词。

一日，张阳公司的办公室主任到家里看铮铮，陈瑾一眼就发现那女人身上穿的衬衣，跟张阳不久前送自己的一模一样。

陈瑾装作不经意地问："你的这件衣服真漂亮，哪里买的？"

办公室主任顿了一下，神情有一丝慌乱，掩饰着说："朋友从国外带回来的。"

陈瑾接着问："哪国？多少钱？我也想买一件。"

"德国。多少钱我就不知道了，哎呀，朋友送的，是人家的一番心意，我总不好问价钱，你说是不是？"

陈瑾心里又像是下了霜。张阳前段时间正好去过德国。

女人走后，陈瑾进了卧室，找出那件衬衣，拿把剪刀三下五除二把它剪成碎布，等张阳回家，她把那些碎布一条条挂在张阳身上，搭成稻草人的模样，张阳把那些碎布取下来，不解地问："我又哪得罪你了？"

陈瑾挥动着一块布条："下次送礼物，记得每个人送不一样的，多花点心思，免得露出破绽。"

张阳脸色大变。

陈瑾此时下了离婚的决心。离婚协议刚拟定完毕，栖身在抽屉里打瞌睡的时候，陈瑾爸爸突然感到身体不舒服，到医院一检查，癌症晚期，全家乱作一团，离婚一事暂时搁浅。

两年多以后，父亲与世长辞。处理完父亲的后事，陈瑾启动了封存许久的离婚协议："签了吧。"

张阳的嘴巴像塞进了一只乒乓球："为什么？"

"为什么？你还需要问为什么吗？"

"没必要吧。"张阳说得云淡风轻。

"张阳，你趴在那些女人身上的时候有没有想过我和儿子，你有没有考虑过我的感受？"

张阳把双手搭在她的肩膀上："单亲家庭的孩子很容易出现心理问题。你愿意让铮铮在一个残缺不全的家庭长大？"

儿子是陈瑾的七寸，想到儿子，陈瑾的心又开始动摇，她冷冷地甩开张阳的手。

陈瑾觉得张阳没去当演员真是可惜，他若是投身演艺圈，没准可以当奥斯卡影帝，让中国人也捧起座小金人。母亲跟他们在一起住了好多年，愣是没发现两人之间的矛盾。

陈瑾曾以为，张阳有朝一日玩腻了就会回头，她会等到浪子回头的那一天。

她没想到，张阳回头的难度，不亚于复仇心切的塔利班攻占华盛顿，在白宫跟希拉里一起吃着北京烤鸭，喝着洋河大曲。

陈瑾偷偷问过铮铮："宝宝，你想跟爸爸在一起，还是跟妈妈在一起？"

儿子忽闪着明亮的大眼睛："妈妈，你是不是要跟爸爸离婚？"

陈瑾无比震惊，赶忙问："你知道什么叫离婚？"

儿子脸上写满了惊恐："我们班上有很多小朋友的爸爸妈妈都离婚了，离婚前都会问他们这个问题。"

陈瑾不知道该怎样回答儿子。

儿子歪着嘴哭起来："妈妈，我不要你们离婚，我不要像那些小朋友一样没有爸爸妈妈。"

陈瑾赶忙把儿子搂在怀里："乖儿子，怎么会呢？爸爸妈妈最爱你了，怎么可能离婚呢？就是世界上所有的人都离婚了，爸爸妈妈都不会离婚的。"

儿子脸上挂着泪珠，不相信地问："你说的是真的？"

陈瑾跟儿子勾了小指，儿子才算放心。

那晚，儿子一左一右紧紧拉着陈瑾和张阳的手，睡着了都不肯松开。第二天醒来，警惕地左右看了两眼，确定父母都在，长长舒了口气，像是把心脏重新塞回了原位。

又一个雨夜，陈瑾看到张阳搂着一个女人进了一家酒店，却再也没有了捉奸的兴致。看来，再大的打击，如果仅是重复，就会如同吃同一种药会产生抗药性一样，产生一些抗击打性。就像华佗给关羽刮骨疗伤，刮第一下的时候必定剧痛难忍，之所以没有疼死，只因为身体已经适应那种痛感。

02

整晚，苏亚和周冲都再无联络。

第二天一早，陈瑾发现苏亚脸上的淤痕已经由红色转为紫色，忧心地说："你今天还是别上班了，请假休息吧，不然谁见了你肯定都会问，够你解释一天的。好好休息，等淤痕褪去了再上班。赶快回家，向公婆展示一下周冲的'战绩'，也好让他们教育一下周冲，免得他再犯。哎，苏亚，你挨打的事情暂且不要告诉你爸妈，免得参战国过多，搞出什么事端。"

苏亚有气无力地说："知道了。你知道吧，我现在开始后悔留在远都，要是当年毕业直接回家，有什么事还有个娘家可以回。可是现在，娘家在千里之外，回又回不去，为了怕父母担心，有什么事还不能说。唉，所有的苦只能一个人扛。"

苏亚带着身体和精神的双重创伤回到家。家里空无一人，偌大的房间空空荡荡，浅色系的家具发出幽幽的光，柔和静谧，一派花好月圆的美好景象。

苏亚觉得自己越来越像这个家庭的编外分子，如果没有她，周冲一家三口会过得其乐融融，风和日丽。只要她不在家，这个家就会显现出这样的和谐和安静。

前一晚在陈瑾家辗转反侧，似睡非睡，满脑子浮现的都是男女颠鸾倒凤的画面。女主角频频换人，男主角却是千年不变的周冲，地点不同，刺激相同。以至于早上起床的时候头昏昏沉沉，像是上过夜班。

苏亚使劲回忆周冲认识的每个女人，试图通过理论分析揪出那个该死的小三，却找不到一点头绪。

苏亚感到阵阵倦意袭来，消肿后的脸火辣辣的疼，她关上卧室的门，猫进被窝，准备补个回笼觉。

不知睡了多久，她被公婆的谈话声惊醒。

婆婆唉声叹气地说："我还以为小冲新找了个女人，激动得我一晚上都没睡踏实，没想到根本就没有新人出现，唉，真让我失望。"

公公很不同意她的论调："你不能这么想，小亚还是个不错的孩子。"

"好是好，可是，小冲对她没反应怎么办？小冲岁数也不小了，我什么时候才能当上奶奶？我一想起这事就烦。"

公公疑惑地问："话说到这，你跟小冲嘀咕半天，那口红到底是怎么一回事？"

"他们应酬的时候，客户找了小姐，小冲只是被小姐揩油，什么都没做。"

"难道你希望小冲跟小姐做点什么？"

"当然不是，那种女人，未免太轻贱，只是没吃到鱼，反惹了一身腥，让苏亚料定小冲在外面有了女人，这多吃亏呀。小冲回家前也不知道进行大扫除，非得带着什么头发口红回来让苏亚抓住小辫子。这孩子，机灵劲儿一点没有。"

公公叹口气："赵局长前天还给我打电话，让我去参加他孙子的百日宴，还问咱们孙子几岁了，我都没好意思告诉他我还没孙子。年轻时不觉得孙子有什么，现在退休也没事干，就希望家里有个小孩闹腾一点。人啊，真是要到什么山唱什么歌，谁都别以为自己能免俗。"

"赵局长孙子满月啦？他儿子不是刚结婚没多久吗？原来是先上车后补票的呀，我说怎么那么着急办婚礼，原来是肚子藏不住了，哈哈哈哈。"婆婆笑得眼泪都要夺门而出。

"现在谁还介意这个，带着孩子办婚礼的也不是没有。我们那时候还要注意下影响，现在没人会注意喽。与时俱进，讲的就是从思想和行动上，都要紧跟时代。"

婆婆对他的话不屑一顾："算了吧，老赵头与时俱进地给他儿子准备了别墅奔驰，我们才有什么？我们要是有多余的钱再给小冲他们买套房子，还轮得着苏亚她妈挑理？与时俱进？欲望也要有相应的权和钱支撑，才能紧跟时代的步伐。别的都是空谈。"

"别扯那么远，我们还是说说家里的事情，我们要不要再去打听一下哪里的男科医院比较有名，让小冲再去检查一下，老拖着也不是回事，否则，苏亚要是有点别的心思，受伤害的可是小冲。"

"我已经问过了，可是这事不能跟小冲提，一提他就跟我急，这孩子，要面子的劲真像你，我有时真想不明白，他怎么就能得这个病呢？说出来真是不好听。你可不知道，我去医院打听的时候都偷偷摸摸的，那些个小护士都用奇怪的眼神看着我，好像在说，看这人，都这么大岁数，还来咨询这种问题，真是够可以的。"

"那可不是，她们肯定在想，这位阿姨，真是宝刀不老。"

婆婆佯装生气："去你的。"

苏亚脸贴在门后支楞起耳朵听完了整番谈话，心中悲喜交加。喜的是，周冲"外面的女人"纯属一场子虚乌有的闹剧。悲的是，婆婆居然一直惦记着让自己下岗。看来，虽然妇女解放几十年，顶着"妇女能顶半边天"的大帽子，并且大有超越男人之势，然而，作为"七出"之一的"无子"，却仍是休妻的充分非必要条件。

苏亚感到阵阵心寒，她一直以为，自己虽然算不上是个十全十美的老婆和儿媳，但达到及格线，却是绰绰有余。没想到，因为周冲的原因导致的无子，所有的罪责却要由自己全部承担。莫非，在周冲的眼里，作为此事罪魁祸首的他妈，无需承担一点责任，而同样是受害者的她，却是罪恶之源？只因为自己有那么一点要求，只因为自己没有熄灭作为女人的渴望？

苏亚心里的寒冰覆盖面积陡然扩大，她想起一句歌词：我们仍在一起，但是我们咫尺天涯。

她知道，周冲的那一巴掌，只是借题发挥，他心中的那根刺，早已生根发芽。所以，他不会认真地跟她解释，真心诚意地希望得到她的谅解。他那是在表达自己长久以来的不满。

苏亚想起陈瑾曾经说过，夫妻之间，身体交流是必不可少的，身体一旦疏远，心灵也会随之南辕北辙。

婆婆在外面推了推门，门纹丝不动，自言自语地说：“咦？门怎么会突然锁上？"她四处找钥匙，打开门进去，看到呆若木鸡立在门后的苏亚，吓得尖声嚎叫：“啊呀！”

周冲爸闻声赶过来，看到吓得面如土色惊魂未定的老伴，再往后看到的是眼神发散一脸苍白的苏亚，心里暗叫不妙，他们的谈话，可能被苏亚尽收耳底。

周冲爸反应很快：“哎呀，小亚，你什么时候回来的？今天怎么没上班？"话一出口，他觉得这话简直是明知故问，苏亚脸上的紫色显眼的就像是猪肉上盖的"质检合格"的大印。

周冲爸拽了一下老伴："愣着干什么？你快看看小亚脸上的伤。"

周冲妈这才回过神来："哦，哦。"上前走了半步，把头凑到苏亚面前，想要仔细看看。

苏亚冷冷地拨开婆婆的手："不用了。"

周冲爸讪讪地笑了一下，示意周冲妈出去："那……小亚，你先休息一下。我们这就去做饭。"

门无声地在苏亚面前关上。

苏亚就那么呆呆地站着，好像一棵万年老树，把根深深地扎在土壤里。

03

周冲爸轻手轻脚关上厨房的门，小声地说："怎么办？我们刚才说的话肯定被小亚一字不落地听到了。你看她的反应多奇怪。"

周冲妈满不在乎地说："听到了又能怎么样？我们又没说什么过分的话。"

周冲爸耸一下眉毛："怎么没说？你还说希望小冲找个新媳妇。"

"我那不就是一说么，我又没怂恿小冲去找。小亚也真是的，她快把我吓死了，回家来一声不吭，也没一点响动，我一开门，就看到她站在那里，还以为大白天见了鬼，血压都升高了好几十千帕。"

"唉呀，你小声一点，不要再宣战，好不容易才太平儿天，你把她惹恼了，她又要搬出去住了。"

"出去就出去，我怕什么？大不了叫小冲再找一个，你看我的决定有多英明，铁打的营盘流水的兵，铁打的房子流水的儿媳。只要房子在我们手里，就可以成打成打地换儿媳妇，要是房子换成他们的名字，哼，我看，用不了多久他们就会叫我们滚蛋。像现在这样，滚蛋的只能是她。"

"不要再乱说，你的如意算盘恐怕要落空，现在的女孩子，精明着呢，结婚前都要把条件一条一条列好，一条不符合都不行。你当还会有哪个傻姑娘会像小亚一样，你说房子是我们的名字，她一点意见都没有。别总看人家不顺眼，小亚这样的姑娘，也是硕果仅存打着灯笼都难找的喽。"

周冲妈很不满意周冲爸这种胳膊肘总往外拐的老好人形象："算了吧，那只是小冲没告诉我们而已，只是她的不同意没传到我们耳朵里而已，像我们这样的经济条件，不算最好，但也肯定不会差。远都买不起房子结不起婚的人大把大把。你没看那些电视剧，为了套房子杀人的，当二奶的，比比皆是，她应该知足了。"

周冲爸不再跟她争辩，几十年来，在跟老伴无数次的辩论中，缄声是他唯一的选择。

周冲妈嘴上不饶人，手下可是不停地忙活。半小时后，饭菜飘香。周冲妈给周冲爸使了个眼色，周冲爸颠颠走到苏亚门前，轻轻叩门："小亚，饭好了，起来吃点吧。"

苏亚坐在床上，任周冲爸好说歹说都一声不吭。周冲爸无奈地向老伴投去求救的目光。站在厨房门口的周冲妈摇了摇头，挥手让他过去。

周冲爸对着门轻轻说："小亚，你睡了是吗？我把饭给你留出一部分，你饿了，就自己用微波炉热热。"

周冲妈把饭菜摆上桌，故意把盘子碟子弄出很大的声音，咀嚼声都分外响亮，苏亚听到一根根芹菜在她嘴里被五马分尸。

周冲妈大声地说："今天的鱼真是新鲜，你看这鱼汤，乳白色的，多有食欲。今天的排骨也不错，这糖醋排骨，要颜色有颜色，要味道有味道。不吃别后悔。"

苏亚不为所动。小时候，妈妈跟她赌气，使用的也是这样的招式，故意做一大堆她喜欢吃的东西，勾引她的食欲。那时的她，总是禁不住美食的诱惑肚子的召唤，乖乖地打开门缴械投降。

可是，如今的苏亚，已经不是小孩子，不会再因为这样的示好而放弃抵抗。尤其，门外的那个人，不是自己的妈，而是婆婆。妈妈不会跟自己计较，开门吃饭意味的只是两人握手言和。而婆婆则不然，一次的示弱，意味的就是一辈子的示弱。从此，你在她面前将再也不会有尊严可言，她会时不时地提醒你，当年，你是怎样被一顿饭打败的，是怎样因为一顿饭低下头颅的。所谓因小失大，就是在不该妥协的时候妥协，在不该退让的时候退让，这样，只会显著地长别人气焰，灭自己威风。

苏亚决定，廉者不受嗟来之食。她不是不可以到外面的餐馆吃饭，只是，现在的这副尊荣，出去恐怕会吸引无数好奇的目光，她可不想靠这个提升回头率。

睡觉是可以忘记饥饿的最好办法，苏亚昏昏沉沉睡着。一觉醒来，下午三点，胃里饥肠辘辘，咕咕作响，苏亚觉得自己快要饿成平面图形，挣扎着爬起来，坐在梳妆台前。脸上的紫色有一点消退。

苏亚在房间里到处找吃的，房间却像被鬼子扫荡过一样连包薯片都没有找到。苏亚后悔没早日到超市采购，好为旷日持久的战争准备充足的粮草。

不争气的肚子继续唱反调，苏亚只能在脸上涂上厚厚的粉，再找出一顶宽檐的帽子，压低帽檐，穿好衣服，戴上墨镜，打扮得像个试图引起狗仔队注意的三线小艺人，硬着头皮出去觅食。

客厅里鸦雀无声，苏亚不知道公婆是出门了，还是在卧室。她拼尽最后一点力气开关鞋柜，弄出很大的声响。把防盗门打开四十五度角，示威性地重重锁上。

防盗门发出轻微的颤动。

胡吃海塞了一通，苏亚开始考虑下一步的技术问题。这次，她不打算再负气出走，以目前的战斗局势，周冲对自己显然没有了上一次的耐心，如果这次离家，恐怕要跟这房子说声永别，出去容易，想回头可是难于上青天。

从心底讲，苏亚还是有些同情周冲，每次看见他的失望和挫败，她都觉得像有把刀子扎在自己身上，疼痛跟周冲一样深切而弥久。她能够理解周冲的苦楚，就像她能理解自己的失落一样。

她想，既然周冲没有背叛自己，如果周冲向自己道歉，那么，她会选择原谅。

苏亚回家，家里仍旧鸦雀无声。

苏亚左等又等，饭后顺路带回的零食已经有一大半变成了残骸，周冲却迟迟不见回来。苏亚等得心焦，眼神没有目的地飘向房间的各个角落。

突然，她发现房间里有一丝不对，却想不起是哪里跟往常不同。等到视线再流浪一圈，终于发现，倚靠在衣柜旁边的旅行箱不见了。

苏亚立刻打开衣柜，周冲常穿的几件衣服不见踪影，拉开抽屉，洗漱袋也失踪。冲进卫生间，周冲的剃须刀洗面奶统统一起消失。

周冲去哪了？离家出走？这不是他的风格。

公婆从外面回来，看到在客厅发呆的苏亚。婆婆的反应堪称机敏："你是找小冲呢吧？他出差了，好多天都不会回来的。"婆婆脸上挂满了嘲笑。

苏亚遭遇当头棒喝，很多天都不会回来，也就是说，自己要独自面对不是善茬仿佛容嬷嬷再世的婆婆。周冲明知自己可能遭到的冷遇，可能面对的尴尬，却拍拍屁股就走，连声通知都没下发。

看来已经是司马昭之心，路人皆知。

第九章
人算不如天算

偶然出现的喜事,可以瞬间稀释积攒了很久的怨气。在喜和悲的对决中,由于人们对于喜的向往,悲便会很快一败涂地。三个女人用喉咙的小提琴、中提琴和大提琴共同演绎的三重奏——是为了一个从来不曾存在过的孩子。

01

大熊喝得醉醺醺地回家,刚想往沙发上倒,李胡兰以迅雷不及掩耳之势把他狠狠推到一边:"别坐沙发上,你看你,脏得好像一条癞皮狗。不要弄脏了沙发套。"

大熊没有防备,站立不稳,一屁股撞在茶几边角,生疼。

李胡兰扯着嗓子喊:"让开让开,滚远点,哎,说你呢,别站那,你挡着我的视线了,好狗还不挡道呢,你听到我说话没有?立刻,马上从我眼前消失!"

大熊坐在茶几上,故意堵到李胡兰面前,借着酒劲发威:"老……老子就坐,你……你敢把老……老子怎么样?这家里的哪一样东西……不是……老子掏钱买的?连你……你……都是老子花钱娶的,你不让老子碰,连……沙发都……不让老子坐,你……你想造反吗?"

李胡兰杨柳细目登时扩大了许多倍,变成银盆:"放你妈的狗屁!你花钱娶我?你才花了多少钱?房子是贷款买的,车子是贷款买的,你这破房破车的大股东都是银行!你唯一的本事就是从银行那里借了不知道猴年马月才能还清的高利贷!你给我们家才出了5万的彩礼,你他妈也好意思拿出来说?我都替你感到脸红,你也不撒泡尿照照自己,除了一副还算过得去的皮囊,你还有什么?我真是瞎了狗眼,怎么会找个你这样的窝囊废!你赶快走开,免得我看见你心烦!"

大熊站起来，跟跟跄跄走了几步，熊眼圆睁，摇摇晃晃抬起胳膊指着李胡兰："你……你说什么？你……你敢再说一遍？"

　　"老娘再说一百遍，你这个垃圾！你这个窝囊废！捡垃圾的都比你挣得多，送快递的在你面前都能算作巴菲特。"

　　大熊冲上去，擒住喋喋不休唾液四溅的李胡兰，一把将她推倒在沙发上，疯狂撕扯她的衣服："我叫你看不起我，老子今天要让你看看，窝囊废是怎么收拾你的。"意欲施暴的大熊口齿忽然间变得很清楚。

　　李胡兰拼命挣扎，像一条被水冲到岸边，濒死的鱼一样使劲跳腾，嘴巴依然奋战在第一线，还在不干不净地骂着。

　　男女的力量对比果然悬殊，很快大熊就处于了绝对的上风，他一边动作，一边恶狠狠地叫骂："你有什么了不起的？你不就是个远都胡同里的小市民吗？远都人怎么了？远都人就个个都是皇亲国戚？你以为你家住在中南海？我告诉你，嫁鸡随鸡，嫁狗随狗，你嫁给了老子，就要满足老子的欲望！"大熊奋力拼搏，似要把长久以来的旧账来个全盘总清算，将积攒很久的欲火一次性地来个总爆发。

　　李胡兰依旧没有放弃抵抗，长长的指甲深深地嵌进大熊的胳膊，血珠迸出。

　　大熊坚持不懈，咬紧青山不放松。

　　李胡兰的脑袋被塞进了抱枕下，一阵窒息。

　　大熊越战越勇："我算看明白了，对你这种人仁慈，就是对无产阶级专政的不负责任，对你客气，就是对广大劳动人民的怠慢！你以为你是谁？你不就是个倒闭的百货公司站柜台的女儿吗？你不就是个在手机卖场里站柜台的吗？你以为你是什么好出身？你以为你是将军的后代、名门的子孙吗？"大熊拉着李胡兰的头发，狠狠地抽打她的后背，像骑着战马的勇将，"我要搞大你的肚子，让你再叫我窝囊废！"

　　李胡兰的一绺头发被拽下，钻心的疼："告诉你，老娘根本就没有怀孕的功能。哈哈哈。"李胡兰笑得撕心裂肺，让人听得毛骨悚然。

　　大熊摸过高压电线一般怔住，片刻，抱着李胡兰的脑袋拨浪鼓一样地晃："你说什么？你再说一遍！"

　　李胡兰的又一绺头发随着大熊的剧烈抖动飘落在地，她疼得龇牙咧嘴，见大熊稍有懈怠，猛然起身，掀翻大熊，抽手给了大熊两个响亮的耳光，左脸一个，右脸一个，落点还很对称，以鼻梁为中轴线。

　　李胡兰溜光着身体站到地上，一手叉着腰，一脚踩着茶几，手指在大熊鼻尖一毫米处指指戳戳："老娘根本就没有子宫。否则，你以为老娘会看上你这种废物、白痴、穷光蛋？那老娘真的是要死不瞑目了。"

　　大熊的震惊可见一斑，脸上的肌肉不住地颤抖。

两方的局势瞬间发生了强势逆转，李胡兰顷刻之间高大了许多，仿佛一个身披战袍、凯旋而归的战神，她从烟盒里拿出一支烟，"啪"一声打开打火机，点燃烟，悠悠地吸了一口："反正已经说开，我索性全都告诉你，三年前的宫外孕让我失去了子宫，我那没见过天日的孩子他爹一声不响跟一个老女人去了香港，临走时都没去看我一眼。男人真他妈没有一个好东西！什么最实际？钱！只有钱！爱情，爱情就是个屁！"

　　大熊壮硕的身躯一点点萎顿，一点点缩小，化成尘埃。

　　李胡兰把腿搭在茶几上一抖一抖，抽烟的姿势很娴熟，鼻孔里飞出标志的烟圈，"事已至此，我可跟你说清楚，离婚可以，房和车都必须归我。"

　　大熊呆呆地看着李胡兰上下翻飞的嘴唇，雨点一样四处喷射的口水，以及涂得五颜六色的指甲，大脑一片白茫茫。

　　李胡兰一脚蹬在大熊身上："你他妈下手够狠，真是蔫驴咬人，下嘴不轻。我妈说了，我家最近要装修，还缺二十万，你赶快准备好，周末送过去。"

　　大熊缩在那里，呈现出万年虾王的剪影。

02

　　苏亚忽然觉得浑身不舒服，头晕，恶心，吃什么都想吐，浑身恹恹无力。

　　周冲一走好多天，电话都没有给她打过一个，倒是婆婆的手机每天会准时地响起。苏亚会打起十二万分的精气神，发挥耳朵的最大能动性，从婆婆的开怀大笑，或是柔声叮咛中，判断周冲的最新动向。

　　苏亚对周冲的怨恨与日俱增。打人的是周冲，可是他居然如此趾高气扬，既不道歉，也不肯伸出橄榄枝，反倒像是个坚韧不屈的革命者，完全无视她的存在。即便她错怪了他，即便她冲动之下口不择言，可是他怎么就能如此下得去狠手？周冲练过五六年的跆拳道，她的脸又不是沙袋，怎么可能受得了他的老拳？

　　婆婆对她依旧不冷不热不温不火，周冲爸倒是热情，常常招呼她一起吃饭。苏亚并没有领情，只在饭桌上扫过一眼，只剩一点残羹冷炙，看来公婆并没有跟她一起吃饭的预期，公公的邀请只不过是表面的客套。

　　苏亚每天都在外面解决完了吃饭问题，估算着公婆已经入睡，才拖着跟心情一样沉重的脚步回家。她考虑着，该是把离婚提上议事日程的时候了，但是，这种大事她必须跟父母商量一下，可是妈妈刚做完一个小手术，她决定暂缓此事，待母亲康复后与父母商议再作决定。

早晨,苏亚刷牙时感到胃里非常难受,翻江倒海一般。她趴在马桶上一阵干呕,嗓子眼儿上像刷了一层油漆,干干的,散发着难闻的味道。吐了半天,除了一点口水,没有其他的成分。回想一下,昨日的晚餐是在单位食堂解决,卫生问题应该不容置疑。追本溯源,居然连着几天都在食堂吃饭。食堂的粥很好吃,广东的大师傅就是不错,懂得体恤苏亚的疾苦。

周冲爸妈听到呕吐声,相互交换了一下眼神。

苏亚有气无力地从卫生间出来,一眼就瞥到公婆坐在餐桌边伸长脖子,向她投来问询的目光。苏亚一声不吭低着头往外走,准备回房间穿衣服,周冲爸努了下嘴,向周冲妈递了个眼神。

婆婆踌躇了一下,敲开苏亚的卧室门,拉过苏亚,用手背在苏亚头上触碰:"是不是感冒了?"

苏亚对婆婆突然间表现出来的关怀很不适应,触电一样往后缩了缩头,无意识地推开婆婆的手,她想起一句老话——无事献殷勤,非奸即盗。她能想起的第一件事情就是:周冲已经准备离婚,让婆婆对她宣布这个决定。

苏亚打了一个寒战,她还没有做好准备,她还没有开始计划离婚后的生活,她还没有跟父母商量,她以后住到哪里……

婆婆莫名其妙地看着苏亚脸上的阴晴圆缺,就像是一个个电影片段,茫然,恓惶,还有紧张。

婆婆再次把手放到苏亚额头:"你怎么了?我是想看你有没有生病。"

苏亚神游一样地问:"哦,妈,你有什么事?"

"我是问你有哪里不舒服?"

"我也不知道,都好些天了,浑身上下都没力气,还总想吐。"

"你是不是感冒了?"婆婆再测一下她的脉搏,"上一次例假是什么时候?"

"啊?例假?"苏亚没反应过来。

"是呀,你上一次例假哪天结束的?"

"我不记得了。"苏亚皱着眉头想了想,的确记不清了。

"你最近是不是经常恶心,干呕,没有胃口,还很想睡觉?"

苏亚木然地点点头,想不通这些跟离婚有什么关系。

婆婆的兴致不减:"你仔细想想,这些症状已经持续了多长时间?"

"我真的不记得了,反正有好些天。"

婆婆走到苏亚卧室的垃圾桶边,仔细翻捡,话梅,酸枣,山楂糕……

婆婆抬起头时,脸上已经开满了春天的桃花,芬芳鲜亮:"快去吃饭,吃完了好上班。"

这真是盐缸里出蛆——稀奇,自从周冲出差,婆婆什么时候给她准备过早餐?婆婆唱的这是哪一出,莫非是鸿门宴?难道是断头饭?

苏亚战战兢兢坐在了久违的餐桌旁,喝了一碗豆浆,又一阵恶心袭来,苏亚抱歉地朝婆婆笑笑:"妈,我吃不下。"

婆婆很是理解:"没关系的,我给你带几罐酸奶,还有面包,牛肉干,你饿的时候吃了就行。"

苏亚带着鼓鼓囊囊的一包食物出门,想了一路都没想明白,婆婆缘何突然间改了作风。

小张看着苏亚的丰盛早餐,大声疾呼:"你长了牛胃吗?这些足够你吃两天的。"

"是啊,太多了,你吃早饭没有?没吃的话咱们一起吃。"

"你应该起床以后就给我打电话,我就不用五十米冲刺一样下楼买油条了,可惜,现在我已经吃饱了。"小张无奈地耸耸肩。

苏亚刚插进吸管,想喝口酸奶,又一波的恶心席卷起来,她扔下酸奶匆匆忙忙冲到厕所乱呕一通,症状依然。苏亚捂着胃愁眉苦脸回到办公室。小张关心地问:"怎么了?"

"我也不知道,就是恶心,可是什么都吐不出来。"

"你该不是怀孕了吧?"小张一语道破天机。

苏亚恍然大悟,一语惊醒梦中人,婆婆的热切果真是有的放矢。可是,那几次蜻蜓点水,真的能够播种成功?传说里,女人不是只有高潮才会受孕吗?苏亚想起婆婆的笑脸,吃了苍蝇一样不舒服。婆婆是不是学过川剧,变脸变得如此驾轻就熟。

下班回家,苏亚进屋换衣服。婆婆从厨房走进卧室,拿了样东西,轻轻敲开苏亚的房门,递给苏亚。

苏亚接过来看看,好奇地问:"这是什么?"

"早孕检测试纸,上面有说明,你照着用就行。行了,换完衣服赶快出来吃饭,妈做了好多你喜欢吃的。"

苏亚忸怩着出去,她真不太习惯这样贵宾式的礼遇。

餐桌上仿佛满汉全席,堆满了平素里苏亚的最爱。可是今天,苏亚对着这些美味佳肴一点胃口都没有。

周冲妈也不嗔怪,递上已经插好牙签的水果:"不想吃饭,就吃点水果,再喝点牛奶。营养一定要跟上。"

苏亚心里七上八下，婆婆的过度热情让她难以消受，神经极度紧张。如果她没有怀孕，婆婆又会以怎样的脸色示她，是不是立刻又变回原样，恶语相向？她心里很害怕，很惶恐，看着那张试纸，数次想要半夜出逃，但是心里却总是怀有那么一点点侥幸心理。也许，也许我真的怀孕了呢？也许，上天真的眷顾我，肯给我的生活带来一线转机呢？

第二天清早，六点刚过，婆婆就轻轻拍门："小亚，快起来，先用试纸测试一下，第一拨晨尿激素含量最高，检测结果最准确。测试完了你再补觉好不好？"

苏亚不情愿地从被子里钻出来，穿好衣服拿出试纸配送的容器，半闭着眼睛走进卫生间。刚要锁门，周冲妈推门闪了进来："我来给你测，我怕你不会。"

苏亚一脸尴尬："妈，这不好吧。"

婆婆面不改色："这有什么的？没事没事，自家人，不用介意。"

苏亚无奈地脱掉裤子，对准容器，在婆婆的亲切注视下排泄。不知道是小便羞于见人，还是苏亚精神紧张，努了半天，仍旧颗粒无收。

苏亚不得不提起裤子站起来："妈，你先出去一下行吗？你在这我尿不出来。"

周冲妈立刻转身，面朝墙壁："这样可以了吧？你这孩子，还不好意思。"

苏亚再次蹲下，拼命地挤出宝贵的晨尿，容器实在太小，多余的部分都无私的贡献给了地面。

周冲妈听到水声终止，立刻回头："尿完了？试纸呢？"

苏亚递过试纸。

周冲妈端起容器放在洗衣机上，拿出试纸插了进去，抖晃间，几滴尿液飞溅在她手上，她顾不上擦，全神贯注地进行试验操作。

苏亚没用过这么先进的物品，在一边诚惶诚恐地观看。

周冲妈把试纸拿出来，平放在洗衣机上。苏亚大气都不敢出一声，小心地在一边陪站。周冲妈仍不擦手，目不转睛地盯着试纸，卫生间里肃穆而又静谧。

几分钟后，周冲妈拿起试纸一看，大喜过望："哎呀，中队长，太好了！简直是太好了！大清早我就听见喜鹊叫，果真是喜讯那！"

周冲妈打开卫生间的门，扯开嗓门冲门外喊："老周，小亚怀孕了，我们要有孙子了！"

苏亚听着婆婆宣布这个激动人心的好消息，却是不敢相信，拿起试纸研究，搞不懂什么征兆揭示她怀孕的事实。她听见周冲爸遏制不住激动的笑声响彻在房间："真的吗？太好了，你确定？"

周冲妈非常肯定："当然，试纸测出来是中队长哦，怎么会错呢？不会的。"她冲进卫生间，把苏亚拉出去，苏亚手里还拿着那根高科技的试纸，地上多余的尿液自己往下水道输送。

周冲妈拿着试纸给丈夫展示："看看，看看。"

周冲爸也不忌讳，认认真真地观赏，眉毛眼睛里都漾着欢笑。

苏亚觉得很不好意思，公公婆婆都抓着她的排泄物，她觉得别扭。

周冲妈奔过去拿手机，行动过猛，被茶几绊了一下，差点摔倒，她摇晃了几下抓住沙发才保持住平衡。电话一接通，不等周冲反应，周冲妈就哇啦哇啦叫嚷起来："小冲啊，你什么时候出完差？赶快回来吧！你要当爸爸啦！"

周冲半夜才睡，被电话吵醒，刚想发作，一听到这个振奋人心的消息，立时睡意全消："妈，你说什么？"

周冲妈又重复了一遍。

周冲没他妈那么激动，他最先想到的问题是：这孩子是我的吗？想当年两人不分昼夜疯狂做爱，并且时常忘记避孕，也不见苏亚中标，这几年中那么极其罕见的几次，就能意外开花结果？他将信将疑，爬起来洗了一把冷水脸，靠着门框想了想，又计算了一下两人行房的时间，再对苏亚的人品进行了一下综合考评，最后才敢确定，自己播种成功这事，怕是八九不离十。

尽管对苏亚颇有怨言，但在如此盛大的节日里，于情于理他都必须对她表示一下慰问，他对母亲说："妈，你把手机给苏亚。我想跟她说几句话。"

周冲妈把手机塞进苏亚的手里："给你，小冲要跟你说话。"

"亚亚，这是真的吗？"周冲问。

苏亚的态度很冷淡，答复了一下又把手机递到了周冲妈手上。

打完电话，周冲妈和周冲爸喜形于色的讨论着孩子的性别问题，周冲爸说："我喜欢男孩，男孩好，虎头虎脑的。"

周冲妈说："我喜欢女孩，可以打扮的漂漂亮亮的，像个小公主。"

"男孩子长大不用操心，现在社会那么乱，女孩不好养。"

"女孩省钱，女孩可是招商银行，男孩是建设银行，还要买房子买车，小冲和小亚的压力会大很多。"

最后，二人达成了一致意见："最好是龙凤胎，一男一女。"

苏亚看着公婆争论，觉得很可笑，她还游离在兴奋之外，似乎这一事件的后果并没有波及到她身上。

看来，偶然出现的喜事，可以瞬间稀释积攒了很久的怨气。在喜和悲的对决中，由于人们对于喜的向往，悲便会很快一败涂地。

苏亚看了看表，按捺不住焦虑和渴望这两种共同博弈的情绪，拿起手机拨给陈瑾。陈瑾已经熟睡，被电话吵醒以后睡意朦胧地问："喂，苏亚，大半夜的打电话，出什么事了？"

"陈瑾，不好意思，我有个问题必须现在问你，你怀孕的时候都有些什么样的症状？"

"怀孕？症状？半夜三更的你突然问这个干什么？"

"我……我想知道我是不是怀孕了。"

"啊？"陈瑾觉得这的确是件刻不容缓的事情，连忙坐起来，击退困倦，仔细回忆了一下，一条条说给苏亚听。苏亚一边听，一边跟自己的反应仔细对照。陈瑾叙述完毕，问道："这些症状你都有吗？不过每个人的反应都不尽相同，有些差异也很正常，你最好还是到医院做次检查，这样比较保险。"

苏亚心里已经有了底，她已经有五成的把握，于是快乐地向陈瑾道了晚安，并再一次地致歉。心里终于安定，躺在床上，甜甜地睡着。

03

苏亚回到床上，本来准备继续补觉，却怎么也睡不着，她真不敢相信，自己快要当妈妈。她轻轻抚摸着肚子，那个不知道发育到什么阶段的孩子就在她的身体里静静蛰伏。苏亚忽然笑起来，甜蜜地笑。

周冲妈在厨房里大动干戈，忙得焦头烂额。最终，摆在桌上的早餐比平日的晚餐还要丰盛。

周冲妈把鸡蛋，鸭蛋，鹌鹑蛋，酸奶，牛奶一样样往她面前送，苏亚手边的碟子盘子，摩肩接踵亲热地簇拥在她周围20厘米之内，堆成了小山。

苏亚不住地说："妈，够了，太多了我吃不了。"周冲妈精心地剥着鹌鹑蛋："多吃一点，对孩子好，你现在是两个人，营养要补充均衡。你什么时候有空？我们去医院做下检查。"

苏亚想了想："我最近都没时间，院里案子特别多，一天要至少开两个庭。"

"啊哟，你可要注意身体，怀孕很辛苦的。高跟鞋就不要穿了，又累又不安全。你要是累了就别开车了，直接打车。"

苏亚嘴里塞着满满当当的食物，包里装了比昨日更多的储备物，超级拉风地奔上了上班的大路。她听从婆婆的叮嘱，打了辆出租车。

一关上车门，她就迫不及待地拨通了妈妈的电话："妈，告诉你个惊天动地的好消息，你要当姥姥了！"

妈妈在电话那头大声疾呼："真的吗？真的吗？你检查过了吗？我刚出院，你就告诉我这个好消息，真是喜从天降，老苏，老苏，你要当姥爷了。"

两个妈的表现很雷同，但是不知道算不算巧合。

苏亚妈喜出望外地叮嘱苏亚："前三个月容易流产，你要注意安全，不要走得太快，不要吃生冷的食物，不要吃螃蟹，要补充点叶酸。不要吃火气太大的东西。"

苏亚快乐地说："知道了。知道了，妈，我记住了。"

苏亚一到办公室，带着包东西就去找陈瑾。陈瑾的高跟鞋在走廊上发出清脆的敲击声，看到苏亚，脸色一变："怎么？你和周冲又出什么事了？"

苏亚佯装生气："你怎么就不知道盼我点好？就希望我被打得鼻青脸肿？哼！"

陈瑾站住，惊慌地问："到底怎么了？你快说，别吊我胃口。"

苏亚圆溜溜的眼睛笑成了月牙儿："告诉你个好消息，我怀孕啦！"

陈瑾脸上的担忧立刻被快乐取代："看来你昨晚问我的是真的？太好了！恭喜恭喜！"凑到苏亚面前轻声细语地说，"没想到，时间不是受孕的关键啊。"

苏亚锤她一下："去你的。"然后从背后拿出婆婆给她准备的1/2份早餐："看，这是我婆婆给我准备的早点，我分你一半。"

陈瑾推开："快算了，这么珍贵的孕妇特供，我可不敢笑纳。"

苏亚把那包食物拎高了晃："你看看，这么多，我怎么吃得完。看你跑得猴急，就知道你没吃早点，正好跟我一起吃，顺便一起分享我的快乐和幸福。"

陈瑾装出不高兴的样子："你是故意来向我炫耀的吗？好了，我收下。注意身体，别太劳累。"

整整一天，苏亚都魂不守舍，激动地恨不得欢呼雀跃，她每时每刻都带着笑意，心情就像展翅高飞的小鸟，扑棱着翅膀上了云端。她盼了好多年的孩子，终于在某个不经意的时刻在她的身体里落地生根，真是有心栽花花不发，无心插柳柳成荫，原来每一首古诗都是人生阅历的总结。

到家，房间里已经堆满了周冲父母花费大半天时间采购的各式婴儿用品。奶瓶，摇篮，衣服，玩具，堆得各处都是。衣服则更加夸张，按照男女两种性别分别齐备。

周冲妈兴奋得拉着苏亚进了书房。苏亚定睛一看，原来的书桌已经被移至墙角，孤苦伶仃地蜷缩在那里，书架跟书桌一起，被打进了冷宫。房屋中间空出好大一片地方。

周冲妈带着苏亚参观："看看，这里以后可以放婴儿床，你们看书，在卧室就行，怎么样？你没意见吧？"周冲妈史无前例地征询起了苏亚的意见。

苏亚脑袋点得很欢腾："没意见，没意见。"别说是书房，就是腾开他们的卧室，她也绝不会有半句怨言。什么叫母亲？母亲就是一切无私无欲无畏无惧的代名词。

吃完晚饭，苏亚妈的电话接踵而至："我的小乖乖，你都要当妈妈了，看来那老中医还真是神人，不仅治好了周冲的毛病，而且是箭无虚发，一扎一个准。"苏亚妈激动得几近胡言乱语，该说的话不该说的话都一齐冒了出来，"周冲呢？快把他叫过来，我得向他表示祝贺，这周冲怎么回事？那么长时间都不知道给我和你爸爸打个电话，也不问候我们。算啦，人逢喜事精神爽，我就不跟他计较啦。人都说蔫声发大财，想不到周冲也是悄悄摸摸地播种。怎么？还怕别人打搅不成？唉呀，我跟你爸爸今天都高兴死了，你爸爸一激动就喝了半斤酒，现在躺在床上呼呼大睡，怎么叫都叫不醒。周冲怎么还不过来？你快点叫他，我嘱咐他几句。"

"哎呀，妈，周冲去出差了，还没回来呢。"

"他怎么还不回来？你都怀孕了，他还不赶快回来伺候你，还出什么差嘛，搞不搞得清楚轻重缓急，分不分得清楚子丑寅卯？"

"他要忙着赚钱的嘛，孩子又不在他肚子里，他回来了能起什么作用？"

苏亚妈突然压低了声音问："你家那老妖婆，对你好点没有？"

苏亚给她妈形容了一下公婆一天的表现，着重强调了试纸的故事，听到周冲爸妈像接过火炬一样神圣地传递试纸，尿液在他们手上交替这一细节，苏亚妈笑得直不起腰："哈哈哈哈，太有意思了，当父母多不容易，一听到有后代，什么都不顾了。"她又交代苏亚，"既然已经怀孕，你就别再跟他们闹别扭了，一来对你身体不好，二来你们的矛盾根源已经不存在，也就没有继续斗争的必要。"

"我哪里跟他们闹过别扭？都是他们挑我的毛病，只要他们对我满意，我就谢天谢地了。"

周冲多日之后终于低头，主动打电话过来："亚亚，现在感觉怎么样？难受吗？有没有什么想吃的东西？告诉我妈，她会马上去买的。"

苏亚并不接话，这么难得的耍横时期，她怎么会轻易放过？

周冲表示了一箩筐的关心和慰问，苏亚始终端着架子保持沉默。周冲终于张口："亚亚，对不起，那天我太冲动了。"

"周冲，你真狠哪，我的脸肿了那么多天，你连电话都不知道给我打。我满脸都是伤，休息了好多天你知道不知道？"

周冲的声音很紧张："一脸的伤？不可能呀？我只轻轻打了你一下而已。"

"而已？轻轻？大哥，你练了多少年的跆拳道，你的轻轻，对我来说就是力大如牛。"

"现在还疼吗？"

"废话！能不疼吗？我那些天都满脸青紫，血丝外渗，肿得像屁股。大牙都松动了。"苏亚极尽夸张之能事，"哼，即便如此，你妈想的还是给你换个老婆。"苏亚依葫芦画瓢，把公婆那日的谈话完整地丝毫没有进行艺术加工地转述给了周冲。

周冲的表现果然没有令苏亚失望："我妈这都是什么习惯？动不动就添乱，本来我们没什么事，被她一搅和，就会小题大做。我妈说话就那样，你别介意。她以前还动不动扬言要给我爸找个替补，这都几十年过去了，我爸不还是唯一的主力？你别跟她找气受，宰相肚里能撑船，我们亚亚的肚里能装航母。"

怀孕真是好，小小的宫女凭借肚子里的皇子可以一跃晋身为嫔妃，成群结队的女人们依靠母凭子贵的定律打了翻身仗。而苏亚，居然也通过这一途径看到了周冲的低头，以及公婆的示好。

苏亚平抑着心里的得意："记住，以后要对我客气点，我现在可不是一个人，不能有一点的闪失。我肩负着你们周家传宗接代的重任。"

"好，好，好，领导的指示我一定，必须，麻利儿，一字不落记在心头，请领导放心。"周冲摇鼓一样拍着小胸脯。

苏亚得意地挂掉电话，躺在床上幻想肚子里孩子的模样，内心充满了喜悦。

04

周冲扎在一堆报表中奋斗，这个季度的销售额很不错，拿到了很多订单，跟不少公司签订了合同。只是，有两家知名的公司，是相当难啃的骨头，对方迟迟不肯松口，妄图把价格再压低五个百分点。周冲跟公司反映过，公司的指示是，密切关注对方的动向，看其是否与其他几个竞争对手进行接洽，如果没有，就继续稳住，谁能坚持到最后，谁就是最大的赢家；如果对方掉转方向准备另找码头，他们再稍微松口，给对方点磋商的空间。

对方的耐性很好，不急不慢，耐心十足，摆足了养精蓄锐要打场持久战的架势。这笔交易数目不小，而且合作期限不短，合同一签就是五年，双方都准备打一场旷日持久的拉锯战，打算消磨掉对方的耐心，让对方先低头，伺机赢得最后的胜利。

公司也不着急，头儿在电话里恶狠狠地对周冲说："拖，拖死他们，我就不信了，再狡猾的狐狸，还能斗得过好猎手？我们在行业内也算是数一数二的硬气，有几家公司能跟我们公司相提并论？周冲，坚持，坚持就是胜利。"周冲仿佛看见头儿摸着他那油光瓦亮的秃脑门，目光穿过丛丛的高楼，直射向遥远的未来。

头儿不急，公司不急，只有周冲着急。周冲妈一遍一遍地催促："快点回来吧，你现在都是要当爸爸的人了，什么工作都放到以后再做，时间有的是，你当爸的机会可就只有一次，我们跟小亚住在一起，她本来就浑身不自在，你在这还可以充当润滑油，当当传声筒。你要是不在，我们两方面都觉得别扭。女人怀孕的时候荷尔蒙本来就分泌旺盛，容易心焦气躁，但是孕妇又必须保持心情畅快，这样孩子才能健康。她有什么话也只可能对你说，我也不知道她吃好没有睡好没有，我问她她也不说，我就等你回来给我传递信息呢。"

周冲只能为难地说："妈，我尽力，等这个合同签完，我立刻就回去。"

苏亚也不断的撒娇："哎呀，老公，你快点回来嘛，人家都难受死了，吃不下也睡不好，晚上你不在我身边我一点都不踏实，我一个人孤苦伶仃多可怜，这时候我最想你了，就想每天都能看见你。我怀孕可就十个月，再晚点你就见不到我大肚子的样子，孩子就直接落地了。"

周冲不是不想回家，他有自己的顾虑。能否搞定这两家公司，将会直接影响到他是否能坐上华北地区销售总监的那把交椅。现任此职的头儿即将升任销售总监，他屁股下的位子即将被腾空。

头儿在周冲离开远都前，曾经意味深长地拍着他的肩膀说："你窥视这个位子也不是一天两天，论资历，论能力，你都是这个位子最合适的人选。但是，你也知道，Ken虽然这些方面不如你，但是人家是喝过洋墨水的，还是换了身衣服的外国人，满身的洋味，知道如何讨洋人的欢心，大老板可是看好他的。你要是想拔得头筹，这次就必须打个漂亮的胜仗，我再给你写个漂亮的推荐，才可能取得良好效果。成败在此一举，只能成功，不能失败。"周冲知道此行的分量，也感激头儿的提携。

一边是唾手可得却又不那么稳妥的升职机会，另一边是父母的召唤，妻子的期待。周冲真觉得分身乏术，举棋不定。走，舍不得。留，干着急。

周冲心里的急火燃烧得铺天盖地，牙龈肿了好几处大包。表面上还要装作不动声色，镇定自若地跟对方周旋。每天，不是请对方的大头喝茶打球，就是桑拿麻将，要不就是拿着产品说明，带领团队全方位地进行产品介绍售后推介。摆足了谱，要给对方留下个实力雄厚、一掷千金的美好印象。

某日，推杯换盏之后，周冲跟客户一起去了洗浴中心。周冲在小姐的撩动下，身体居然有了奇迹般的冲动。

周冲凭着最后一点点残存的理智，推开了试图躺在他怀中的小姐。

时间一日一日地推移，对方却是任凭风打浪，仍旧闲庭信步。周冲脑门上开始生起紧揪青春小尾巴的美丽疙瘩痘，明晃晃，亮堂堂，并且有逐日增多的迹象。

这个位子，周冲的确觊觎了很久，职场如同行船，都是逆水行舟，不进则退。如果说，周冲以前渴望这个职位，仅是出于职业生涯的一种需求，男人对于更高位置的向往。那么现在，他更加注重的则是随着职位的变动带来的收入的变化。孩子即将出生，抛开养育费用不说，房子又变成必须解决的重要问题。没有孩子，他和苏亚跟父母住在一起都会风波不断，如果再多个孩子，天知道还会滋生多少的矛盾。再说一百多平米的房子，容纳祖孙三代五口人，的确是有点艰难。他可不想等到孩子出生，面对大人闹小孩哭三代齐上阵的纷乱场面。

从得知要当爸爸的那天起，周冲身上的担子就陡然加重，他立刻明白了一句话的含义——当了父母，可以让人一夜之间长大。周冲比以往百倍千倍地渴望升职，可以给老婆孩子提供更好的生活条件，可以让他成为一个让孩子崇拜尊敬的父亲，让老婆可以依靠满意的老公。

愿望当然很美好。但是周冲同时也很清楚，任重而道远，绝不是那么畅通无阻的。Ken几乎在同一时间被公司派到上海，公司同时将他们分派到不同的区域，就是想看看两人的工作能力，想以此次的表现作为地区销售总监人选敲定的重要考量指标。

周冲经过多方打探，得知Ken的工作进行的也并不顺利，几乎可以说是前途渺茫。

周冲心里不由得一阵窃喜，连脑门的青春痘都跟着一起跳跃了几下。两根骨头中，只要他能啃下一根，就可以稳操胜券。

周冲仿佛看到了一线曙光，加紧着前进的步伐，他好言安抚苏亚："亚亚，你再坚持一下，只要我一搞定客户，立刻就会打道回府，好不好？"

周冲期盼着能以升职加薪作为送给苏亚和孩子的最好礼物。

客户不紧不慢，依然咬紧牙关，死不松口，周冲无论何时发出邀请，对方都会欣然赴约。两方各怀鬼胎，暗中较劲，表面上却相谈甚欢，称兄道弟。周冲越来越着急，他向公司请示，可不可以把价格降低一个百分点。公司断然拒绝：我们的产品，质量顶级，价格却只处在市场的中游，不能降价，绝对不能！

周冲心急如焚，每天都到天蒙蒙亮才能勉强入睡。睡到中午起床，再开始一天的工作。

一天，辗转反侧的周冲刚刚勉强握到了周公的大手，一阵急促的手机铃声将他惊醒，是苏亚的。

苏亚气若游丝地说："老公，你忙完了没有？现在回来不行吗？我开始失眠，一点都睡不着。头发也一把一把地往下掉，你要是再不回来，我怕我活不了多天了。我不是在怀孕，我是得了绝症的感觉。好难受啊，我受不了了。"

周冲扯着破锣一样的嗓子说:"亲爱的,你再坚持一下好吗?用不了多少天,我就可以拿下客户了,只要合同签完,我当天就赶回远都,好不好?亲爱的,你再努力坚持一下,军功章有我的一小半,其余的一大半都是属于你的,这单签完,能保证咱们宝宝若干年的奶粉钱呢。就几天,再坚持一下好吗?好亚亚,你就乖乖地忍耐一下,很快的,非常快,眨眼间我就可以回去陪你了。"

苏亚放下电话蒙蒙睡去,周冲却再也无法睡着,满脑袋浮现的都是苏亚苍白的脸。好不容易熬到天亮,周冲带着一脑袋的浆糊约对方见面,想再次就价格问题跟对方展开新一轮的磋商,对方看着他憔悴的脸干笑:"周经理,气色不好,怎么,等不及了?"

周冲有气无力地说:"你老兄也不给我句痛快话,我老婆怀孕了,催我赶快回去,可是合同签不下来,我怎么回去见江东父老?"

对方若有所思:"原来如此,这样吧,我再请示一下,尽快给你答复。"

这一尽快又是一周,对方只是敷衍,连面都不肯再露,周冲搞不清楚状况,心急火燎,彻夜难眠,一夜一夜睁着眼到天亮。

周冲妈的催促一轮比一轮密集:"小冲啊,快点回来吧,小亚呕吐得越来越厉害,好多天都没怎么吃饭了,你说你们这么大岁数才好不容易有个孩子,我和你爸好不容易有个孙子,有什么事情能比这件事更重要呢?小亚现在还在前三个月,不能有一点闪失的,她这样不吃不睡,每天还要上班,万一有个好歹怎么办?女人怀孕的时候,最希望的就是丈夫能在身边,这么简单的道理你怎么就不懂呢?我们家没有那么困难,不需要你那么辛苦赚奶粉钱,你现在回来,比赚多少钱都重要,这才是你当前最重要的任务。"

客户那边没有任何的进展,跟周冲一直接洽的那位居然声称自己正在度假,有什么事要到度完假以后再谈。周冲彻底傻了眼,原本以为水道渠成的事情不知道为何又变成了遥遥无期。周冲无奈,终于下定决心备好车马回宅。

周冲向头儿告假,说明情况。头儿不无惋惜地说:"你这插秧施肥浇水除虫的功课都做完,就差收割这一步,未免太过可惜。老婆怀孕,不还有你爸妈呢吗?有必要你亲自出马吗?你回来又能解决什么问题呢?"作为农民之子的头儿,比喻质朴而形象。

周冲嬉笑着回答:"别的机会以后都会再有,我当爹,这辈子可就一次。"

周冲临走时嘱咐 Mike:"别忘了盯紧客户,一有动静尽快通知我,睁大眼睛盯着,一点懈怠都不能有。"

周冲前脚刚回远都,Mike 的电话就随即赶到:"老大,对方同意签合同了,公司怕他们反悔，让我代你签了。唉，就两天时间，老大你也太不走运了。他们头儿还问你怎么突然走了，说是知道你情况特殊，对你的印象也格外好，这才向上面反映，看在你的情面上才同意我们的报价。他说没得到上司的肯定之前，都不敢跟你联系，怕你失望。"

周冲怒火攻心，对着墙壁骂了声："我X！太阳的！"

不久之后，上海方面传来消息，Ken 拿下一家公司的订单，销售额不到深圳那家公司的十分之一，据说是动用了同学的同学的朋友的关系，搭起了一座曲曲弯弯的拱桥。

很快，公司下发了 Ken 荣升华北地区销售总监的任命。Ken 邀请销售部的全体同事参加了他的升职 party。晚宴上，Ken 特意举着酒杯走到周冲面前："以后我就是你的上司，还需要你鼎力支持，多多协助我的工作哦。"

周冲看着他那张嚣张跋扈小人得志的脸，恨不得将一杯酒泼到他的脸上。周冲的女下属看着 Ken 的背影说："蠢货一个，非要当自己是爱因斯坦。"又回过头对周冲说，"头儿，你可真是功亏一篑，你要是晚回来两天，现在开 party 的就是你，我们会兴高采烈地祝贺你的升迁。"周冲低着头转着手里的酒杯。

Ken 摆出了标准的上司架子，对周冲说话的时候颐指气使，命令的架势十足。开会时，他靠在椅子上，心满意足地说："这是个公平的年代，机会会垂青每一个有能力的人，只要有本事，就一定会步步高升。"说完，特意转过头瞟了一眼周冲。

周冲装作没看见。

Mike 愤愤不平："就他那副样子，除了外语发音比我们标准点，还能有什么？一年的销售额还没有我们一个季度多，牛什么牛？小人，十足的小人。老大，你运气真是不好，就两天时间，什么都变了。唉，你只要再坚持两天，今天坐上那把椅子的就是你。我真是替你可惜。我说句不该说的话，你老婆可真够作的，不就是怀个孕吗？还非要你回来不可。"

周冲拍了拍 Mike 的肩膀："唉，这就叫有所得，就必有所失。想得到一些，总会付出相应的代价。随他去吧。"

周冲没对家人说起过这件事情，虽然心里郁郁寡欢，脸上始终强颜欢笑，对苏亚也是悉心照料，生怕他的不良情绪会影响到苏亚的心情。家里喜气洋洋，充满着难得的安静跟和谐。

周冲妈郑重其事地召集二人开了个小规模的家庭会议，核心思想就是，苏亚是大龄孕妇，为了她和孩子，绝对不可以在怀孕期间同房，免得有什么风吹草动。

05

苏亚这几日的肚子总是隐隐作痛,她不知何故,加倍小心,走路遇到块小石子都要远远绕开。这是她期待了许久的结果,她视若珍宝。

可是,这疼痛不仅没有减轻,反而越来越重,并且伴随着怕冷,手脚冰凉。苏亚本打算去医院检查一下,可是案子一个接着一个,院里又没有多余的人手顶替,她只能坚持。

拂晓时分,苏亚忽然感觉下身暗流涌动,一股股溪流淙淙流淌,苏亚猛然惊醒,伸手打开床头灯,拉开被子,脱掉内裤检查。天哪,红红的温热的鲜血从身体里不断流出,内裤上已是汪洋一片,显示出一派血染的风采。

苏亚当时腿就软了,脑子发懵,眼前一片模糊,她在床上跪了有将近一分钟,才想起去拿卫生巾。换好卫生巾,苏亚推醒仍在梦中的周冲:"怎么办?我流了好多的血。"

周冲当时就弹了起来:"啊?啊?我看看。"拉开苏亚的内裤,就看到了红色的海洋。

周冲大惊失色,张嘴就开始呼号:"妈,妈,你快过来看看,亚亚怎么流血了?"

隔壁的开灯声,穿衣服声纷沓而至,周冲妈慌慌张张跑了进来:"怎么回事?我看看。"

她首先触摸到了苏亚的卫生巾:"流了这么多?都需要卫生巾了?"

苏亚指了指换下的内裤:"我的裤子都洇透了。"

周冲妈扑过去,拿起内裤惊叫:"啊呀!"然后,歪着头怒视周冲和苏亚,"你们都干什么了?我不是叮嘱过你们的吗?现在是非常时期,要忍住,忍住,你们怎么就听不进去?怎么就非得干点什么呢?"

周冲的脑袋和双手一起剧烈地摆动:"没有,没有,我们什么都没做,除了睡觉,什么都没有。"

苏亚低着头坐在床上,脸色煞白,身体僵硬。

周冲妈果断地命令:"赶快起来,去医院。看看到底是什么原因。"

苏亚刷完牙,用毛巾擦了一把脸,往日繁琐精心的洗脸护肤程序化整为零,穿好衣服就匆匆出门。

一路上,苏亚和周冲都脸色阴沉,心情抑郁,不像是去往医院,更像是前往八宝山。

到了医院,挂号。时间很早,排队的病人并不多,很快轮到了苏亚。

医生问:"你是怎么个情况?"

苏亚详细地描述了身体发生的状况，声音颤抖着问："大夫，我为什么会出血呢？我什么都没干呀，我很注意，很小心，怎么还会出现这种状况呢？"医生给她开了一张 B 超检验单，面无表情地说："现在不好说，出血的原因有很多种，你要先去做检查，然后才能知道。"。

苏亚躺在 B 超室的床上，医生在她腹部涂了一层耦合剂，然后用探头在她的肚子上轻轻游走。苏亚神情紧张地盯着医生的脸。她看到医生蹙了一下眉，往前一步紧盯着屏幕，然后又后退一步，再次重复刚才的步骤，眼睛一眨不眨地看着屏幕。

操作完毕，医生解下口罩："开什么国际玩笑？你根本就没怀孕，来做什么孕期检查？你搞笑的吧？今天又不是愚人节！你这哪里叫出血，分明是来了例假好不好？"

苏亚仿佛被九级强风外加海啸席卷，怔在床上一动不动。片刻，她缓缓地坐起来："你……你说什么？你再说一遍。"

医生看到她的反应，不像是故意，似乎觉得方才的话语气过重，换了副温和的口吻，轻轻地说："B 超显示，你根本就没怀孕。不过，你要是不相信的话，可以再去做一下血检。"

苏亚记不清自己是怎样走出 B 超室的，只记得周冲迎上来，紧张地问："怎么回事？为什么会流血？"苏亚不理周冲，直瞪瞪地上了楼梯，走得极其缓慢。

周冲跟在后面不断地问："到底怎么回事？你倒是说句话呀。"

苏亚一言不发，直直走进了门诊，坐在医生面前的凳子上："B 超说我没怀孕，我要做血检。"

医生看着她愣怔的表情，重重叹了口气，开给她一张化验单。

苏亚上楼，下楼，穿过一段走廊，来到血检室。周冲不再追问，只是紧紧地跟在后面。

苏亚记得，她在血检室外的等候区，坐了足足有几个世纪，从项羽自刎乌江等到了玄武门之变，她看到李世民屠杀李建成和李元吉，她看到了血流成河，她感到鼻孔里充斥着浓重的血腥味，她掏出纸巾使劲擤鼻涕，却怎么也不能去除那股味道，她感到医院从白色变成了红色，到处通红一片，惨不忍睹……

有人在高呼苏亚的名字，苏亚浑然不觉，就那样呆呆地坐着。周冲走过去拿回了苏亚的血检报告，低头看了一下，递给苏亚："我看不懂，你看看吧。"

苏亚把血检报告，B 超报告合在手里，梦游一样往门诊走，把血检报告递给医生。医生戴上眼镜仔细看了看："你的孕酮，绒毛膜促性腺激素值都表明，你确实没怀孕。"

苏亚站起来，连珠炮一样地发问："怎么会呢？我怎么会没怀孕呢？我会恶心，呕吐，我停经了，我还用试纸检测过，很明显的两道杠，可是，我怎么又没怀孕呢？是不是血检结果错了，B 超结果也错了？不可能的，我怎么可能没怀孕？不可能，不可能，绝对不可能……"

医生耐心地听着她的语无伦次，同情地看着她："姑娘，先坐下，来，坐下说。"

苏亚坐下，目光呆滞。

医生可能对这样的情形早已习以为常，和颜悦色地说："停经，并不一定是因为怀孕，还有可能是心理压力过大，精神负担过重，内分泌失调等等原因。恶心呕吐不止是怀孕才有的症状，很多种疾病都会伴随恶心呕吐。至于那种试纸，不具有百分之百的准确性，通常地说，B超检测和血液检测，准确度是最高的，这你大可以放心，我们这是正规医院，不会误诊的。"

苏亚拖着灵魂不在、肉身无处依附的躯壳昏昏沉沉回家，一进门，把两份报告递给周冲妈，便进了卧床，躺到床上。

周冲妈立刻开始呼号："天哪，这是怎么回事？没怀孕，怎么可能？这是怎么搞的？"周冲爸抢过化验报告，仔细看过之后，颓然地坐在沙发上。

苏亚卧床不起，谁叫都没有丝毫反应，谁跟她说话她都毫无知觉，要么就是沉睡不醒，醒过来之后就直勾勾地盯着天花板发愣，眼神空洞。

除此之外，恶心呕吐的症状还在继续，只是，苏亚多日不曾进食，能吐出的东西，只有胆汁。

苏亚妈每天无数个电话到访，苏亚拿着手机一声不吭。苏亚妈在电话那边哭着大喊："亚亚，亚亚，不就是没有怀孕吗？有什么大不了的，你还年轻，以后有的是机会！你这样作践自己，还让妈妈怎么活？亚亚，亚亚，你说句话呀！"

苏亚合上手机，扔到已经浑身湿透的枕头上。

陈瑾带了一堆营养品来看望苏亚，捂着苏亚冰凉的小手："苏亚，别那么想不开，留得青山在，不怕没柴烧。以后再怀好了，千万别泄气，你得吃点饭，养好身体，这才是最重要的。"

苏亚一句话都不说，只是望着天花板流泪。

陈瑾用毛巾轻轻擦掉苏亚眼角滚落的泪花。

家里愁云惨雾。周冲爸妈整日唉声叹气，食不知味。周冲妈收起全套的婴儿用品，放进了壁橱，一个人泄愤般地拖拉着厚重的书桌，书桌和地板发出刺耳的摩擦声，书桌重新占据了婴儿床的位置。

周冲爸的烟量猛增，家里的烟灰缸时时刻刻大腹便便。

家里时常响起此起彼伏的叹气声。

周冲每日照常上班，只是很少说话，好像一枚只缺一截引线的巨型炸弹，所有人都知趣地不去招惹他，连志得意满的 Ken 在他面前都收敛了气焰。

三天后，苏亚妈大驾光临，一进门，就抱着形销骨立、木然地躺在床上、对她的到来不做任何表示的苏亚放声大哭："亚亚呀，你何必这么为难自己，没有孩子以后还能再生，要是身体垮掉可就连再战的本钱都没有了，你只是没怀孕而已，又不是生不出来，何必这么绝望呢？妈妈不想看到你这个样子，亚亚，亚亚，你说句话好不好？亚亚，亚亚，你不要吓妈妈。"苏亚妈使劲地拍打苏亚的脸，晃动她的身体。

苏亚这才灵魂归位，眼珠转动几下，看到眼前的妈妈，一头扎在妈妈怀里，"哇"的一声失声痛哭，母女俩哭作一团。

客厅里，周冲妈也拿着纸巾哭得悲悲切切，肩膀抽搐。俗话说，三个女人一台戏。今日，却是三个女人用喉咙的小提琴、中提琴和大提琴共同演绎的三重奏——是为了一个从来不曾存在过的孩子。

苏亚在母亲怀里，才排出了郁结多日的伤心、负疚、痛苦和失望。这一哭，赛过孟姜女，胜过刘备。

很久很久之后，苏亚才止住哭泣，呜咽着对她妈说："我以后可怎么面对他们，我真恨不得死掉，不用看见他们。"

苏亚妈轻拍着她的肩膀："不用那么想不开，人心都是肉长的，他们会体谅你的，这又不是你的过错，试纸是你婆婆买的，也是她亲自操刀的，要赖也赖不到你身上。"

苏亚还是愁容满面泪珠低垂。

苏亚妈帮着苏亚穿好衣服，心疼地说："你看，你都瘦成什么样了。妈带你出去吃饭。养好了精神再说别的，就这么点小事，哪里用得着以死谢罪，你的命就那么不值钱吗？"

苏亚喝了几天来的第一碗鸡汤："妈，我不想在家住了，我不敢看他们的眼睛。"

苏亚妈轻轻地拂拂她的发丝："这可不行。遇到问题必须着手解决，逃避是没有任何意义的。你搬出去，就能怀孕了？那样只会激化矛盾，让你的处境越来越被动。你现在的主要任务，就是把假怀孕变成真怀孕。那样，一切难题都会迎刃而解。到时候，谁都不会再提起这次的意外。欢乐是冲淡痛苦的最佳方法。你一定要坚守阵地，不能临阵脱逃，除非你想离婚，否则必须坚守。"

第二天，苏亚妈再次带着苏亚到了医院，检查结果表明，恶心呕吐的根源在于，苏亚得了慢性浅表性胃炎。医生开了一堆药，让她按时服用，说她尚处在初期阶段，应该很快能痊愈。

第十章
孤帆远影

结婚干什么呢？结婚就是从满腔的希望走向灭亡的一个过程，只是时间长短有别罢了。

01

苏亚觉得自己特别像个千夫所指的罪人，是要世世代代跪在岳飞像前的秦桧。她又渐渐回到了有家不能回的阶段，这次，不仅为躲避公婆，也为了躲避周冲。

家里就像个坐落在西伯利亚的冰窖，丝丝冒着寒气，尽管外面艳阳高照，热浪袭人，可是却无法融化家里厚重的冰棱。每个人脸上都常日挂霜，冷气逼人，不需要使用任何降温设备，就可以完全阻隔室外的高温酷暑。

苏亚不久前还是位荣耀尊贵的嫔妃，现如今又被贬为看不到出头之日的常在。

婆婆每天耷拉着脸，连看她一眼都像是施舍。公公长吁短叹，仿佛一夜间苍老了许多，鬓间生出几丝白发。周冲更是垂头丧气，像个吃了败仗的流寇。

苏亚知道，怀孕事件带给大家的打击，不仅是得而复失的失落，更是人人都在意的面子。当她怀孕的事情一经确认，公公婆婆就马不停蹄地通知了各路人马，包括以前的同事朋友，上级下级，邻居亲戚，但凡他们脑海里能浮现出的人名，并且保有联系方式的，都无一遗漏通知到位。婆婆还粗略估算了苏亚生产的时间，告诉大家到时回去大摆宴席。

这下，签发的空头支票显然兑现无期，眼睁睁从即期支票变成了延期支票，老两口这辈子没干过这么自扇巴掌的事情，觉得灰溜溜仓惶惶，周冲妈索性关掉了手机，把它关在抽屉里判了有期徒刑。

苏亚完全理解公婆的心情，公婆是极要面子的人，当年一退休就赶到远都，一部分原因就是为了避免品味卸任后门前冷落车马稀的凄凉，让从前的故交旧友笑话。此番放出去的风，估计婆婆要耗费无数的脑细胞才能想出个堵住悠悠众口的托辞。

苏亚看到情绪不佳的公婆，心生怜悯。每天早晨提前一个小时起床，做好早餐放在桌子上，趁其余三人都没起床就拔脚出门，免得跟大家打照面。晚上，她会在办公室磨到很晚，深更半夜再回到家里。

苏亚在办公室打游戏，刘威葳推门进来："苏亚，这么晚了怎么还不走？"

"我……哦，我没带钥匙，家里没人，我得等周冲回家以后才能进去。哎，你怎么还没走，不准备回家哄孩子吗？"

"唉，一言难尽。"刘威葳一屁股坐下，"苏亚，你可要记住，以后生孩子千万不要顺产，一定要剖腹产。"刘威葳突然这么没头没脑的一句，让苏亚很是惊讶。

苏亚抬起头："顺产？剖腹产？有什么区别吗？"

刘威葳一副欲言又止的样子："唉，跟你说说也无妨，不说我觉得快要憋死了。自从我生完孩子，我老公就说我的房间太大，哼，我还没嫌他家具过小呢，他居然还嫌弃我？这世界真是不给女人活路，再这样下去，哪个女人还会生孩子？以后，干脆给男人们移植子宫，把人类繁衍的重任交给他们算了。免得女人们既受罪又被挑剔。"

苏亚吃惊地问："后果这么严重？"

刘威葳在黑暗中说："很多事情，都是始料未及的。"

婆婆右上腹突然绞痛，打个喷嚏，翻个身都感觉疼痛难忍，整个晚上夜不能寐。一连多天都只能靠在沙发上睡觉。全家乱成一锅粥，紧张不已。苏亚把手伸到婆婆肚子上摸了摸，吓了一跳，一个鸡蛋大小的肿块。

周冲把母亲扶上车，全家惊慌失措地去了医院。诊断结果是，周冲妈得的是急性胆囊炎，必须入院接受手术。

苏亚马不停蹄地回到家里，收拾好洗漱用品，脸盆、饭盒等日常用品，急吼吼地送往医院。周冲妈已经住进了住院部，注射了镇痛药物和抗菌药物，疼痛稍有缓解。

家里没有了婆婆这个主心骨，方寸大乱。周冲爸好像从没有在家里生活过一般，不知道所有生活必需品的位置，不知道怎样做饭，怎样洗衣。苏亚不得不请了几天假，每天在家收拾房间，做好饭菜，放进保温桶，再送到医院。

Ken 不肯给周冲批假，坚称现在的工作进度不允许任何一个人脱岗。周冲爸爸在医院陪了两晚，由于睡眠不足，血压陡然增高。于是乎，苏亚又担负起了每晚陪床的重任。

周冲妈被安排手术，切除了胆囊。

周冲妈躺在病床上双目发直，苏亚送去的饭菜大部分都被她送给了同病房的病友，她自己吃不了几口，就开始埋怨油放得太多，或是盐放得太少。

苏亚跟她说话，她就翻个身把美丽的背影留给苏亚

苏亚妈叮嘱苏亚："切记，胆囊炎不能吃羊肉和鸡蛋，食物也要以清淡为主。而且不能生气，她现在是个病人，你别去招惹她。"

苏亚按捺不住郁闷："唉，真是难伺候，我都不知道怎么样才能让她满意。"

中午，苏亚舀出一碗玉米羹递给婆婆，婆婆一扬手，汤跟碗一起投身病床的怀抱，送药的护士看见，大声斥责："怎么回事呀？有什么不和回家里闹去，这里是病房，弄脏了被褥你们拿回家洗啊？"

周冲爸把苏亚叫到走廊上："你别生你妈的气，你妈就这脾气，怀孕这事跟你没关系，你又没经验，怎么能怪你呢？只是，我跟你妈心理上不大能接受。你妈身体不舒服，心情不通畅，做完手术麻药过了又疼，你别往心里去，啊？"

苏亚忍住气愤，没出声。

其实，她很想拂袖而去，扔给婆婆一句话："爱吃不吃，不吃拉倒。"

不过，终究没有说出口。

苏亚发现，其实人的忍耐力可以是无穷无尽的。想当年，她也是个受不得半点委屈吃不得半点亏的人。如今，生活已经把她彻底改造，渐渐地痛点越来越高，炸点也同样越来越高。想想，婆婆可能是一辈子过得顺风顺水，所以一大把年纪仍旧这样随心所欲。

想来，婆婆这辈子的人生，可以用幸运两个字来形容。

苏亚忽然想起一句话，人不是在温室里的平静中学会豁达。豁达只是对于所有无奈的一种被动的接受。

02

周冲这一阶段的气真是不顺到了极点。一出闹剧唱罢，他唾手可得的华北地区销售总监就拱手让给了别人，这人还是与他一向不睦、互相恨得牙根痒痒的 Ken。

Ken 和周冲，分别从属于销售部的两大派系——土拨鼠派和美利坚派。这两大派

系的特征从名称上就可以很容易地看出来，土拨鼠派汇聚的是像周冲一样没有出国镀金，拿着中国护照，吃着大米馒头长大的 made in China 一族；美利坚派就是 Ken 这样留过洋镀过金，或许还换了身份，外语说得比中国话顺溜的另一族。

两派的斗争由来已久，互不相让。

当已经荣升销售总监的头儿得知周冲的爸爸身份十个月之内还无法落实之后，重重地拍了拍他的肩膀，长叹一声："唉，损失啊，损失！怎么会发生这种意外？真是得不偿失啊！"周冲知道，头儿说的，既是周冲本人的损失，也是土拨鼠一派的损失。

Ken 上任之后，有种十年媳妇熬成婆的畅快，对往日的宿敌周冲更是呼来喝去，一找到机会就赏周冲双小鞋穿穿。Ken 指派给周冲他们的销售目标楞是比其他几组多出许多。周冲不得不忍气吞声，官高一级压死人，这是古往今来的规矩，所以人才会削尖了脑袋往上爬。

怎奈，不是所有的退让都会被认为是礼节，是礼让，是退一步海阔天空。周冲的退避三舍让 Ken 尝到了甜头，他变本加厉地找茬，寻找周冲工作中每一点小差错，在部门会议上放大以后呈报上级。头儿深谙 Ken 的险恶用心，数次救周冲于水火，把这些鸡毛蒜皮的小事轻松化解。

Ken 心里很清楚，公司里大部分的人都认为，他这顶高帽戴得名不正言不顺，周冲才是这个位子实至名归的人选。只要周冲存在，他就永远逃脱不了被比较被参照的命运。所以，周冲让他心有戚戚，惴惴不安。他每天打了鸡血一样盯着周冲，烧香拜佛盼望周冲工作中尽快出现大的纰漏，哪怕是瑕疵也好。

机会终于留给了有准备的人。

周冲领衔的销售一部有一个销售专员辞职，临走前卷走了几家客户的全部资料，并把那些客户成功孝敬给了新的公司。此人就像是商业间谍，一切都是早有预谋，计划缜密。他带走的客户都是周冲辛苦多年积攒下来的关系，每年的销售额可以占到销售一部销售总额的一半。

此事一出，周冲五雷轰顶。真是福无双至，祸不单行，他还没有从前一波的伤痛中恢复，新一轮的重创又不期而至。

Ken 得意忘形，这个事端绝不是纰漏，可以算是失职，完全可以给周冲扣上顶"里通外国，卖国求荣"的帽子。Ken 知道周冲是头儿的心腹，若是直接向他汇报，恐怕又要大事化小，小事化无，索性越级汇报，直接找到大老板。

Ken 在大老板那里一番添油加醋之后，周冲就被请进了大老板的办公室。

这是周冲鲜有的独自进出头号人物办公室的机会，他还不够级别，公司提倡层级制，每个员工都只跟直接的上下级接触频繁。周冲跟大老板之间还有一定的断层，也便没有了跟 NO.1 亲密接触的机会。

大老板正襟危坐，表情严峻，显然不是请他去喝咖啡聊天联络感情的。大老板详细地调查了事情的来龙去脉。大老板使用的措辞是"了解"，可给周冲的感觉，分明是把他当做了嫌疑犯，共犯，卧底，语气里充满了怀疑，质询，还有不满。

周冲满头虚汗地接受了考察，尽可能把自己择清，但是，他无法知道，他的描述是让大老板解除对他的警戒线，还是直接将怀疑提高几个档次。

从大老板办公室出来，周冲浑身是汗，后背上的衣服全部湿透。在他回办公室的路上，又接受了来自四面八方的目光的检阅，那目光里，充斥着各种各样的意味。

周冲刚坐回座位，销售总监就敲敲他的椅子，示意他出去。两人来到楼下一处僻静的地方，头儿递给他一支香烟，再帮他点上："你这次，真是点儿背。下属出这种事情，你难辞其咎。我说你怎么早就没发现？就一点蛛丝马迹都没有发现？"

周冲茫然地摇摇头，这个销售专员是他亲自招进来的，平时对他也是颇为照顾，还准备提升他为销售主管，周冲对他的器重销售部人人皆知。谁会知道养虎为患，谁会知道知人知面不知心，他居然就做了可耻的叛徒，顺便摆了周冲一道，还把周冲晾在个同党的位置。

头儿沉重地说："发生这种事情，你以后很难在公司有大发展，不如早作打算，另寻去处。"

周冲对这样的结局心知肚明，刚才，他一边回答着大老板的问询，一边揣摩的就是辞职的问题。

头儿思忖了片刻："准备好一份简历发给我，我帮你联系其他的公司。"

一星期以后，头儿将周冲推荐给了另一家公司，周冲越过人事那关，直接面见了那家公司的销售总监。总监对周冲很满意，赞不绝口。很快，周冲顺利拿到了offer，但是薪水下降了百分之十。周冲没有选择的余地，他不想待在现在的公司，过着度日如年的生活。他渴望换个天地重展拳脚。

毕业以后，周冲就一直在这家公司任职，从销售助理一路做到了销售经理，恐怕只有他自己才能知道他为此倾注了多少心血，付出过多少努力。他从来没有想过离开这家公司，更没有想过会背着个污点被动地离开。

周冲递交了辞职报告，很快得到了批准。离职那天，周冲站在座位面前收拾家当的时候，很多同事都过来跟他打招呼，就像要送一位战士上前线，而且这战士十有八九会长眠在前线的那种悲壮。同事们约好晚上一起吃顿散伙饭，作为周冲在这家公司最后的记忆。

周冲举着啤酒，一瓶瓶地喝。

Mike 劝他:"老大,你不能这么喝,你还没吃饭呢,空腹喝酒很快会醉的。"

周冲推开 Mike:"别管我,我就是想喝醉,一醉解千愁,让我一次喝个够……"很快他脚边就横七竖八卧着七八个空瓶。

同事们都知道他心情不好,借酒消愁,所以再没有人上前阻拦。

Mike 沉闷地说:"老大,你走了,销售一部也就沦陷了,Ken 肯定会把他的心腹安插过来,我们这些人离滚蛋也就不远了。"

周冲对着酒瓶凝视里面醇厚的液体:"嗨,还别说,啤酒的味道真他妈像马尿。"

另一个下属说:"是啊,老大,你走了,我们的好日子也就算是到头了,以后也别指望拿以前那么多的年终奖,我也别指望每个星期都能下馆子改善生活,又得勒紧裤腰带生活了。"

一个年轻的小姑娘说:"啧,Ken 是什么货色哦,除了溜须拍马套近乎,什么本事都没有。大老板也真是,完全是良莠不分,不知道哪个是钻石,哪个是锆石,简直是睁眼瞎。老大,你别难过,你那么有能力,俗话说,是金子在哪里都会发光,你会很快在新公司站稳脚跟的。等你混好了,我们都去跟你混,我们愿意让你当我们的上司。"

众人纷纷附和:"是啊,是啊,老大,别灰心,你一定能再展宏图,再建辉煌的,来,让我们为老大崭新的辉煌的未来,干杯!"

瘫倒的周冲被 Mike 和另一同事架着往外走,周冲一路大叫:"放开我,我没醉,放开我,我还要喝,你们……你们谁敢跟我再喝?我……我把你们通通放翻。"

跟在后面的那个小姑娘对旁边的一个人说:"唉呀,老大真是太可怜了,要是他老婆没有假怀孕,怎么会落到这般田地。我真是为老大叫不平。"

苏亚在床上睁着眼睛想心事,婆婆出院回家以后仍然需要静养,苏亚就大包大揽了全部家务,忙完一天的工作,再洗衣做饭收拾房间,待到躺到床上,疲劳感阵阵袭来,反倒没有睡意。

手机忽然响,拿起一看,是周冲,心生诧异,周冲这一段时间是从来不会给她打电话的,疑惑地接起,是 Mike 的声音:"我在你家门外,周冲喝多了,你开下门好吗?"

苏亚一惊,赶忙换件包裹严实的衣服,冲出去开门。

Mike 扶着周冲进来,周冲比 Mike 的块头要大上好几个尺码,瘦弱的 Mike 被周冲压得气喘吁吁,狼狈不堪。

周冲斜挂在 Mike 身上,一只手紧紧地抓着 Mike 的耳朵,不住地嘟囔:"小兔崽子,我叫你不听话,我叫你不听话,说,以后还敢不听话吗?以后还敢违抗我的命令吗?"

Mike 疼得直咧嘴。

苏亚赶紧扶住周冲，两个人拖着体重比平时大出许多的周冲跟跟跄跄往房间里走，刚挪到沙发前面，手一松，周冲就像一摊烂泥，横卧在沙发上。

苏亚抱歉地对 Mike 说："真不好意思，都这么晚了，还要辛苦你跑一趟，他也真是的，没事喝这么多酒干什么？"

Mike 揉着被周冲拽得红彤彤的耳朵："可能就是因为辞职的事情，所以心情不好。"

苏亚一听，眼睛瞪得圆溜溜："辞职？为什么？"

这下轮到 Mike 吃惊，他断然没有想到已经发生了很久的事情，作为周冲老婆的苏亚居然一无所知，他觉得自己多嘴了，急忙讪笑着说："我就不打搅了，你们也赶快休息吧，我先走了。"

苏亚送走 Mike，俯身端详着浑身散发酒精气息、喃喃自语、双手拼命朝空中想要抓住什么的周冲，以为他想抓的是自己的手，就把小手送进了周冲的手掌里。周冲却一把甩开她的手，两人的手一起"梆"一声撞在茶几上。

周冲被这一下惊醒，摇摇晃晃地站起来，指着苏亚的鼻子破口大骂："你个傻 X，你有病吧，你摔我的手干什么？你还嫌害我害得不够吗？"

周冲眼睛瞪得好像牛魔王，大口大口喘着粗气，忽然像喷泉一样晃着脑袋吐起来，搅和着食物残渣、胃液、酒精，以及其他不明成分的大杂烩被卷带着一窝蜂地喷向站在他面前的苏亚的头发、脸和衣服上。

苏亚被这扑面而来的馈赠惊呆，愣在原地，看着固液态混合物机关枪一样从周冲的嘴里不断发射，一拨又一拨地袭向她的全身。

呕吐似乎让周冲恢复了一些神智，他突然扑上来，抓住苏亚的头发就往茶几上撞："你这个丧门星，你这个灾星，我叫你害我，我叫你怀孕……"

周冲父母听到声音，惊慌失措地从卧室里冲出来，一眼看到的就是面目狰狞的周冲，和披头散发的苏亚，苏亚拼命地挣扎，避免头部与茶几发生碰撞，但是体力较弱，身体还是一次次跟茶几发生撞击。

周冲妈轰鸣着冲过来，使劲地分开两人，推开周冲，厉声斥责："你到底想干什么？发生什么事情你要打人？你打人打上瘾了是吗？一次又一次的，还有完没完？有什么事情不能好好说？"

周冲委屈地抱住头蹲在地上，哭了："就是因为她的怀孕，我的死对头抢了我该坐的位子，并且非要置我于死地，我现在连公司都待不下去了，我在公司奋斗那么多年，到头来却是这个下场。她要是怀孕也就罢了，我就当是一样换一样，用职位换个孩子，可是，她怎么就没怀孕呢。一个女人，连怀孕没怀孕都不知道，连头猪都不如！

苏亚，你没怀孕没命地催我回来干什么？日日催，夜夜催，好像你这只母鸡明天就能下蛋一样。我回来了，你又送给我什么？啊！？一个假怀孕的故事。你知道不知道，我们同事都在暗地里笑我，笑我老婆是个白痴，一个假怀孕的白痴！"

周冲哭的声音越来越像狼嚎，又扑将上来厮打苏亚，拳头雨点般的落在苏亚身上。公婆一人一边紧紧拉着周冲挥舞的胳膊，周冲妈不住地高声大喊："有什么话慢慢说，不许打人，你这样我们没办法跟苏亚爸妈交代，住手，赶快住手！"

周冲往后退了几步，晃晃悠悠地站住，顿时像个泄了气的皮球，接着抱着脑袋蹲在地上号啕起来。

苏亚挂着满身满脸的污秽，一滴眼泪都没掉。

03

大熊挽着一个山寨版李胡兰跟周冲一起吃饭。

山寨版夹了一块鱼肉送到大熊嘴里，亲昵地说："你要多吃点哦，晚上还得看你的表现呢。"话说得直白而又暧昧，大熊喜滋滋地细嚼慢咽，看着山寨版的眼睛含了一汪春水。

山寨版吃完之后先行离开。

周冲的疑惑快要从嗓子眼儿蹦出来："你小子，搞什么呢？这女人是谁？"

大熊慢条斯理地掀开一只螃蟹壳，再呷了一口雪碧："我就知道你憋不了多久，等着，听我慢慢道来。"

"我以前的同事，她老公是一家公司的高管，现在被派到法国。"

"独守空房的她跟锁在寂寞深巷的你，干柴烈火，一点即着？"

大熊吐着烟圈点点头。

周冲忧心忡忡地问："让你老婆知道了怎么办？你为什么不离婚呢？离婚再找新欢岂不是合理又合法？"

大熊仰头灌下几口："你当我不想离婚？我做梦都想！可是，结婚前真他妈被浆糊蒙住了双眼，房子车子都加上了李胡兰的名字，现在可好，她要我把房子车子的全部产权都给她才肯离婚。都给她了，我住哪去？现在远都的房价都高什么样了，我是不可能再买得起。没办法，只能同床异梦，我也想开了，就这么耗着吧，她过她的，我过我的，反正她也没有子宫，不存在我会帮别人养孩子的误会。要是哪天她有幸攀上了高枝，愿意自动离婚，那我就算最终盼到了解放。"

周冲问："你准备跟她结婚吗？"

大熊像看外星人一样看着周冲:"她怎么可能扔掉她那金领的老公,跟我一个普通的小白领结婚?除非她疯了。我们就是今朝有酒今朝醉,互相弥补对方的缺憾。再说了,结婚有什么好的?看看我,哦,我就不说了。你跟苏亚,那时也是郎情妾意,可是现在,跟我和李胡兰简直是异曲同工。结婚干什么呢?结婚就是从满腔的希望走向灭亡的一个过程,时间长短有别罢了。。"

大熊发表完最新感言,说道:"今天就到这,我早点回去,也好酝酿一下。"

周冲斜睨着他:"你该不会是还要喝点什么虎鞭酒牛鞭酒之类的壮壮士气吧?"

大熊豪气地挥挥手:"哥们现在还用不上那些,哥们是有劲无处使,浑身充满了力量。下周末体育馆门口见,好久没打球了,松松筋骨。"

周冲照大熊屁股上踢了一脚。

过了一周,周冲和大熊准时碰面,跟往常一起打球的几个人在篮筐底下开战。

几个人打得汗流浃背,坐在场边喝水休息。

几个小混混松垮着膀子晃着腰撇着八字步踱过来,一个为首的把嘴上叼的烟屁股狠狠摔在地上,用脚尖捻灭,眯缝着小三角眼恶狠狠地问:"你们,谁是熊雄?"

大熊下意识地站起来:"我是,请问……"话音未落,脸上就挨了对方重重的一拳。后面的帮凶们见匪首擂响了进攻的战鼓,冲上来围住大熊一阵拳打脚踢,匪首反而退到一边当了观众。

周冲见状,冲上去奋不顾身地扳开聚拢在大熊身边对其拳脚相加的那些人,抡起拳头砸向离他最近的一个,再一脚踹飞离边的一人。

那些人见半路突然杀出个程咬金,掉转枪口,拳头挥向周冲。

一起打篮球的弟兄见同伴被人欺负,也冲上去跟那群人扭打在一起。

李胡兰不知何时出现在战斗现场,从包里掏出个扩音喇叭,插着腰,扯开嗓子助阵:"熊雄,你居然敢给老娘戴绿帽子,你活得不耐烦了是吧?赶快把房子和车转给老娘,老娘就让你跟那臭婊子双宿双飞。否则,老娘找人天天修理你,断了你的命根,看你还怎么跟那臭婊子风流快活?!打,给我使劲打,打死这个狗娘养的!"

周围先是聚拢着一批看热闹的人,免费电影比成龙的功夫片更有人气,眼看着战斗越来越激烈,两拨人有的流出鼻血,有的脑袋开花,这才有人掏出手机报警。

不一会儿,警车亮着警灯拉着警报呼啸而至,车上跳下三个警察,拨开围观的人民群众:"让开,让开,有什么好看的,唯恐天下不乱,赶紧哪凉快哪待着去,不然把你们一起抓起来。"围观群众作鸟兽散。

英勇的人民警察冲上去撕开哥俩好亲密的死活不愿分开的两拨人,把他们一个个押上了警车，又呼啸着到了派出所。

两拨人在派出所里站成两排，每排都一字排开，周冲和大熊这一伙人有的低着头用脚尖画着圆圈，有的神情紧张四处张望；李胡兰那边，那群派出所的常客们则满不在乎地抬头看着日光灯，摆出一副视死如归的架势。

苏亚一觉醒来，发现身边仍然没有周冲的身躯，看看表，半夜三点，翻个身，准备继续做梦，手机突然响了，电话里一个陌生的男音："你是周冲的爱人吗？"

苏亚迷迷糊糊地回答："是啊。请问你是哪位？"

"我这里是派出所，周冲跟人打架，现在在派出所，你过来领一下人，再带三百块钱。"

打架？跟谁打架？为什么要打架？

苏亚慌慌张张爬起来，带好钱，带着一肚子疑问匆匆忙忙赶到派出所。

正在值班的一个警察是苏亚的学长。他陪着苏亚向办案警察了解了事情的详细经过。

办案警察搓着手说："虽说是对方主动滋事，可是你爱人下手也太重了，对方一个人的门牙被他打落，还有一个人的眼窝被他打青，按照规定，我们必须做出相应处理。"

苏亚点点头："我知道。"

没有人来接大熊，大熊缺少实战经验，被打了个五眼青，腿好像也受了伤，走路一瘸一拐。

苏亚跟学长握手道谢。

苏亚拿出纸巾想擦擦周冲嘴角的血，周冲一扭头躲开，然后没有一句解释，打开车门把大熊扶了进去，自己坐在大熊身边。

苏亚愣了一下，坐进汽车，周冲说："先送大熊回家吧。"

苏亚发动汽车，往大熊家驶去。

大熊家一片狼藉，土匪打劫过一般凌乱不堪。电视机栽倒在地上摔得粉碎。每个房间的墙上都用油漆刷上了同样的几个大字"熊雄你这个傻X"。所有的小件家具都被推倒，能砸掉的东西几乎全部身首异处。

厨房里，锅碗瓢盆抱头躺在地上，连碗柜门都被掀了下来。防盗门背面粘贴了一张纸，上面是李胡兰亲笔书写的乌龟体，要求大熊尽快过户房屋以及汽车，否则就找人废了他，云云。

　　大熊一脚深一脚浅地迈过满地的废墟，杀出一条路，行尸走肉一样走进卧室，躺在被掀翻的床垫上，双眼圆睁。

　　周冲跟进去，不放心地对大熊说："如果身体不舒服，随时给我电话，我送你去医院。"

　　大熊对着空气眨了一下眼睛。

　　苏亚和周冲下楼，上车，没有一句交流，苏亚不想问你受伤了吗哪里疼吗要不要上医院，也不想说以后不要跟人打架都是文明人你跟别人打架自己也多少会吃点亏，她什么都不想问也不想说。她知道，这次斗殴，周冲一方面是帮大熊解围，另一方面是借题发挥，找个理由宣泄怒气，既然拳头不能落在她的身上，那么只能落在其他甲乙丙丁的身上。

　　周冲到家以后，脱了衣服便倒头大睡。

第十一章
纷纷扰扰

原来，买伟哥也是一种地下工作，谁让那时候那么穷，连外遇的标准都如此之低，就像某些小饭馆只能用地沟油对付顾客一样。

01

苏亚的心情忽明忽暗。她常常在周冲呼呼大睡的午夜，忽然就从沉睡中醒来，清醒得好像从未睡着过。往事就像画卷，一点点在她眼前铺展开来。

她和周冲谈恋爱的第一年，远都的冬天特别冷，鹅毛雪花常常漫天飞舞，每天早上拉开窗帘，窗户上都是一片水汽，看不到外面的世界。周末她便懒得出门，早饭午饭一并在睡梦中解决。

一个星期六的中午，苏亚又赖在床上跟饥饿作斗争，反复比较着起床和睡过去哪个更具有可行性的问题。忽然有人敲门，苏亚不想开门，就屏住呼吸，想让门外的人以为屋里没人自动离去。

敲门声愈加响亮，周冲的声音冒出来："是我，快开门，我知道你在。"

苏亚穿好衣服打开门，周冲端着一个锅走了进来，"嗵"地一声放到地上，摘下手套，往手上呵着气，满地乱蹦："真冷啊，冻死我了。"周冲没有戴帽子，耳朵冻得接近红富士的颜色，苏亚把两手覆盖到他的耳朵上想帮他取暖，没想到周冲一下闪开："别碰，疼。"

周冲来不及脱衣服，端起锅就放到了暖气上方的窗台上："我让他们加了好多滚油，可能还没凉。"

苏亚掀开锅盖:"这是什么呀?"

一股扑鼻的清香蔓延开来,苏亚肚里的馋虫立刻倾巢出动:"呀,水煮鱼。这么早,你到哪买的呀?"

周冲捂着冻得发麻的耳朵:"这么早?小姐,都十二点了,半天已经过去了,你这个小懒猫,是不是又不打算吃午饭了?呵呵,我在北门买的,你不是最喜欢吃那家老四川的水煮鱼吗?他们一开门我就去买了,哼哼,料定你就偷懒没起床,快点,把碗和筷子拿来,我们开饭。"

北门到苏亚宿舍,地铁加公交要一个半小时,周冲端着一口锅下了地铁上公交,该有多么不方便?!

苏亚的眼泪一下就流了出来,环上周冲的脖子:"亲爱的,你对我真好。"

周冲满不在乎地说:"这有什么,这只是开始,我以后会对你更好,你就睁大眼睛看我的表现吧。"

时隔多年,想起这幅画面的苏亚依然忍不住泪如雨下。

她轻轻抚摸着熟睡中的周冲的头发,不知道已经有多少天,她没有触碰过苏醒的周冲。

回忆对此时的苏亚,像是一种力量,唤醒了她对周冲的几多温情,温暖了她伤痕累累的心。

记得以前跟妈妈一起听那首《最浪漫的事》,有几句歌词是:我能想到最浪漫的事/就是和你一起慢慢变老/一路上收藏点点滴滴的欢笑/留到以后坐着摇椅慢慢聊……

妈妈不屑一顾地说:"还点点滴滴的欢笑?有几对夫妻能一直记得对方的好?大都是只记得对方的恶和对自己的伤害。婚姻本来就是琐琐碎碎的,矛盾也是鸡毛蒜皮的。可是,不要小看这些鸡毛蒜皮,小流也能集成江海,小矛盾常常会酿造大麻烦,甚至是怨恼、仇恨。正因为如此,很多人恐怕还没等到坐在摇椅上慢慢聊,就已经分道扬镳,甚至厮杀,兵戎相见。没有几对夫妻能够平平安安和和睦睦相伴到老,都要经过血与火的洗礼,吵架斗嘴,很多次的分分合合,才能熬到老年时的相依相偎。有句歌词叫没有人能随随便便成功,我看,应该再写首歌,叫做《没有夫妻能随随便便一起到老》才是。"

那时的苏亚,对妈妈的话很不能理解,认为妈妈是个彻头彻尾的悲观主义者,过于言过其实,一点都没有革命的乐观主义精神,充满了晦暗的论调。

现在的苏亚不由得感慨,的确,姜还是老的辣,妈妈的话果真是很多年的经验之谈;虽然结婚没有多少年,她对婚姻的感悟却越来越深。

看着周冲睡着时都不能舒展开的眉毛,苏亚心底蓦地升起一种心疼。佛说,前世五百次的回眸，才换得今世的擦肩而过。那么，需要多少次的回首，才能换得今世的同榻而眠？数亿人中终有两个人能结为夫妻，是几世的修行，几世的缘分？

　　苏亚久久不能入睡，她在想怎样才能尽快有个孩子，给失落的周冲送去一点安慰。

　　苏亚把手轻轻探到周冲的小腹，轻轻拂动，睡梦里的周冲有了一丝反应，转过身拥住了她。苏亚很兴奋，加大了动作的幅度，周冲的小兄弟懒洋洋地勃发，周冲睁开眼睛，不耐烦地推开她："你干什么呀？还让不让人睡觉？"

　　苏亚以为周冲的情欲会跟随眼睛一起睁开，没想到，睁眼后，小兄弟恢复了萎靡。周冲环在她后背的手也迅速撤离，回到他的胸前。

　　女人强奸男人，是件基本不可能实现的事情，所以刑法上强奸罪的犯罪主体才都是男人。

　　苏亚第一次想到了离婚，她觉得这样的日子很难熬，毫无出头之日，让人绝望和窒息。

　　苏亚偷偷地对陈瑾说："我想离婚了，我过不下去了。"

　　陈瑾安慰她："周冲遇到这样的事情有点情绪也很正常，男人嘛，事业不顺的时候你想让他们和颜悦色那是根本不可能的事情。你就是真想离婚，也要等周冲过了这段时间再说，若是两面夹攻，他岂不是更加焦头烂额？"

　　苏亚想想也有道理。

　　爱恨这两种人世间最炽热的感情一轮又一轮地出现在苏亚胸中。想到周冲曾经的好，苏亚会一次又一次地心软，想要再给周冲一点时间，给周冲多一次机会；想到那日周冲狰狞的面孔，想到这些年周冲所有的作为，苏亚又会恨得牙根发痒，心底是难以融化的冰。这两种情感常常不遗余力地把苏亚朝两个完全相反的方向拖拽，让她不知何去何从。

　　生活，原来从来都是这样矛盾重重。

　　又一次的开庭。一对再婚男女坐在原被告席上唇枪舌剑，互相指责。女人说："你像是结婚的样子吗？防贼一样防着我，存折、银行卡、房产证，你居然一个不落都放进了银行的保险柜，为此每年要支付一笔不小的租金，家里不安全，是吗？你怕我把你的财产都转移了，是吗？你既然那么不放心，还结什么婚，一个人过不就完了？那样你就可以不用掏那租金。"

　　"废话！你以为你值得信任吗？现在亲娘老子都要提防，更何况是我们这种半路夫妻，我不防你我防谁？"

　　"你跟你前妻离婚的时候为什么那么大方，房车都给她，你为什么对我这么抠门?"

"废话!那是我前妻,我相信她!"

苏亚把这事当做笑话说给妈妈听。妈妈却不以为意地说:"头婚当然在很多时候是比二婚强的。大多数人在第一次结婚的时候还是想要白头到老的,二婚三婚的时候,挺多人结婚的时候就做好了离婚的准备,这不奇怪。头婚的时候大家都年轻,感情也比较纯粹,后面的婚姻就会现实和计较很多,所以,不到万不得已,还是不要轻易抛弃原配,免得后悔。"

想想也确实是这么个道理。苏亚的离婚念头暂时性地搁浅。

02

苏亚觉得自己特别像香辣鸡腿堡中的那块鸡腿,在周冲和婆婆的两面夹击中无路可退。

每天,回家对她来说就像上刑一样煎熬,不仅要面对婆婆的冷脸,还要安慰情绪不佳的周冲。她仿佛可以听到皮肤在火上烘烤,发出嘶啦嘶啦的声音,散发出蛋白质燃烧后的焦味。周冲依然没有摒弃前嫌,醒着的时候冷若冰霜,看着苏亚的眼睛像看待欠了八百吊钱的债人一样充满愤恨。只有睡梦中的周冲,才能偶尔发散出脉脉温情。

新公司跟周冲以前的公司不大相同,抢单飞单事件时有发生,每个人都像克格勃训练出的特工,对别人保持着高度的警惕。周冲以前的那家公司,同事们常常会在下班后组团吃饭、K歌。新公司貌似没有这种习惯,同事们忙完各自的工作,收拾东西悄悄离开,连声再见都吝于出口。

周冲像个被生母抛弃的孤儿,茕茕孑立。他玩命地工作,以此排解心中的郁闷。苏亚始终小心翼翼地跟周冲斡旋,免得体内已经囤积了十公斤TNT的周冲在某个瞬间突然爆炸。

苏亚很沮丧地对母亲说:"这事跟我一点关系都没有,明明是他妈的问题,现在弄得好像是我罪恶滔天,要不是他妈,周冲怎么会出现毛病,没有毛病,我们怎么会没有孩子,又怎么会出这一系列的事情。要是没有婆婆多好啊,以前看网上说最理想的结婚对象就是有房有车,父母双亡,还觉得那些女人未免有点太过小肚鸡肠,我现在才算知道,千万不要对没有经历过的生活妄下判断,只有经历过了,才能知道其中的酸甜苦辣。"

苏亚妈耐心地说:"老婆再亲,也是没有血缘的外人,而且可以无上限地更换。

老妈就不一样了，一辈子的唯一。这种事情，你让周冲怎么去跟他妈说？难道说：'妈，都怪你，害得我出现障碍？'明摆着不可能，难道让他跟他妈说：'你没长眼睛吗？会不会看试纸？'这就更不可能。这些不能对着他妈发的火，就只能对着你发。他总不可能去找别人，人嘛，好事不见得会想到自己家人，找出气筒，家人可是首当其冲。"

苏亚很绝望："妈，我有时真想离婚，这么过下去太没意思了。"

苏亚妈回答得很迅捷："你自己想好，你想离，我跟你爸不会拦着，你也大了，这种事情你自己有分寸。我跟你爸无条件支持你的选择。"

苏亚苦苦思索，怎样才能让周冲提起性趣。她挑逗周冲，周冲总是不耐烦地将她一把推开，说句："累死了，睡觉睡觉。"或者是，"你吃了春药吗？怎么那么饥渴。"又或者是，"离我远点，我现在没心情。"

苏亚很苦恼，找陈瑾倾诉。陈瑾转着眼珠想了想："自然的不行，就施加点外力怎么样？"

苏亚把脖子往前伸了神，一副谦虚好学悉听教诲的好学生样。

陈瑾说："不是有那种药，叫什么伟哥吗？你要不要买点给周冲试试？"

伟哥的大名的确是如雷贯耳，可惜苏亚对它向来是只曾闻名，不曾见面。她也只是在药店的玻璃门上、报纸上见到过它的广告。

黔驴技穷，这似乎是唯一的办法。

苏亚一次次地徘徊在各个药店，趁店员不注意，做贼一样在男性专用药品前仔细寻觅。现如今，不论是商场还是药店，店员总是比顾客还多。很多次都没等苏亚觅到伟哥的芳踪，就有店员快步赶来，笑容可掬地问她："小姐，请问您需要点什么？"

苏亚每每都会装作漫不经心的样子，眼神发散在男性药品背后的货架："哦，我想要感冒药。""我想买创可贴""我需要一瓶维生素"……

苏亚采取的是打一枪换一个地方的战略战术，上一次光顾过的药店，绝不会再踏进去第二次，免得店员对她加深印象，进而掌握她的行踪。

除此之外，苏亚选择的药店不仅离家很远，离单位也很远。她每天在路上花费的时间，都至少有两个钟头。

身体累，精神上又很紧张，苏亚有点不堪重负。

伟哥没有买到，家里医药箱的储备却日益充足，治疗头疼脑热跌打损伤，乃至补铁补钙防治老年痴呆的药物，一应俱全，几乎可以开个小药店。

婆婆有次打开药箱，想找点什么，被里面种类齐全，数目众多的药物吓了一大跳，随手一拿，拿起的正是防治老年痴呆的一种药，不高兴地问苏亚："你买这个干什么？你怕我们痴呆了拖累你们吗？这么早就给我们预备上了？"

苏亚暗暗叫苦，赶忙解释："不是买的，是我同学公司新产品免费促销的。他们有业绩考核，要做市场反馈调查，我是帮他的忙。"

婆婆显然不信，一边翻看着药品一边问："哪家公司的产品这么齐全？要什么有什么，还全部促销。"转过身子对着苏亚，"你最近忙什么呢？神神秘秘的，每天回来都带包药物，你去医药公司做兼职了？"

"没，我们这种工作怎么能做兼职呢？"

终于，苏亚在一家药店找到了伟哥的下落，拿起来聚精会神看着使用说明，旁边站了一个店员她都一直没有发觉。等到研究完毕，一扭头才看到已经注视她许久的店员。

苏亚觉得很尴尬，哆哆嗦嗦地把伟哥放回原处。老练的店员早就看穿了她的心事，拿起药盒说："这种药效果很好，进入市场已经很多年，经过很长时间的市场检验，口碑相当不错。"边说边用无限怜悯的眼神看着苏亚。

苏亚结结巴巴地说："我……我不是……我只是看看。"

店员自顾自地又拿起另一种药物："您先生具体有哪些症状？是阳痿，早泄？还是有其他的表现？你们大概多长时间会有一次房事，每次的时间大概有多长？我们这里有很多种药，针对不同的症状要服用不同的药物，你具体介绍一下，我可以给你推荐……"

另一位店员也走了过来："现在人的精神压力都比较大，所以病因也是千奇百怪，需要对症下药的。你得告诉我们具体情况，否则乱吃药不仅不能治病，反而有可能会吃出问题。"

旁边一位买药的中年秃顶大肚男人也停了下来，带着笑容饶有兴致地上上下下打量苏亚。

苏亚没有听完店员的推介，慌慌张张从那家药店落荒而逃，一直跑出去五十多米回头看看背后没人追赶才站定了大口喘气。

原来，买伟哥也是一种地下工作。

苏亚再也没有勇气踏进药店的大门。

03

张阳的公司在福建召开展会，一个面容苍老的女人走到他的面前："张阳，很久不见。"张阳转过身打量她许久，不知道此人是何许人也。女人自报家门："我是于敏。"

张阳大吃一惊。

张阳和这个名为于敏女人，是开电脑店时的邻居，两人曾经保持过长达两年之久的肉体关系，并最终终止在女人与另一男人的结婚前夜。女人结婚后，张阳很快换了邻居。没有女人的那段日子，张阳萌生了深深的思念，他想念女人的身体，想念她带给他的满足。

然而，时至今日，这段当年让他如痴如醉的媾和让此刻的张阳无比懊丧。这女人看上去简直就是个老妪，而他，居然就被这样一个女人迷得神魂颠倒，这很让此刻的张阳蒙羞，像吃了癞蛤蟆一样浑身不舒服，恨不能自戳双目。看着女人那已经有些花白的头发，张阳浑身发冷，说她是自己妈估计也没有人会怀疑。谁让那时候那么穷，连外遇的标准都如此之低，就像某些小饭馆只能用地沟油对付顾客一样。

一家酒店的宴会厅。

张阳跟客户们觥筹交错，相互攀谈。

酒会结束，一个曲线动人的身影飘入了张阳的视线："张总，今天的酒会您还满意吗？"

张阳已经有点视线飘忽，目光习惯性地聚焦，再放大："你是……"

"我是公司的企宣策划，我叫田影。"

张阳有点头重脚轻，靠在一根柱子上站定。田影急忙走上前来，扶住张阳："张总，您是不是喝多了？"

张阳触到了柔软，连忙避开："是有点。"抬头四望，不见司机。地面似乎已经有点歪斜。

秘书过来："张总，老鲍送贝总回酒店，现在赶过不来，要不，您先坐下来再等一下？"

"这样吧，张总，您家在哪？我送您回去。"田影自告奋勇。

"你行吗？你开车技术怎么样？"秘书有点不放心。

"放心，保证把张总安全送到家。"

秘书和田影把已经喝得东摇西晃的张阳扶上汽车，田影充当了临时司机。

田影带着张阳在远都乱逛，迷失了方向，只得向秘书求救。秘书生气，原以为是救火，结果却是添乱。叫她把车停在路边，然后把位置告诉老鲍。

田影刚把车停好，张阳头一歪就吐了起来。田影手忙脚乱找出包湿巾，把张阳脸上身上的污秽清理干净。

张阳毫无知觉，任由田影打扫，然后安静地伏在她怀里睡得香甜。

老鲍赶到时，张阳和田影在车里头对头脸对脸男女声二重唱地打呼噜。

04

陈瑾一家在自助餐厅吃饭,铮铮兴致很高,手舞足蹈地给大家表演新学的儿歌,唱得有声有色。

陈瑾怜爱地看着儿子,眼睛里溢满了温柔和满足。张阳把儿子抱到腿上:"来,给爸爸讲讲最近幼儿园有哪些新鲜事。"

铮铮晃动着嫩笋一样的小胳膊,脆生生地向爸爸做着汇报。张阳在儿子脸上"吧"地亲了一下。

手机铃声破坏了这一刻的美好。张阳拿起手机瞟了一眼,急急忙忙地对铮铮说:"儿子,爸爸先接个电话。"然后迅速地把铮铮扔到陈瑾怀里,快步地往外走,步伐纷乱,裤角飞扬。

陈瑾不安地看着张阳的背影。

张阳回来,恢复了刚才的愉悦,坐在铮铮身边跟他一起说笑,脸上有种强装的镇定,刻意地抑制着眉飞色舞。陈瑾敏锐地捕捉到了张阳的异样。

晚上,陈瑾靠在床头看书,张阳焦躁不安地一遍又一遍地更换着电视频道。陈瑾头也不抬地说:"你慢点,遥控器的质量没你想象中的那么好。"

张阳把电视关掉,翻身躺下。陈瑾眼睛盯在书上,脑子却不停地运转,眼睛不停地往张阳身上瞟。

陈瑾拉下盖在张阳身上的毛巾被,手伸向张阳的下身,轻柔地探索。

张阳背对着她瓮瓮地说:"你怎么也会有这种举动?"

陈瑾顿时火冒三丈:"我就不能有这种举动吗?难道我就不是女人吗?"

张阳打个哈欠:"当然是,只不过,我都快忘了我们上一次是什么时候了。五年?十年?我以为,你对这事已经没有一点兴趣了。"

陈瑾把嘴唇覆到张阳嘴上,嘴唇互相之间都很陌生,在勉为其难地适应着彼此,找寻着曾经的熟悉。张阳转过身,两手平放在床上。

陈瑾轻轻地解开自己的衣服,张阳却紧紧地闭上眼睛,死死地拉住陈瑾的手:"别,别解开。千万别。"

好像陈瑾衣服里藏着可怕的能吃人的怪物。

陈瑾雷击一样停住动作,缓缓地倒在床上。

张阳爬到陈瑾身上,刚想有所进展,陈瑾冷冷地推开他:"算了,睡吧。何必像就义一样呢?你应该去看看心理医生,去看看精神科医生,免得哪天你会弄出点失手杀人、故意放火之类的名堂。"陈瑾气呼呼地说完,把后背留给张阳。

张阳回到他的位置:"是你自己不想要的,我可是想尽义务的。"

陈瑾鼻孔里发出"哼"的一声。

手机又响,张阳急不可耐地拿起放置在床头的手机,大踏步地拉开门,下楼。陈瑾立刻坐了起来,光着脚悄悄地跟在张阳后面。张阳来到楼下的卫生间,关上门,陈瑾听到张阳压低声音说话,但是听不到内容。

"哗啦"的水声传来,陈瑾赶忙小心翼翼地回到床上,慌乱地拿起刚才的书,匆忙间,书都拿倒了。

张阳倒头睡下,陈瑾装作毫不在意地问:"你又找了个新的?说说看,是何方神圣?是大家闺秀,还是小家碧玉?你很少会有这么心猿意马的时候。"

张阳不耐烦地说:"你关心这个干什么?告诉了你,你会更加不开心。何必自寻烦恼,岂不是找虐?"

陈瑾装作不在意地说:"我是觉得,最近你很反常,以前你从来不会这样的。那么多的女人都没有让你动过真心,看来现在的这个很不一般啊。"

张阳不再接下话。

半夜时分,陈瑾轻轻推了推张阳,确定他已经熟睡,轻轻拿起张阳的手机,蹑手蹑脚地下楼,打开餐厅的灯。

手机上有一个电话号码,出现频率很高,一天之内通话达到十五次,陈瑾在本子上记下这个号码。又轻手轻脚地回到卧室,把手机放回原处。

陈瑾一夜不眠。

第十二章
谁是谁非

想离婚早点说，我不会拦着你再嫁的光明大道，你想让我找别人生个孩子然后再送你个爸爸的名号吗？

01

苏亚被伟哥折磨得快要发疯，白天想的，梦里见的，都是那白色的小药瓶。

时至今日，除了伟哥，苏亚不知道还有什么办法能改变现存的问题，她无比渴望它的出现能够改变周冲的现实状况。实体店购买已然变成不可能，天气还热，不可能穿着羽绒服戴着口罩鸭舌帽，全副武装的连她妈都认不出来，再去药店买药。况且，苏亚已经是一朝被蛇咬，十年怕井绳，一想到那些店员窥私一般好奇的眼神，她就能在四十多度的高温里打个寒战。

苏亚急火攻心，百无聊赖地在网上溜达。收藏夹里一堆店铺，她想找几家衣服店进去逛逛，买些新衣服装点一下暗淡的生活。鼠标往下一滚动，苏亚看到一个链接，随意地点开。

定睛一看，苏亚不由得脸红心跳，这是一家专卖成人用品的店铺。各种器具，药品琳琅满目。苏亚一个激灵，眼睛睁大，鼠标在一件件商品下方掠过，然后猛然停住。

没错，那就是苏亚朝思暮想的东西——伟哥。这可真是踏破铁鞋无觅处，得来全不费工夫。真是皇天不负有心人，苏亚真想对着这家店主千恩万谢，他就是三伏天的冰棍，三九天的棉被，他就是苏亚的大救星。

苏亚打开网页，凭着记忆核对了一下药品的包装以及使用说明，貌似和药店的无异。苏亚留下家里的地址以及固定电话，敲下回车。

苏亚走到客厅，轻轻对婆婆说："妈，我在网上买了件东西，你帮我收一下，快递员来之前会打家里的电话，你只要签收一下就行了。"顿了顿，补充一句，"你不用帮我拆开。"

周冲妈正随着电视剧里主人公的命运心潮澎湃，后脑勺对着苏亚说："放心，我没那么没素质。我收到就会放你桌上的。"

苏亚关上门，双手合十，面朝东方跪在地上，口中念念有词："大慈大悲的观世音菩萨，求求您保佑周冲吃药后尽快恢复雄风，保佑我们能很快有个孩子，求求您了，保佑保佑我们吧，如果如愿，我会一辈子感激您，每年都会给您上香进贡。我愿意一辈子吃斋念佛，求您实现我的夙愿，求求您了！"接着，"咣咣咣"磕了三个响头。

临时抱佛脚，说的就是苏亚。

没过两天，东西送到。婆婆很守约，包装完好，不见拆过的痕迹。

苏亚关上房门，趁周冲还没到家，小心翼翼地拆开包装一看，小小的药瓶舒舒服服地躺在与其体积极不相符的巨大外包装里。苏亚想，要是中国人每家都有这么宽敞的居住环境，该会减少多少家庭矛盾。

苏亚精心地收好药瓶，夹在一件衣服中间，放进衣柜。接下来，该要考虑的是如何让周冲服用的问题。

周冲目前没有感冒，不可能掺在感冒药里让他吃下；周冲向来不吃保健药品，突然间让他"保健"，他一定会生疑；周冲胃口良好，吃嘛嘛香，向来只会饿得发慌，不见消化不良的迹象，冒充胃药也不可能；周冲一向不失眠，落枕即着，也不可能说这是治疗失眠的药物……

人生路上处处是艰难，买药难，吃药也难。苏亚抓耳挠腮，冥思苦想，恨不能捏住周冲的鼻子把药强行灌进他的胃里。

周冲不知道苏亚正在密谋的重大行动，每天除了傻吃酣睡，就是铆足劲地工作。那些阴影正一步步从他身边远走，他的工作也慢慢踏上了正途，心情开始变得开朗，脸上也有了笑容。周冲开始有意无意地找苏亚说话，睡觉的时候会试探性的把手伸到苏亚头下，让苏亚枕着他的胳膊。

苏亚觉得，这是一个好兆头。

02

周五下午，经历了漫长的冷战之后，周冲终于给苏亚打了电话："亚亚，晚上一起吃饭,大熊说请我们吃牛排。"

苏亚心里蹦出一只快乐的小兔子,满口答应:"好啊好啊,我今天没开车,下班你来接我吧。"

周冲准点出现在苏亚单位楼下,苏亚收拾好东西,没有任何拖沓地下楼。

大熊已经等候在西餐厅,见他们进门,站起来朝他们招手:"嗨,周冲,我在这边。"

数日不见,大熊瘦了一大圈,苏亚关切地问:"身体好点了吗?没受什么内伤吧?"

大熊无奈地摇摇头,说:"身体倒没什么,都是皮外伤,年轻力壮的养起来也快,只是……"他忽然止住话头。

苏亚问:"你老婆呢?怎么没一起过来吃饭?"

周冲在桌子底下用脚踹了苏亚一下。苏亚狐疑地望向周冲。

大熊一脸郁闷地说:"没事,苏亚也不是外人。那天……我们家……你也看到了。都是我老婆的杰作。她现在不知道去了哪里,我去她妈家找她,她妈每次都用闭门羹款待我。我去她单位,她同事说她已经辞职了,我现在连她人在哪里在干什么都不知道,世上还有比我更没有知情权的丈夫吗?"大熊苦笑一下,"《红楼梦》里说质本洁来还洁去,她这叫人本滥来还滥去。"

苏亚不解地问:"为什么啊?你们怎么会走到这一步呢?"

周冲打断她:"别问了,家家都有本难念的经,各有各的苦。"周冲不想让大熊说出李胡兰的前科,也不想大熊失意当中说出他的外遇。他不想破坏大熊在苏亚心中的形象。

周冲边吃边问:"你家砸成那样,恐怕还得重新装修,准备什么时候开工?需要哥们的时候说一声,哥们随叫随到。"

"我现在哪里还有钱装修?交完房贷车贷物业费,再算上吃吃喝喝,每个月我基本上都剩不下什么钱,装修?等发了年终奖再说吧。前段时间我爸妈想到远都住段时间,我没敢让他们来。我妈要是见到房子现在的那副惨样,非气出心脏病不可。那房子,可是掏干了我爸我妈全部的存款,他们现在要是突然生个病什么的,我都不知道该怎么办是好。唉,娶妻要娶德,我现在算是明白了这个道理,唉,可惜一切都太迟了。"

雅致的用餐环境没有舒展开大熊紧锁的眉头,苏亚讲了好几个笑话想活跃气氛,终因笑话太冷而使气氛更加尴尬。大熊抬起头,挤出个比哭更难看的笑:"你们别担心我,我会自己消化好的。"

还没吃完,苏亚就招手叫服务员:"服务员,结账。"然后,不由分说地掏了钱。

大熊很不好意思:"说好我请客的。我不是故意跟你们哭穷,一顿饭我还是请得起的,我就是心里烦,想找个人说说。"

苏亚摆摆手："没事的，你跟周冲是多少年的哥们，这点小事没必要放在心上。你要是需要用钱，随时跟我们说，反正我们现在也没有什么用钱的地方。"

餐毕，大熊站起来，疲惫地说："我先走啦，你们自由活动吧。免得我破坏你们的心情。我这些天一直忙，得早点回去睡觉。"

苏亚看着大熊越走越远的背影，疑惑着问周冲："大熊老婆怎么那样啊？他们之间有什么误会吗？"

周冲搂着苏亚的腰，避开问题："我们去看电影吧。"

苏亚买了两大杯奶茶，一大桶爆米花，想想还觉得不够，又到KFC买了份薯条和鸡米花。

周冲夸张地叫道："不会吧，我们是看晚场，又不是看通宵，你有必要准备这么多吃的吗？"

苏亚翻了他一眼："你不懂，看电影是要讲究情调的，零食就是最好的佐料，吃着零食，看着大片，啧，神仙般的享受。"

美国大片的效果不是盖的，苏亚全神贯注地投入观看，准备的一大包东西基本没有派上用场，只喝了两口奶茶。周冲悄悄地把苏亚的脑袋拉到自己肩膀，两人头对头，脸挨脸，浓情蜜意地感受了难得的岁月静好。

苏亚一直看到字幕放完，片尾曲唱完，大幕完全变黑才恋恋不舍地从座位上站起来："真好看，真想再看一遍。"影院里的观众都已散场，工作人员把他们前面几排的卫生都已经打扫完毕，嫌他们碍事，不满地看他们一眼。

苏亚挽着周冲的胳膊在马路上散步，懒散地靠在周冲的身上："哎呀，我们有多少年没有一起看过电影了？一年？还是两年？"

周冲靠近苏亚的脑袋，嗅了嗅她的秀发："你这是在对我表达不满吗？好吧，以后我们每周来看两次，好了吧？"

"我才不是那个意思，我是忽然觉得，我们好像已经很久没有这么轻松自在地生活过了，总是被各种各样的烦心事困扰。心情是不是会间接地影响到生活质量和生活的轨迹？我们是不是应该试着改变一下，从心情上入手，进而让那些不愉快和不如意完全地远离我们。"

"嗯，我也这么想，感觉这些年总是有很多不顺利，就像被诅咒了一样，我也希望一切都能赶快好起来。亚亚，我为我过去一段时间的不理智和褊狭，郑重其事地向你道歉，希望你能原谅。"

苏亚紧紧地搂住周冲。

苏亚想，今夜，可能就是那药闪亮登场的最佳时机，天时、地利、人和，几乎都在今晚隆重聚首，此时不用，更待何时？

到家，周冲去卫生间洗澡。苏亚贴在门上，听到莲蓬喷水的声音，才轻手轻脚地跑到厨房，从冰箱里拿出牛奶，倒出一杯。不行，太多，苏亚扬起头喝掉一部分，嗯，这样的量还差不多。苏亚再拿出把小勺，放进杯子里。然后，偷偷摸摸回到卧室，打开衣柜，找到药瓶的藏身之所，拿出几片，放进牛奶里。

苏亚细心地搅动勺子，使药尽快化开，跟牛奶合二为一。先逆时针，再顺时针，渐渐的，杯子里只剩下了液体。苏亚端着杯子，对着台灯仔细看了看，确信已经没有固体杂质的踪影，又用舌尖舔了舔，好像没什么异味。想想还是不放心，又把杯子端去厨房，打开冰箱拿出蜂蜜，舀了两勺蜂蜜进去，搅匀，这才放心地回了卧室，把杯子放在桌子的醒目位置。

为了避免异味的产生，苏亚选择的杯子，是所有杯子中的擎天柱。

周冲擦着头发带着水花回屋，苏亚端起杯子递给他，娇滴滴地说："老公，你最近辛苦了，喝杯牛奶补充一下营养吧。"

周冲皱着眉头："这么多？不用一口吃成个胖子吧？你又不是不知道，我晚上不喜欢喝牛奶。"

苏亚用饱含希望的眼神注视着周冲："喝嘛，我已经倒出来了，难道你要让我倒进马桶吗？"

周冲无奈地接过来："好吧，我喝。"

周冲端着杯子喝个底朝天，然后伸伸懒腰："好累啊，终于熬到个周末，睡吧。"

很快，周冲的呼噜声便像风箱一样拉起。苏亚惊讶不已，网上说，这药服用后，半小时之内就会起到明显效果。可是周冲既没有性奋，也没有冲动，反倒像吃了安眠药一样睡得无比踏实。

苏亚彻底蒙了，这到底是怎么回事？难道同样的药物对不同的人会产生不同的反应？难道这东西不能用牛奶送服，牛奶会削弱它的效果，跟某些成分发生中和？难道周冲体质太强，需要加大剂量？

苏亚用胳膊支着身体，伏在周冲身体上方，仔细观察周冲的反应，一切如常，不是假寐，不大有突然一跃而起压倒苏亚大肆发泄兽性的迹象。

苏亚失望地躺下，暗暗在心里说，什么狗屁名药，分明是骗人。心底里，她还是期盼出现那种神奇的效果，希望周冲会在某个瞬间焕发出勃勃生机的。所以，苏亚一夜不曾安睡，睡一会儿支起身子观察周冲。几次起来，周冲都是同一个睡姿。

苏亚终于没能抵抗住阵阵倦意的侵袭，不知何时丧失了革命意识。

苏亚醒来时，天已放亮，周冲仍旧烂睡如泥。

苏亚洗漱完毕，拍拍周冲的屁股，叫周冲起床，连拍几下，周冲都没有反应，苏亚又推了推周冲，周冲翻了个身，仰面朝上。

周冲嘴唇发紫,脸上起了大片的红疹,把他的衣服掀起来一看,身上、腿上全部通红一片。苏亚大吃一惊,使劲晃动周冲,依然没有一丝反应。苏亚吓坏了,大声叫喊起来:"爸,妈,你们快点过来!爸,妈,你们快点过来!"

这一叫,周冲忽然把眼睛挤出了一条小缝,头一歪,拼命地呕吐,吐得天昏地暗,房间里充满了难闻的味道。

周冲爸妈慌慌张张地赶进来,周冲妈坐到周冲身边,让他伏在她的腿上,不停地拍打周冲的后背,让他能够吐得更顺畅,一边拍一边着急地问苏亚:"怎么了?怎么会这样?"

苏亚手足无措地给周冲擦嘴:"我也不知道。我叫他起床,他忽然间就开始吐。"

周冲妈喊着周冲的名字,周冲目光涣散,神态游离。

周冲爸见状,果断地拿起手机拨打120急救电话。不一会儿,救护车赶到,周冲被几个医护人员送上担架抬上车。苏亚拿上包,穿着拖鞋睡衣,跟着公婆一起拥上了救护车。

周冲被插上了氧气管。

到了医院,周冲立刻被送进了急救室。苏亚浑身冰冷,双腿极富韵律地不自觉颤动,她紧紧倚着墙,才能不至于摔倒。

周冲妈在急救室外一刻不停来来回回地走,不住地念叨:"这是怎么了?这是怎么了?好好的一个人,为什么会突然这样?老天保佑,上帝保佑。"

很多人,在紧急状况下都会突然转变成有神论者,期待某个冥冥中的神仙能够突然伸出援手,救人于危难之中。就连周冲妈这样一个平素从不求神拜佛、从不信奉任何宗教的人,情急之下都开始求助于她能想起来的"老天"和"上帝"。

周冲妈忽然间想起了什么,一个大步迈到苏亚面前:"你们昨天一起吃饭的是吗?你们吃的是什么?我说的是晚饭。"

苏亚抖动着肩膀,缩着声音说:"牛排。"

"几个人?你吃了吗?"

"三个,我也吃了。"

"你赶快给另一个人打电话,看看他有没有事。"

苏亚抽搐着从包里摸出手机打给大熊。大熊还在睡觉,莫名其妙地问:"有什么不对劲?没有啊!你们谁不对劲了吗?"

苏亚冲着周冲妈摇摇头:"大熊没什么事。"

周冲妈弯着腿靠着墙思索:"你没问题,大熊也没问题,只有小冲这样,怎么回事?你知道他中午吃了什么?"

"中午?我不知道。我没问。"苏亚猛然间想起了药,莫非是那药?对,也许就是那药！苏亚顿时脸色煞白，牙根打战，浑身直冒冷汗。

良久，急救室的门缓缓打开，一个医生走出来，周冲爸妈扑上去晃着医生的胳膊："大夫，大夫，我儿子怎么样了？有生命危险没有？"

医生解下口罩："幸亏送来的及时，已经脱离危险，但是还要看后期的病况，看看会不会有什么后遗症。我正想问你们，病人服用过什么药物没有？。"

周冲妈坚定地说："不可能，我儿子那么精壮，从不需要吃任何药的。他连感冒药都很少吃，有个头疼脑热的抗抗就过去了。"

医生的声音充满了怀疑："他这是典型的药物中毒，你们不要隐瞒，快点告诉我们，我们才好尽快采取相应的治疗措施。否则，延误了病情谁来负责？"

苏亚低着头站在旁边一言不发。

周冲妈探照灯似的目光扫向她："你知道的？小冲吃了什么药？他最近生病了吗？"

苏亚不敢隐瞒，用蚊子哼哼的音量说："伟……伟哥。"

"什么？"周冲妈的嗓门足以震碎防弹玻璃，"伟哥？小冲吃那个干什么？谁让他吃这种药的？你逼着他吃的？"

"我……我……"

医生狠狠地瞪了一眼苏亚："你们这些年轻人是怎么回事？什么药都乱吃，搞出人命怎么办？伟哥？伟哥是你们这个年龄的人吃的吗？不知道怎么想的，想找刺激是吧？是命重要还是那方面重要？"

两个护士把面色惨白、浑身瘫软的周冲从急救室推进了病房。

周冲妈扑在周冲身上失声痛哭："小冲啊，你可不能出什么事情，你要是有什么三长两短让我和你爸怎么活呀？你可不能让我们白发人送黑发人呀，小冲，你可不要吓妈妈，你千万要醒过来呀。小冲，你醒醒啊，你睁开眼睛看看妈妈。小冲……"

苏亚也扑上去紧紧握着周冲的手。

周冲妈一把推开苏亚："走开！你离他远点！你这个刽子手，你这个杀人不见血的女人！"

苏亚被周冲妈一甩，几个旋转飞了出去，先撞到病房门上，再反弹回来坐到地上。苏亚也不起来，失神地坐着，直到有个护士进来，把她扶起来。

苏亚站在离病床几米远的地方，目不转睛地看着周冲。婆婆说："你赶快走吧，小冲不想看到你，我们也不想看到你，你走开！你在这会加重小冲的病情，小冲知道你在这会更加不愿醒过来！"苏亚不动。

公婆寸步不离地守在周冲的病床前。周冲到底是年轻，底子好，慢慢地清醒过来，有了知觉，睁开眼睛后的第一句话问的是："我这是在哪里？"

周冲妈抱住周冲的脖子潸然泪下："小冲啊，你现在是在医院，你去了一趟鬼门关，差点就回不来了。你被送去急救了你知道吗？你已经昏迷了一天一夜，你知道我和你爸爸有多担心吗？你知道我和你爸爸快被你吓死了吗？小冲，你可算是醒了过来，你要是醒不过来，妈妈也不活了。小冲，呜呜呜呜……"

周冲的身体很虚弱，元气大伤。他甚至不知道发生了什么事情，用微弱的声音问："妈，我怎么会昏迷的？"

婆婆嫌恶地瞪了一眼蜷缩在门边的苏亚："还不是你那个懂事体贴的老婆，给你吃了什么伟哥，所以你才会药物中毒，那是什么该死的药啊，是治病的，还是阎王爷的马前卒，要给阎王爷招兵买马扩充队伍的？小冲，你现在什么都不要说了，好好休息，你想吃什么？妈妈回家给你做。"

周冲软软地躺在床上："妈，我什么都不想吃，我只想睡觉。"

03

两天后，胃液检测报告出来，报告显示，周冲的胃液里完全不含伟哥的任何成分。

苏亚犹如五雷轰顶，不知道这究竟是为什么。

周冲阴沉着脸躺在病床上。

周冲妈遏制不住情绪，拿起检测报告扔到苏亚脸上，站在病房中央咆哮起来："苏亚，你给我儿子吃的什么东西？啊？你倒是说说清楚。你要是说不清楚，我立刻就报警，我要让警察来调查，看看你是不是有意投毒，要害死我儿子！我们小冲哪点对不起你了，你要这么谋害他？你想谋杀亲夫啊，你到底有什么居心？苏亚，你真是黑心黑肺，天下最毒的莫过就是你。亏我平素待你不薄，亏得小冲平时把你捧在手心，你就是这么回报我们的吗？你说，你赶快说，你到底想干什么？你到底给小冲吃的是什么药？"

旁边病床的病人，隔壁病房的病人闻讯都围过来看热闹，里三层外三层将他们团团围住。

周冲气恼地说："妈，你想干什么？还嫌不够丢人吗？有什么事回家再说行不行？"

周冲妈悻悻然地噤声。

周冲出院回家，周冲妈一把拎着苏亚进了家门。门刚合上就开始诘问："苏亚，你赶快说清楚，到底你给小冲吃了什么？快点说，不然有你好看！"

苏亚被周冲妈甩进客厅，一个跟头栽倒在地上，她扶着沙发颤抖着站起来，后退几步，让墙壁撑住自己的身体，如实交代了网上购买药品的全部经过。

周冲妈气得脸色青紫，点着苏亚的鼻子说："你行，你伟大，你为了那么一点点需要连丈夫的身体都不顾了，你想草菅人命是吧？你想他有个好歹尽快改嫁是吧？你对我们有不满，你对小冲有不满，你直接说出来，何必使用这样的招数，是，小冲是出了一些问题，我们也让他吃药了，至于效果好不好，那是另外一码事，你何必那么急于求成。网上买药？亏你想得出来，那是药，不是衣服，网上买几件假名牌，又不会伤身伤体，你看你买的假药，把小冲害成什么样？他差点见不到我们了！你简直是居心不良！你老实讲，你到底有什么企图？你到底想干什么？"

周冲把烟头使劲摔到地上，愤愤不平地说："我说你怎么突然间殷勤起来，温柔起来，还给我倒牛奶，原来你是黄鼠狼给鸡拜年，没安好心。你真是蛇蝎心肠，老话说的没错，最毒妇人心！想离婚早点说，我不会拦着你再嫁的光明大道，我不行，谁行你去找谁！爱找谁找谁，谁他妈稀罕你！"

苏亚努力支撑着身体，听着两代人把屎盆子纷纷往自己头上扣，满腔的怒火岩浆一样顷刻间喷射出来："我蛇蝎心肠？我有企图？我想改嫁？我想让周冲出事？你们摸着自己的良心想想，周冲出问题出了多少年，我说过什么没有？我做过什么没有？妈，你整天催我们要孩子，没孩子你就逼着我去检查，你想过是周冲的问题吗？你没有！你想都不想就断定问题一定出在我的身上！妈，到底是你想让周冲再找个老婆，还是我想再找个老公？我一呕吐，是你给我买的试纸，是你亲自做的试验，是你告诉我检测结果。可是后来呢，一知道我没怀孕，你们就把火全部撒到我的身上，每个人都给我脸色看。没怀孕是我故意的吗？没怀孕我就很开心了吗？你们一向都是这样，什么不好的事情，一律栽赃到我头上，我是什么？我是出气筒吗？我是受气包吗？你以为我不想有个孩子吗？我告诉你，我比谁都想要！我做梦都想当妈！妈，你想不想知道周冲身体为什么会出现问题的？我告诉你，就是因为当年你总是干扰我们的正常生活，不敲门就直接进我们房间，这才给周冲和我带来了无法弥补的伤害。你知道不知道，你才是元凶，你才是始作俑者，你才是该为这一切负责的人！"

苏亚顿了一下，把头转向周冲："我上网买药？你知道我为什么上网买药？因为我受不了药店里那些人怪异的眼光！中药不起作用，你又不肯再去看病，看看家里药箱里那些有用没用的药，那都是我做贼一样在一家家药店蹲点买回来的。我去了那么多次，都没勇气买。你妈三天两头给我难堪给我脸色看，你让我怎么办？你想让我找别人生个孩子然后再送你个爸爸的名号吗？你也不看看我们都多大岁数了，我们不需要孩子吗？你告诉我，除了人工授精，还有什么别的办法能怀孕？你告诉我，我很想知道！我害得你没升职，你能把责任全部归咎到我头上吗？那是我希望看到的结果吗？你以为我心里就不难过吗？"

苏亚宣泄完，再也不看客厅里呆若木鸡的三人，气鼓鼓地走回房间，关上门，靠在门背后看着天花板发呆。

忽然，苏亚想起什么，疾步走到电脑前，打开电脑，找到那家卖假药的店铺，带着满腔愤懑给了个"差评"，并在"交易评价"中狠狠敲下一行字——卖假药的骗子，害人不浅，心术不正！大家千万要注意，千万别在这家店买药，免得中毒被送去急救！

客厅里如无人之地，一片寂静。

04

苏亚横眉冷对千夫指，不甘俯首孺子牛。她的这番发作，让家里的气氛显得有些尴尬，每个人都对她客气有加，无论谁的眼神跟她发生对接，都会倏地弹开。周冲妈尽量避免跟她交流，实在躲不过，就使用最简单的语言："吃什么？""行。""好。""走了？"……

周冲爸对苏亚赔着小心，脸上的笑容僵硬的好像塑料花。周冲干脆搬进了书房，他需要冷静一下，好好想想两个人未来的发展走向。周冲忽然觉得，这几年亏欠苏亚很多，若不是苏亚说出来，他会一直不知道她的真实想法，不知道她的痛苦和难过。

中午，周冲爸妈在吃午饭，周冲爸探询地问周冲妈："小亚那天的话，你有什么感想？"

周冲妈迟疑地说："我……我是不是真的有一点过了？可是，她那么顶撞我，也很过分。我这辈子，还没这么遭人抢白过。再不济，我也是她婆婆，她怎么能这么跟我说话？"

周冲爸摇摇头："唉，现在想想，小亚这几年，也真是不容易。"

电话响，周冲妈走过去，拿起电话："喂？"

电话那头传来一个阴阳怪气的声音："苏亚在吗？"

"不在，你是哪位？"

"你告诉苏亚，赶快把差评给我改成好评，不然，我让她吃不了兜着走！"那人还没等周冲妈说话，"啪"一声挂了电话。

周冲妈举着电话的手停在半空，怔了一会才放下电话。周冲爸把嘴里的饭菜"咯噔"一下咽进肚里："愣在那里做什么？谁的电话？"

"不知道，找小亚的，说什么好评差评，还说什么不改就让她吃不了兜着走。小亚单位搞人事考评，小亚给哪个人打了差评，被人家知道了？"

周冲爸筷子伸向一只鸡腿，鸡腿火候不足，还有些硬，周冲爸牙咬住一端，另一端攥在手里，使劲撕拉："别管了，等她回来问问不就知道了。哎，我说，你改变一下对她的态度，家和万事兴，别整天剑拔弩张的，谁都难受。想想，我们还是有很多做得不对的地方。"

"难道我就不该发火吗？你看她把小冲害成什么样，差点就没命了。"

"她这不是也是没有其他的办法，才会有病乱投医的，这种结果相信小亚也不想看到。过去的就过去吧。我再找小冲谈谈，换家医院看看，再这么下去，迟早会出问题。"

苏亚下班回家。周冲妈奋战在厨房，用胳膊肘推周冲爸，下颌骨用力，把声音控制在喉咙里："你去问问，那个差评的事情，告诉她，跟同事搞好关系，不要树敌。"

周冲爸不乐意："我不去，你接的电话，应该由你告诉她。"

周冲妈抬脚轻轻踹在周冲爸腿上："快去。"

周冲爸磨磨蹭蹭走出去。苏亚坐在沙发上发呆。周冲爸做了好大一会的思想斗争，嗫嚅着问："小亚，你们单位，最近做人事考评了吗？"

苏亚云里雾里："没有啊。"

"今天有人打电话找你，说什么好评差评，还说不改就让你吃不了兜着走，你妈让我告诉你，单位里尽量不要跟同事闹矛盾，三十年河东三十年河西，抬头不见低头见，免得被人背后搞小动作，得不偿失。"周冲爸顿了好一会，欲言又止，终于还是说了出来，"小亚，这些年，我们对你很亏欠，我会跟小冲说，让他尽快赶去看病的，你再给他个机会吧，也给我跟你妈个表达歉意的机会，好不好？"

苏亚心里一阵感伤。这些年过来，无论跟婆婆怎么针尖对麦芒，她对公公却真是没有什么怨言。公公就像是家里的消防队员，一次次地扑灭刚刚点燃的火苗或是已经烧得很旺的大火。对着这样一个长者，苏亚无言以对，停顿了很长时间，抬头问："爸，你说的那个好评差评是什么？我没听懂。"

周冲爸对着厨房叫："你过来说一下，电话是你接的，我也说不清楚。"

婆婆又在厨房里磨蹭了一会，才出来，复述了一下电话内容。

苏亚丈二和尚摸不着头脑，想来想去，单位好像从来没有做过人事考评，就是有，也轮不到她上场。好评？差评？这是什么意思？

苏亚坐在沙发上想了好大一会，猛然间豁然开朗。

苏亚怒火中烧，进了房间打开QQ，卖家果然在线。苏亚敲下一行字：你卖假药，我没去举报你已经很给你留余地了，你居然敢威胁我，我就不给你改，你能把我怎么样？

卖家很快回复：你等着！

哼，等着就等着，看你能把我怎么样？苏亚七窍生烟。朗朗乾坤，岂能容不法商贩兴风作浪？青天白日，我还就不相信一个小卖家能刮起什么妖风？我一法律工作者，难道还会向假药贩子低头不成？苏亚恨恨地想。

没过两天，苏亚刚一回家，婆婆就邀功似的送上一个小包裹："小亚，你的，我没拆哦。"

苏亚打开一看，脸上顿时变色，站在一旁的周冲妈也大惊失色。包裹里是一大滩臭气熏天，经过发酵颜色已经不再鲜亮，并且不知产地的大便。

电话适时地响起来，还是那个阴阳怪气的声音："我找苏亚。"

苏亚压住怒火："我就是。你是谁？"

对方似乎没有亮明身份的兴趣，张口直奔主题："我送你的礼物你收到了吧？还满意吧？"

苏亚怒不可遏："你这个垃圾！你到底是谁？有本事自报家门！"

对方阴笑几下："哼哼，别这么激动，我给你打电话只是想问问你，你准备什么时候给我改掉差评？"

"我改你的头！你见鬼去吧，想让我给你好评，你简直是白日做梦，我告诉你，想都不要想！你做你的春秋大梦去吧！"苏亚挂掉电话。

周冲妈紧张地问："怎么回事？是谁在捣乱？"

苏亚掩不住的怒气挂在脸上："就是那个卖假药的骗子，我给了他差评。他不满意，非让我给他改成好评。我凭什么要听他的指挥？我没让他赔偿周冲的医药费、误工费，就算我对他很仁义了，他居然还敢追上门让我给他好评？什么东西！还有没有王法？"

周冲妈义愤填膺地说："对，不能给他改，一个卖假药的还这么猖狂，无法无天了！每个买了假药的都给好评，就会有越来越多的人上当，假药可不比别的，那是要吃出人命的，小亚，我支持你！"

苏亚感激地看了婆婆一眼。

半夜，电话铃声大作，一家人都从梦中惊醒，周冲妈迷迷糊糊地拿起电话，听了几秒钟便大叫一声把电话扔到地上。周冲听到声音，穿着一只拖鞋赶到客厅拿起电话，话筒里传来鬼哭狼嚎的声音，阴森恐怖，仿佛列队出没在野地里的鬼魂。周冲放下电话，跑进父母房间。周冲妈捂着胸口脸色发白，不停地说："吓死我了，吓死我了。"周冲拔掉电话线，然后安慰母亲："妈，电话不会响了，赶快睡吧。没事的。"

第二天一早，周冲妈一直没有起床，周冲爸轻轻走出卧室，对周冲和苏亚说："你妈一夜没睡，你们出去吃早饭吧。"

苏亚越想越气愤，这是什么世界？卖假药的如此猖獗，如此飞扬跋扈，网站也不知道加强管理，难道就任凭如此商家为非作歹？苏亚找到网站客服，投诉了该商家卖假药，寄大便，半夜打骚扰电话的无耻行径。客服不置可否："你怎么确定这些都是卖家做的？会不会是你得罪了别的什么人？当然，如果你有证据，我们会做出相应处理的。"

苏亚开始找寻相关的证据。她郁闷地发现，对方对自己的姓名住址电话等信息了如指掌，而自己，只知道对方的网店名称和QQ号码。苏亚找出快递包装袋，上面只写了收件人的地址，发件人一栏只有个名字，其余空白一片。苏亚知道，那个名字肯定是假的。

苏亚到电信局调取电话单，发现那卖家的电话号码居然是坦桑尼亚的。苏亚傻眼了，难道那卖家真的是远隔千里，从遥远的非洲向苏亚致以诚挚的"问候"？想想不大相信。到网上一搜，那家快递公司并没有发展国外业务，在坦桑尼亚更没有设立分公司。

周末，同学聚会，在座的一位同学在公安局工作。苏亚想起这事，向那同学诉说了自己的疑惑。同学说："这种案子最近太多了，你这种还好，只是骚扰，很多都是诈骗。这种犯罪分子使用的都是网络电话，查不到真实的地址，而你看到的电话号码，可以来自全世界，还可以没有任何号码显示。"

苏亚颓然地跌坐，这真是敌人在暗我在明，卖家是埋伏在庞大灌木丛中的野猪，买家是行走在广袤平原上的小野兔，野猪有着良好掩护，小白兔则只能一切行踪都被野猪尽收眼底，原本处于天平两端的买卖双方，已经完全发生失衡，买家变成绝对的弱势群体。

苏亚打开那家店铺，仔细一看，居然好评如潮，对于那假药，有很多评论这样写道："好，真是好药，解决了我多年的老问题"；"好药啊！我老公好了我才能好，我代我们全家谢谢你"；"良药，猛药，神药"；"医药界的新星，难言之隐的克星"；"早知道有这样的药，我就不用花那么多钱去买别的药了，那会省去我的多少精力和钞票啊"……

苏亚啼笑皆非，这些评论，不知道是卖家自己找枪手操刀，还是买家们为了免遭骚扰和报复，勉为其难地献上赞美。相比之下，自己的差评显得那样势单力薄，茕茕孑立。

卖家又一次打来电话，舌根上透着刀光："苏亚，我不跟你废话，我最后问你一遍，改还是不改？"

"不改！"苏亚回答得斩钉截铁。跟反动派投降，简直是对共产主义的亵渎！

整个周日，苏亚家里的电话声此起彼伏，响彻云霄。

有推销治疗男性疾病药物的医药代表，态度很是诚恳："苏小姐，我知道你的故事，我能理解你的心情，对于你的遭遇，我表示深深的同情，我们公司生产的XXX牌特效药，对你丈夫的病有良好的效果，保证药到病除，可以在一个月之内解决你的困扰，还你家庭幸福。"

苏亚对着电话骂了句："神经病，你才有病，你们全家都有病！"

有不怀好意的男人打来电话，嬉笑着说："苏小姐，听说你很不好受，我可以帮你解决问题，免费的哦。我们可以约个时间见见面，或者你老公不在家的时候，我还可以去你家。我也在远都，很方便的哦。"

苏亚脱口而出："滚！有多远死多远！"

还有个电话是周冲接的，一个声音听上去苍老无力，感觉上是个头发几乎全部退休，肚子完全实现地方收归中央的男人，他无比沉痛地对周冲说："喂，你好，请问你是苏亚的爱人吗？我是想跟你交流一下心情。我跟你有同样的毛病，五六年了，唉，我老婆每天给我气受，动不动就对着我吹胡子瞪眼，我真是有苦说不出，但是我心里有愧，还不敢反驳，只能任她发作。有时候真觉得生不如死，要不是有孩子，我真想一死了之。兄弟，咱们同病相怜，你可得听我好好诉诉苦，不瞒你说，我也吃过好多药，看过好多医生，可是就是不见效果，兄弟，我知道你一定能理解我的感受，你说，像我们这样的男人，是不是真的没有活下去的必要？"

周冲脸色陡然转红，一直红到耳朵根，说了句："你他妈是不是精神有问题？"把话筒连同底座一起砸到地上，电话机几个前滚翻之后艰难地站住，话筒里那男人还在奋力疾呼："兄弟，兄弟……"

周冲死死咬住嘴唇，面如关公。

苏亚奇怪，突然间发生这许多状况，是何缘由？一定还是那个卖家使的幺蛾子，苏亚准备跟他理论理论。打开卖家店铺，苏亚顿时眼冒金星。她的姓名、住址、电话以及购买记录赫然悬挂在网页最上方，还被卖家加了边框，做成特写，绝对能让每个打开网页的人一眼可见。

苏亚感觉大脑一阵眩晕，她掐了掐自己的人中，才不至于昏厥过去。苏亚奋力敲下一行字，键盘被她敲得啪啪作响："你有什么权利公布我的个人信息？你知不知道这是侵犯我的隐私权？你知道不知道我可以去告你？"

过了一个世纪，卖家才慢吞吞地回复了几个字："告去吧，别客气。"

周冲妈慌慌张张地敲门："又是找你的。今天怎么了？你开通热线电话了吗？"

苏亚蹿出卧室来到客厅，一把扯掉电话线。

家里终于恢复了安静。

四个人团头各守一个房间。过了许久，周冲妈轻轻地走进来："小亚，要不然，你给他改了吧，这么闹下去，我们吃不消。"

苏亚感到太阳穴一阵闷痛："妈，就是因为屈服的人太多，所以这些人才会有恃无恐，才会变本加厉。我不会跟他妥协的，否则会有更多的人上当受骗。还会诞生更多的骗子。"

周冲妈关上门轻轻走了出去。

之后的很长一段时间，只要电话线上岗，骚扰电话就会如约而至，多数还是卖家，语气越来越重，甚至带上了威胁："苏亚，你要是再不给我改，我就杀了你全家，我要让你死无葬身之地，你赶快准备点钱，给你们全家买好墓地！""苏亚，我要找人轮奸了你，先奸后杀，杀了再奸尸。""苏亚，我会找人每天蹲在你家楼下，只要你出现我就让他们朝你脸上泼硫酸，你等着吧。"

苏亚找网站交涉，投诉卖家未经她同意泄露她的个人信息，几天后，卖家撤销做过重点标注的苏亚信息。

家里人都惶惶不可终日。周冲妈胆战心惊地说："小亚，还是改了吧，只是个好评而已，万一他们真对你做什么，可怎么是好？"

苏亚淡定地说："妈，不要担心，他只是个开网店的，只是为了赚钱，我有个好歹，他丢的就不是钱，而是命，他不会那么做的，生意人，会把什么成本都算得很明白。"

周冲妈依然面如土灰。周冲爸安慰她："小亚说的有道理，就听小亚的。"

一周后，家里又收到一件快递，收件人为"苏亚老公"。周冲妈紧张地问："会不会是炸弹？会不会有危险？"

周冲临危不惧："量他也不敢。"打开来，里面有一封信，字体是粗黑一号，醒目无比，标题是"致苏亚老公的一封信"。

信是这样写的：你这个不中用的男人，你是一个多么可怜的男人，你就是个太监，你就是个脓包，你这样的男人活在世上没有一点用处，你早晚会当活王八，你脑袋上将种满油菜。

周冲脸上的青筋不断跳动，眉头拧成个"川"字，喉结颤动，牙齿咬的"嘎嘣嘎嘣"直响。

周冲拿起烟灰缸狠狠地砸到墙上，墙上悬挂的婚纱照被击中，相框惨叫一声应声落地，摔成碎片。

第十三章
一声叹息

对她来说,他似乎仅仅是个代表着"丈夫"这一身份的符号。他的身,他的心,都早已经不属于她,并且以高速列车的时速愈行愈远。

01

陈瑾拿着记有电话号码的本子发呆。手机在手里握得发烫,几次试图拨打那个号码,又几次中止。手臂起起落落,在空中划出一道道弧线。她懒懒地坐在门前的台阶上,手掌托着下巴,出神地看着在草地上踢球的铮铮。

张阳穿着睡衣打着哈欠下楼,点燃一根烟,走过来,对铮铮招手:"儿子,过来。"铮铮乐颠颠地跑过来,晃着张阳的手:"爸爸,你跟我一起踢嘛。"张阳笑着说:"好,爸爸去换件衣服,马上就来。"

张阳换了身运动服出来,跟铮铮玩得起劲,铮铮开怀地大笑。

陈瑾回到卧室,准备再睡一会儿,顺便想想要不要拨打那个电话号码。这时,张阳的手机轰鸣起来,陈瑾迟疑着拿起手机,刚想起身下楼递给张阳,疑惑着瞟了一眼来电,上面显示的称呼是"小甜甜",登时停住。小甜甜的铃音显然也是经过特别设置的,与张阳其他的来电铃音完全不同,是那首《双人枕头》。

陈瑾把张阳的手机拿在手里,听完了一整首歌,手机停了几秒,又开始歌唱,里面的歌词陈瑾听得一清二楚。

陈瑾抿着嘴唇想了想,定下神,果断地接起电话:"你好。"

对方的口气盛气凌人:"我找张阳,你是谁?你拿他的手机干什么?赶快让他接电话。"

　　这是哪位仙姑？比正室的派头还足，俨然一副当家做主的凛然模样。陈瑾被对方洪亮的声音刺伤耳膜，赶紧把手机拿得离耳朵远一点："我是他爱人，请问你是哪位？"

　　对方立刻收线。

　　小甜甜？陈瑾调出张阳的通讯录，又疑惑着拿起桌子上的本子，两厢核对。没错，正是那个陈瑾想要拨打的号码。上一次，这个号码还没有对应任何称呼，这一次，已然更上层楼，有了昵称"小甜甜"。很显然，这段时间里，张阳和这个女人的关系已经有了非同一般的发展。

　　陈瑾拿着手机，透过窗户冷冷地看着正陪儿子玩耍的张阳。她忽然觉得，此时的张阳，是那么陌生，那么遥远。一直以来，对陈瑾来说，张阳似乎仅仅是个代表着"丈夫"这一身份的符号。他的身，他的心，都早已经不属于她，并且以高速列车的时速愈行愈远。可是，让她如此不安的状况，这还是第一次。

　　陈瑾下楼。父子二人玩累了，嘻嘻哈哈朝陈瑾走过来。陈瑾把手机递给张阳，面无表情地说："你的小甜甜找你。"

　　张阳看了一眼手机，不悦立刻浮现在脸上："你为什么随便接听我的电话？"

　　陈瑾把两只胳膊交叉在胸前："我想知道哪位美女敢盗用布兰妮的名号。"

　　张阳厉声说道："以后别随意接我的电话，你一法官，最该知道权利的含义。"

　　"哼，权利？你尊重我的权利了吗？夫妻之间最基本的权利，我行使了吗？你又履行过相应的义务吗？想要权利，先看看对应的义务。没有无权利的义务，也没有无义务的权利。张阳，你别欺人太甚，不要给你脸不要脸，我对你睁一只眼闭一只眼，不代表我会对你放任自流。我告诉你，你不要得寸进尺。"陈瑾越说越气。

　　张阳摇着手往楼上走："好，好，我说不过你，你有理。你总有理。"

　　铮铮抱着足球站在一边惊慌地看着父母的争吵。陈瑾妈妈走过来："要吵架别当着孩子的面，都这么大的人，怎么一点道理都不懂。你们以后，有什么事关起门说，别让孩子听到，知道了吧？"

　　陈瑾妈妈抱着铮铮走开，边走边说："铮铮别怕，爸爸妈妈在讨论问题，他们讨论得很激烈，所以声音有点大。爸爸妈妈一点都不文明，那么大嗓门干什么？"

　　陈瑾恨恨地瞪着张阳上楼的背影。

　　张阳换了一套衣服下来，对陈瑾母亲说："妈，我今天有应酬，不在家吃饭了。"又抱过铮铮亲了一口："乖儿子，爸爸出去了，你想吃什么？爸爸一会给你带回来。"铮铮挠着头想了半天："随便。"张阳拽一下铮铮的耳朵："小坏蛋，随便是什么？"

陈瑾见张阳出门，立刻穿鞋，头也不回地对母亲说："妈，我也要出去一下。"陈瑾妈妈在后面问："你去哪呀？马上就要吃饭，你几点回来？"陈瑾顾不上回答，打开门飞了出去。

张阳的车开得飞快，陈瑾一路追赶，保持合适的距离。红灯亮起，陈瑾被阻断在道路的这一侧，眼睁睁看着张阳的车消失在视线里。陈瑾气恼地拍了一下方向盘。

还有两秒绿灯才会亮起，陈瑾已经迫不及待地踩了油门。

张阳没有发现盯梢的陈瑾，一路快乐地戴着耳机跟小甜甜讲情话："你饿了？等一下下，我马上就到。""还有多久？五分钟。再开快一点？我也想，可是警察叔叔不同意。""好了，我错了，一会好好补偿你好不好？"

……

陈瑾凭着直觉左转弯一路猛追，终于在又一个十字路口发现了被红灯拦截的张阳的汽车。她长舒一口气，紧紧地盯着前方，生怕一不留神再次跟丢。张阳的车速好像放慢了不少，似乎在寻找什么。陈瑾也放缓了车速，不紧不慢地追随。

张阳把车停在一个花店门口。陈瑾急刹车，把车停在一辆越野车后面，自己把头伸出车窗一探究竟。

很快，张阳捧着一大束玫瑰花出来，在花店门口站住，闭上眼睛，把脸伏进花束，深深地吸了一大口气，然后睁开眼睛，脸上是陶醉的表情。

陈瑾难过地闭上眼。

张阳发动汽车，陈瑾迅速赶上。

张阳把车停在一个小区门口，坐在车里打电话。陈瑾把车开至离张阳的汽车十几米远的地方，熄火。

二十分钟后，一个妖艳的年轻女子拉开车门，旁若无人地跟张阳kiss了好几分钟，再绕到另一侧坐进车里。张阳把花捧到女人面前，亲昵地帮她系好安全带，再拍拍她的脸颊。

陈瑾一脸痛苦地看着二人甜蜜地离开，然后捂住脸，无力地靠在驾驶座后背上，她就那么僵直地坐着，而后趴在方向盘上痛哭失声。

02

现在，轮到周冲不想回家，确切地说，是不敢回家。他害怕看到苏亚。一看到苏亚，他就会有种窒息的痛苦，耳边就会萦绕着卖家恶狠狠赤裸裸的羞辱。

这些都摧残着周冲的神经，击垮他的信心，让他无所遁形，这让周冲开始怀疑，他是不是真的是个废物？苏亚的心里，是不是早就将他定义为废物？他神丧胆落，魂惭色褫，他觉得暗无天日，颜面扫地。很想吼几声，却吼不出声。

苏亚对周冲保持着客气的冷淡，称呼也发生了质变，以前的昵称被大名替代，直接得明晃晃坦荡荡，如同"张三""李四""王麻子"一样，只是个简单的代号和称谓，之所以还启用这个称呼，只是想给下一句要出口的话来个过门，用来提醒对方的注意。

苏亚的眼神几乎不会在周冲身上做片刻停留，总是以极快的速度一扫而过，好像周冲是什么不干净的物体，多看一眼都会伤及视力。卧室里悬挂的婚纱照上，两人还是笑颜如花，苏亚亲昵地靠在周冲身上，可那甜蜜，似乎早就变成了亘古往事。

周冲觉得他在苏亚面前彻底丧失了底气，每天灰溜溜地夹着尾巴，就像幼年时邻居家那条不讨主人喜欢每日耷拉着尾巴蹭着墙根行走的大黄狗。跟苏亚说话的时候，周冲总是用眼睛盯着脚尖，声音蜷顿在喉咙里伸展不开。

连周冲爸妈都发现了周冲的无措。周冲不在家的时候，周冲妈按着性子讨好地对苏亚说："小亚，你看，这种事情对你和小冲来说都是伤害，你给他点时间，让他做好心理准备去看病。毕竟，你们以后的日子还长，不能为这点小事伤了和气。"

苏亚板着脸说："我已经给了他几年的时间，他要是肯去看病，也不会出现这些事情。心理准备？还需要多长时间的心理准备？五年？十年？二十年？到时候我生的是儿子，还是孙子？我没有特异功能，恐怕等他想好了去看病的时候，我早就生不出来。"

"你也别太难为他，你知道，这种事情，很伤男人自尊心的。"

苏亚拔高音量："我难为他？妈，你强迫我去医院检查的时候，你想过那是难为我吗？你有一时半刻想过问题出在周冲身上吗？怎么位置一变化，你突然间就通情达理知道体谅了？"苏亚推开椅子，大踏步地回到卧室。

周冲爸妈面面相觑，周冲妈妈的脸绷得没有一点血色。

书房终究不是久居之地，周冲不得不搬回了卧室。

周冲喜欢上了加班，常常把可以在白天解决掉的工作压到下班之后处理，把跟客户沟通联络的热情发挥到极致。新上司对他的工作态度很是满意："年轻人，后生可畏，好好干。未来终究会是你的。"新同事对他的卖力表现嗤之以鼻："切，有什么？销售靠的是业绩，不是加班时间，是骡子是马，拉出来遛遛。别没事瞎表现，充什么大尾巴狼。"

下班后，周冲经常开着车漫无目的地四处闲逛，心里就像那拥堵的马路，被沉重围得水泄不通。他想找大熊聊天，大熊深陷在跟李胡兰的对决中焦头烂额，无暇安抚他。

周冲很少回家吃饭，总是在咖啡馆或是茶屋里一坐几个钟头，估算着苏亚已经上床睡觉，才难掩疲倦驱车回家。到家以后，周冲会先把耳朵凑到卧室门上，轻轻聆听里面的动静,若是苏亚仍没有入睡,周冲便窝在客厅一直看电视,直到卧室里面声响全无,才蜷着身子,踮着脚尖推门,打开自己的被子钻进去。从前,他和苏亚是共用一条被子的,周冲在苏亚脸上趵突泉的那天,苏亚一声不吭地拿出了另一条被子,从此两人楚河汉界,很好地发挥了大床的优势。两人各睡一边,中间宽敞得足足可以放下一张八仙桌。

又一次的应酬,客户搂着小姐不亦乐乎,周冲喝着苦酒解闷。客户撇着嘴巴戏谑地说:"周经理,你太太管教有方啊,常听人家说周经理是现代的柳下惠,不论多漂亮的小姐,都不能破坏周经理坐怀不乱的优良作风。你真是模范老公、标兵、楷模,常在河边走,就是不湿鞋。佩服,佩服啊。"

小姐柔软的身躯在周冲身上盘旋,周冲破天荒地没有躲闪。小姐在他耳边呼着热风:"没想到,你还是个痴情种,绝种好男人,我喜欢。"

小姐的手在周冲身上穿梭,掌心带着撩人的火焰将周冲点燃,满身的幽香经过曲线运动飞进周冲的鼻孔。周冲的眼前,金黄的麦浪翻滚,他感觉周身膨胀,血液上游,欲望回归,重逢,升腾。

宾馆的床上,周冲发疯地搏击,带着满腔的郁闷、屈辱和自我怀疑。小姐的叫声像催情剂,最大限度地激昂着周冲的斗志。风浪过后,周冲瘫倒在床上,酒精散尽,大脑皮层极度亢奋,心里的激动难以言喻。多少日子的期待,多少时光的破碎,都在这一晚否极泰来。周冲喜不自禁,翻身跃上,将积蓄了很久的能量再一次释放。小姐或真或假地恭维着:"你真是太棒了,勇猛无比。"

周冲心底的灰尘被一块抹布轻轻掸去,身体顿时轻盈了许多。

周冲这才想起,还没来得及谈价钱,心情倍儿好,不用谈啦。掏出钱包,数都没数,拿出一叠钱递给小姐。小姐吃惊地大张着嘴,一张张地数钞票:"哇,老板,你好大方。"

周冲对着黑漆漆的夜空终于吼出了声,星星眨巴着眼睛,庆贺他的胜利。周冲开大音量,将车开得飞快,心情随着音乐起舞,大声地唱出了声,头一摆一摆和着节奏。

回到家,周冲让黑暗把自己包围,热切地回味着刚才的成功,自信心一点点复位,涌动的心绪久久难以平静。他把腿搭在茶几上,心里愉悦地哼着小曲,浑身上下忽然一派轻松,就像在泉水中浸泡许久,清澈的山泉荡去了他的满身淤泥。

忽然,周冲想起了什么,打开卫生间的门,脱下衣服,仔仔细细检查一遍,从内到外,连同袜子一起扔进了洗衣机,然后认真地洗澡,不放过任何一个边角。

苏亚已经睡熟。

周冲兴奋地告诉大熊："哥们又行了，哥们又翻开了新的一页！"大熊纳闷地问："什么神药？"周冲搂住大熊的肩膀，耳语一番。

大熊惊叫："搞没搞错？你胆子也太大了，居然敢……"

"嘘，只有你一个人知道，不许泄密。"

周冲沉浸在焕然一新的天地里，他觉得头顶的那片乌云终于被大风吹散，日头终于又一次把万丈光芒照耀到他的身上。他喜气洋洋，精神振奋，每天都像过年一样喜不自禁，虎虎生风，挺胸抬头。

苏亚斜觑着周冲不同寻常的表现，对周冲忽然间的旧貌换新颜很感不解，但是终究没有出口盘问。

周冲妈妈偷偷地对周冲爸爸说："这孩子，偷偷地去看过医生了吗？怎么这么大的变化，好生奇怪。"

周冲在小姐身上重拾了信心，转而想要在苏亚身上试验一番。夜里，他小心地把手探到苏亚胸前，不断摸索。苏亚惊醒，把他的手甩到一边："拿开，进不到正题就别来前奏，免得点火容易熄火难，我已经受够了！"

周冲难堪地收回了伸出去的手，慢慢地躺下。

周冲就像染上了毒瘾，每当夜幕低垂，他就血脉贲张，躁动不安。他也告诫过自己，这种事情，有再一再二，不能有再三再四，否则终有一日会被苏亚发现。但是，他控制不住自己，每个白天他都对自己说，昨天的那次是最后一次，我绝对不能再做对不起苏亚的事情。然而，一旦夜晚来临，他的双脚便不听指挥，兀自地奔向前一晚的地点，重复前一晚的运动。每一次的完结，周冲都会诞生一丝恍惚，不知道这成功是现实，还是自己虚无缥缈的幻想，他需要一次又一次地屡战屡胜来加深这种成功的印象，从而彻底扫除隐藏在心底好几年的挫败。

一次，平息之后，周冲忽然间觉得极度空虚，仿佛内脏都被掏空，只剩个臭皮囊还行走在人世间。他看着小姐穿好衣服，笑容满面地清点钞票，心头泛过一阵酸楚，怅然若失，眼睛发酸，居然有几缕伤感浮上心间。

苏亚没有心情关注周冲的异常，或者说，看在眼里也装作没有看见。她觉得，目前的这种相处模式很好，至少是她几年里活得最自在的一段时间。无论是公婆还是周冲，都对她赠予了相当的礼遇和客气，这让她很受用。她不想考虑更多的问题，她宁愿用这暂时的麻醉躲避无法改变的现实。

03

又一个周日，苏亚到同学家玩，两个人说笑着走进电梯，电梯里已经站着一男一女，男人亲昵地把手搂在女人腰上。女人侧头靠在男人肩膀，嗲声嗲气地说："Tiffany的首饰真的不错，设计独到，与众不同，我还想买串项链，你下周带我去哦。"

"好啊，不如我们直接去香港，香港的种类更齐全，你可以好好挑挑。"

"亲爱的，你真好。"女人旁若无人地在男人嘴上亲了一下。男人乐呵呵地说："你就是我的小心肝，只要你高兴，买什么都行。"

苏亚背对着那一对男女，听到声音又往前挪了挪，尽量跟他们保持距离。

苏亚把头发往后撩动的瞬间，不经意地发现，那个男人居然是张阳。

张阳也发现了苏亚，满不在乎地朝她一笑："苏亚，好久不见。"

苏亚不知道面对这一幕应该表现出怎样的反应才算是恰当，刚挤出个笑脸又觉得实在是对不起陈瑾，收起绽放了一半的笑容，僵硬着对张阳点点头。

电梯门打开，苏亚拉着同学夺门而出，直到进了同学家，她才靠在门后大声地喘气，脸色很怪异。

同学奇怪地问："你怎么会认识那个男人？那人是谁？"

苏亚不回答，紧张地追问："你经常在这见到那个男的？"

"是啊，那女人住在12层，那男人经常来的，她说是她男朋友，他们快要结婚了。"

"男朋友？快要结婚了？"苏亚大声地重复。

"是啊。那男人到底是谁呀？"同学掩饰不住好奇。

苏亚脑袋一片轰隆，嗓子像被人强行塞进了一团棉花，吐不出来，咽不下去。

停了半响，苏亚又问："那女人住的房子跟你家的户型一样吗？"

同学边换鞋边说："怎么可能一样？她家住的是小复式，200多平的。我家你也看到了，40平的小户型。人家是资产阶级，我是苟延残喘的赤贫。唉，女人真的本身就是生产力，只要加足马力，就可以生产出无数的钞票，想买什么就买什么。"

等到再见陈瑾，苏亚总觉得胸口堵得慌，一次次地想告诉陈瑾，却担心陈瑾受不了这打击，一次次地把话憋回去。

保守秘密的感觉很不好受，眼见着朋友蒙在鼓里自己还不能道破的感觉就更不好受。

张阳夜不归宿的频率越来越高。

开始，是一周一两次，后来，是一周里面的二分之一，到现在，每周的绝大部分时间，他都不会出现在家里。开始，张阳还会对陈瑾编造一些借口，比如喝多了回不了家住在办公室，比如有客户来需要接待要住在酒店，再比如心情不好想要一个人独处，回家怕影响陈瑾妈妈和铮铮的心情。到后来，连编造借口都觉得会浪费脑细胞，直接干净利落地通知陈瑾：我今天不回去了，然后，不等陈瑾作答，直接收线。

张阳对儿子的态度，也有了一百八十度的变化，铮铮兴致勃勃地跟张阳讲话的时候，张阳常常心不在焉地敷衍，手里拿着手机不停地收发信息。铮铮问："爸爸，大灰狼最后有没有把小白兔吃掉啊？"张阳答："大盗们打开门，把财宝全部偷走了。"铮铮愣愣地看着张阳，张阳仍然坚持不懈地活动手指，眼睛一刻也没有离开手机屏幕。

铮铮从张阳的腿上蹿到地上，一言不发地带着受伤的表情上楼，认真地对陈瑾说："妈妈，爸爸对我不好。"这个年纪的孩子，已经开始学着洞察世界，神经敏感而细致。

陈瑾母亲觉察出了什么，装作不经意地问陈瑾："你们，是不是出了什么问题？张阳是不是有什么新动向？"陈瑾强颜欢笑安慰母亲："妈，没有，你别多想，张阳最近特别忙。"

母亲显然不信，走过岁月沧桑的母亲，人生阅历让她对一些事情洞若观火。母亲慢悠悠地说："这也是意料之中的事，我早觉得，你们的亲热像是表演，瞒得过铮铮，却瞒不过我，这一天迟早会到。"

陈瑾大惊失色，她原以为，她和张阳配合得天衣无缝，足以瞒天过海，却没想到一切都没有逃过母亲的眼睛。被母亲戳穿后，陈瑾再也抑制不住难过，扑在母亲怀里号啕大哭，十几年的伤痛，在这哭声里展露得淋漓尽致。陈瑾妈妈把女儿搂在怀里，什么都不说，只轻轻地抚摸她的头发，拍打她的脊背。

悠长的一通痛哭过后，陈瑾头发散乱，两眼红肿，陈瑾妈妈终于开腔："你早点考虑，做好准备，不管是怎样的结果，妈，还有铮铮，都会站在你这边。"陈瑾呜咽着点头。

周末，张阳说要带儿子去游乐场，铮铮欢天喜地地换上新衣服，央求陈瑾："妈妈，你跟我们一起去嘛，你好久都没有陪我出去玩了。"

陈瑾刚想张口，张阳堵住了她的话，对铮铮说："妈妈今天有事，没有时间，只能由爸爸带你去。"

陈瑾疑惑，她确实有事，只是她还没来得及告诉张阳，张阳是怎么知道的？铮铮小大人一样地说："好吧，妈妈，你忙吧，我就不耽误你了。"说完，在陈瑾脸上"啧"了一下，高高兴兴出了门。

半个多小时以后，陈瑾突然接到张阳的电话，铮铮在电话里哭着说："妈妈，你来接我吧，我不去游乐场了。"

陈瑾焦急地问："铮铮，怎么了？出什么事？为什么不去了？"

铮铮死活不肯说，只是继续哭："妈妈，你快来，我要回家。"

陈瑾拿着手机准备拎包，却听见张阳说："好了好了，不用你妈来接，我送你回去。"

陈瑾刚想问，电话已经挂掉，她回拨，铮铮接起："妈妈，你不用来了，我在回家的路上。"

张阳阴沉着脸开车，后面坐着满脸愠怒的小甜甜。小甜甜没好气地对铮铮说："你这小孩怎么回事？说要出去玩，突然间又不去了，白浪费我的时间，我化妆半个多小时呢，早知道这样，我还不如睡懒觉，真是嘴上没毛，办事不牢。"一边说一边张大嘴打哈欠，一点口红沾在她的门牙上。

张阳赔着笑脸："小孩子嘛，就是这样的，一会儿一个主意，你又何必跟他斤斤计较？"

小甜甜依然喋喋不休地抱怨："烦死了，以后别让你儿子跟我们住一起，我看见他就烦，影响我的心情，那样会缩短我的青春，你看，你看，没完没了地哭，有那么大的委屈吗？哭哭哭，你能不能别哭了？家里死了人一样的。你又不是我的儿子，我可没心情哄你。别哭了，再哭我把你扔出去你信不信？"

铮铮脸朝着车窗，继续哭，只是把声音卡死在喉咙里。

门铃响，早已等候的陈瑾第一时间开门，铮铮哭成个泪人儿，胸前的衣服打湿一片，出门前斜挎在身上的小包跨在脖子上，歪歪扭扭。

陈瑾着急地擦着儿子的脸上的泪水："怎么了？怎么了？哪里受伤了吗？"儿子狠狠地把包摔在地上，张阳连门都没进，转身坐进车里，扬长而去。

铮铮使出吃奶的力气把门用力地关上。

陈瑾好言安抚铮铮："乖宝宝，告诉妈妈，发生什么事了？为什么突然不去游乐场了？"

铮铮抽抽嗒嗒："妈妈，爸爸是不是不要我们了？"

陈瑾惊慌失措："怎么会呢？不会的，爸爸最爱你了。"

"爸爸有了新阿姨，阿姨要跟我们一起去游乐场，爸爸还搂着那个阿姨。妈妈，那个阿姨是不是要跟爸爸结婚，你是不是要跟爸爸离婚？"

陈瑾妈妈走了过来："铮铮，小孩子别乱想，爸爸没有搂那个阿姨，那只是一种礼节，就像拉手一样，你跟幼儿园的小女生做游戏的时候，不是也要拉手的吗？你看电视里的外国人,见面都要亲脸蛋,难道亲脸蛋的人都要结婚吗?那是他们的习惯。"

铮铮睁大泪眼,不知道该相信外婆和妈妈的话,还是相信自己看到的景象。

陈瑾三步并作两步上楼,对着电话大声说:"张阳,无论你干什么,能不能避开孩子?铮铮现在懂事了,你能不能别把你的龌龊展示给他?你能不能顾忌一下你作为一个父亲的脸面?你能不能照顾一下儿子的心灵?"

张阳一声不吭就把电话挂了。

陈瑾落寞地坐在椅子上,心如刀绞。

陈瑾在痛苦中挣扎了几天。

铮铮在怀疑中不安了几天。

张阳则再也没有在家中出现。陈瑾对着记有电话号码的本子凝滞了几个小时,终于拨通了那个电话,那个声音依旧飞扬跋扈:"你是谁?"

"我是张阳的爱人,我想找你谈谈。"

女人爽朗地放声大笑:"哈哈哈哈,我就知道你早晚会找我,我也正想找你,好吧,你说个见面的地方。"那笑声,把陈瑾的心划割成一拢拢的田埂,让她的心陡然间收缩,疼痛难忍。

翌日,陈瑾精心地挑选了一套合适的衣裙,薄施粉黛,在苍白的脸上多打了一些胭脂。平时,陈瑾是从不化妆的。她提前来到了约定的咖啡馆,找了间包厢,今天这次谈判,不知结果为何,也不知会发生什么桥段,她不想有任何人当观众。

小甜甜姗姗来迟,并无任何歉意,似乎已经习惯了迟到,也习惯了让别人等待。她一屁股坐下,熟练地拿出一支烟,点上,晃了晃手腕,吐出几个烟圈,眼角朝上挑了挑:"是你先说,还是我先说?"

陈瑾木然,搞不懂这话的意思。小甜甜见状,轻佻地笑了笑,再吐出个烟圈:"你不说,那我先说了,你准备什么时候跟张阳离婚?"

离婚?我什么时候准备离婚?张阳到目前为止,还没有提出过离婚的事情。难道小甜甜同意见面,是收到了张阳的什么指令?陈瑾愣了好大一会,强迫自己镇静:"不好意思,我并没有离婚的打算。"

小甜甜满不在乎地笑笑:"可是,张阳已经决意要跟你离婚。我们连度蜜月的地点、婚礼的细节都已经计划好了。呵呵,万事俱备,只欠东风,就等着你们的离婚证了。"

蜜月?婚礼?张阳跟她结婚的时候什么都没考虑过。那时,他们连去远郊区度蜜月的钱都没有,婚礼的所有开销,都是她的父母支付的。现在,他要给另一个女人送去幸福如意的开场白了。人生,真是黑色幽默。

"哦,是吗?他没有对我说过。"陈瑾不动声色。

小甜甜示威性的把本就宽大的衣服往下拽拽,刚才还犹抱琵琶半遮面的酥胸完全暴露在陈瑾眼前。

陈瑾把目光投向屋顶。

小甜甜说："他没说，只是因为没想好怎么跟你们的儿子解释这件事情。你知道的，他对你的感情，也仅仅局限在你是孩子他妈这一点，你为他们张家延续了血脉。否则，他早就把你甩飞八百遍了。据我所知，你们很多年都没有性生活，你们的婚姻，早已经不能称之为婚姻，只不过是徒有一本结婚证的监狱。你知道张阳叫你什么吗？太平公主！他对你这样身材的女人一点兴趣都没有，他说面对我这样的女人才会有欲望，可是你看看你，你穿胸罩了吧？你穿了胸罩都这么平，脱掉以后，我能想象出你的身形，那恐怕就是一块缀了两颗扣子的洗衣板，哈哈哈哈。你要是剃个光头，没人怀疑你是个男人。"小甜甜笑得肆无忌惮，前仰后合，眼泪都要笑出来。

陈瑾面红耳赤，手脚发麻，脸上青一阵红一阵，张阳居然把他们之间的私密，当做笑话讲给另一个女人听，这是她无论如何也想不到的，她原以为，夫妻是同体，再怎么不合一方都要维护另一方在别人心中的形象。很显然，张阳不这么想。或许，他是像很多偷食的已婚男人那样，把自己对于婚姻的失望放大几百倍几千倍讲给别的女人，是为了激起另一些女人的同情心和母爱？呵呵，人生真是戏剧化。都称女人为长舌妇，殊不知，长舌妇们往往都是喜欢对别人的闲事嚼舌根；而类似张阳这样的长舌公们，奉献的谈资却是自己的家人。

陈瑾沉寂了一会，缓缓地说："无论是结婚，还是离婚，都是我和张阳两个人的事情，轮不到外人插嘴，张阳很爱儿子，他不可能为了某个女人放弃儿子。这些年，张阳采过的花招过的蝴蝶也不计其数，向来都是短暂停留，很快就会厌倦，奔向另一个花丛。情人嘛，就是用来玩的，男人希望的，还不就是家里红旗不倒，外面彩旗飘飘？可是，彩旗再多，红旗都永远只有一面。彩旗轮番上阵，才能显示出红旗的价值。如果固定下来，跟红旗还有什么分别？再崭新的彩旗，有朝一日都会变旧，你说是不是？"

小甜甜再一次把胸往陈瑾面前送了送，身体往上提了提，完全没有被陈瑾的话击退："欲知后事如何，且听事实分解。红旗也是可以更换的，用一面新旗，换掉那面旧旗。至于孩子，不是只有你会生，我才二十二岁，想生多少就能生多少，我们可以到国外去生，那里没有计划生育的。张阳说我们要生一个足球队出来，再培养出一个裁判组。所以，你那儿子，不会是张阳的唯一，只能说是第一，但是，你也知道的啦，男人都疼爱幼子的，特别是老来得子。哈哈，这么说也不对，张阳还没老，他很厉害的哦，你不知道的吧？哦，我忘了，你肯定没有体会过。"小甜甜高扬着下巴，挑衅地看着陈瑾。

陈瑾觉得血直往脑门涌，有片刻的空白，她用两只手交替着掐虎口，免得自己晕倒，接着挤出个故作镇定的笑："年轻有什么呢？谁没有年轻过？每个人都避免不了衰老，这是自然规律，比自己年轻的人，每天都在出生，这算不上是什么优势。江山代有才人出，各领风骚数百年。没有哪个人能独占辉煌，这只不过是社会领域里的新陈代谢罢了。"

小甜甜没有了继续聊天的兴致："好了，我已经通知到你了，剩下的就是你的事情，我已经仁至义尽，提前给你打了预防针，免得张阳告诉你的时候，你会觉得遭遇雷劈。其实，我想见你，是想看看你究竟是个怎么样的女人。嗯，还行，各方面都不错，就是胸小了点儿。哈哈。我走了，要去做美容。拜拜。单你买吧，至少现在，你还比我有钱。"小甜甜飘然离去，信心满满，成竹在胸。

陈瑾失魂落魄地怔在那里，她发现这次的约见对她来说完全是自取其辱，小甜甜的心理承受能力和段数，显然在她之上，虽然年轻，却已然历尽千帆，出手不凡。离婚，居然是从这个女人嘴里冒出的字眼，两个人要离婚，居然是第三个人出来进行告知，想来真是滑稽之至。

手机作响，张阳发话："你先别出来，在咖啡馆等一会，我们谈谈。"陈瑾的大脑军心涣散，没反应过来。几分钟后，张阳推门进来。看来，他就在不远处，难道是他送小甜甜过来，一直在外面等候？难道是他派小甜甜打头阵，然后自己再亲自出马？陈瑾看着张阳进来，坐下，眼前一片迷茫，什么都看不清，耳边一阵嗡嗡的杂音，像要失聪。

张阳开门见山地说："她已经跟你说了，我就不隐瞒了，我们，离婚吧，现在谈一下儿子的归属和财产的分割问题。"

陈瑾想，张阳不是谈要不要离婚的问题，而是已经决定了要离婚，只是谈孩子和钱的问题。凭什么？难道离婚不需要跟她商量吗？难道他有了新欢，他们想要结婚，她就必须成全他们吗？铮铮怎么办？铮铮能接受这个事实吗？难怪小甜甜如此稳操胜券，敢情张阳早就已经向她打了保票，许了重愿。可是，她又算什么呢？张阳当年对她许过的愿，只是一张张扔到茅坑里的废纸吗？

陈瑾硬生生挤出几个字："我不离婚。"然后，站起来摇摇晃晃往外走，丢下一句话："单你买吧。"

陈瑾把车扔在咖啡馆停车场，大脑一片空洞，木木然然漫无目的地走，这种心情，跟多年前拿到怀孕报告又目睹张阳寻欢的那天如出一辙。不同的是，陈瑾没有流泪，完全没有流泪的想法，眼窝一片干涸，甚至发干发涩。

深秋，一片片落叶从树梢无奈地落下，满地昏黄。陈瑾抬头望去，干枯的树杈上已是一片凋零，只有零星的几片叶子还顽强地挂在树梢，被大风吹得站立不稳，几度摇摇欲坠。清洁工们挥着扫帚,清扫着不断飘落的树叶。是谁把秋天比作收获的季节,说什么春华秋实。秋天,意味的就是萧瑟、枯败,意味着冷酷无情的寒冬马上就要翩然而止,涤荡一切。

陈瑾在马路上颠沛,嘴角居然浮出一抹笑,笑得不明就里。眼看天色越来越暗,陈瑾一个趔趄,鞋跟插进地砖缝里,怎么拔都拔不出来。陈瑾气愤不已,一使劲,只听一声脆响,鞋跟应声脱离母体,坚定地扎根在那道缝里。陈瑾脱下鞋子检查,却发现鞋里殷红一片,抬脚一看,袜子也是一片血红,再抖抖鞋,蹦出一块小石头。一直觉得脚不舒服,却也懒得脱鞋看看,想来这石头跟脚摩擦的时间也不算短,她却全然没有感觉到疼痛。

铮铮打电话,哭着说:"妈妈,你快点回来,爸爸把东西都搬走了,爸爸不要我们了。妈妈,爸爸去哪里了?"陈瑾一个激灵,打了辆车,疾驰着往家赶。

家里一片纷乱,张阳带走了他的全部衣服和日用品,衣柜大开,属于张阳的那半壁江山已经空空如也。铮铮哭得上气不接下气,陈瑾母亲无论怎么哄,都止不住铮铮的哭声。

陈瑾把儿子抱在怀里,用脸蹭着儿子的脸蛋,轻轻地说:"乖,爸爸不是不要我们,爸爸要到国外出差很长一段时间,所以才把东西带走了。不然,国外那么远,没有衣服,爸爸会冻坏的。冬天那么冷,你也是知道的,对不对?"

铮铮不相信地问:"你没骗我?"

陈瑾肯定地说:"你说,妈妈什么时候骗过你?"铮铮总算停止了哭泣,把胳膊环到陈瑾脖子上,脑袋紧紧贴在陈瑾脸上,陈瑾发觉,儿子的身体在微微颤抖。

陈瑾哄铮铮睡着觉,陈瑾母亲忧虑地问:"这次,看来张阳是动真格的,你想怎么办?"

陈瑾目光如炬:"我绝对不会同意离婚。"

陈瑾母亲摇着头说:"恐怕不离也得离了。你看,他像是下了决心。"

"哼,下决心又能怎样?我不同意,他就离不了。不行就让他去起诉,没有一年半载,他是拿不到判决的。"

铮铮忽然在梦中抽泣起来,喃喃地叫:"爸爸,爸爸。"两只手在空中拼命地哗啦,就像溺水的人想要抓住一两根浮木。

04

周冲在偷欢的泥沼中越陷越深,他已经离不开小姐带给他的刺激和满足。小姐们看在钞票的薄面上,对周冲奉献了极大的热情,眼尖的小姐很快知道周冲需要什么,将他捧得天上有地上没有,前无古人后无来者。周冲很享受这种夸赞,这种赞美他已经很多年没有听过。赞美的代价就是,他不仅贡献了每月的薪水,还从存折里支出了不少的存款。钞票哗哗的从一个方向流向了很多方向。

苏亚平日对存款也并不关注。这一日,她准备拿出一部分钱购买基金,从抽屉里拿出存折,看都没看,就直接去了银行。银行里的人真多,苏亚坐在椅子上等了一个多小时才轮到她。苏亚把号码纸和存折递给柜员:"我取五万。"

柜员刷了一下存折,打开看了看,身体前倾,再次确认:"小姐,请问你取多少?"

"五万。"

柜员疑惑地再仔细看了一下存折,把存折塞出来:"你账户上只有不到三万。"

苏亚弹了起来:"怎么可能?上面有八万块钱。"

柜员面无表情:"你自己看看。"

苏亚打开存折一看,果然,八万块钱陆陆续续被支取,现在的余额,是两万八千块。苏亚头顶浓烟滚起,有人偷了存折?

苏亚问柜员:"存折有可能被人盗用吗?"

柜员说:"用存折取款需要密码,银行都有监控探头,有取款人的录像。你要是发现有人冒用,可以报警。"

苏亚细细想了想,存折一直躺在家里的抽屉里,虽然婆婆强势,但绝不会未经同意动用他们的存款,这一点苏亚可以绝对保证。并且,婆婆也并不知道存折的密码。

唯一的可能,只有周冲。

苏亚等着周冲给她一个解释。

凌晨两点多,周冲带着满脸的芬芳到家,进门见到苏亚在客厅正襟危坐,吓了一大跳:"这么晚了,你怎么还不睡?我先洗澡了,今天在外面跑了一整天,满身的臭汗,必须洗洗,不然没法睡觉。"

周冲慌慌张张进了卫生间,认认真真从头到脚检查一遍,把衣服扔进洗衣机,一边洗澡,一边洗衣服,心里小鹿乱撞。

等周冲清洗完,已经三点多。苏亚仍在沙发上耐心地端坐。周冲暗叫不好,却不知道哪里出了纰漏。难道是自己的行踪已经被苏亚完全掌握?看上去又不像,如果是那样,苏亚不会这么安静。可是,到底是什么事呢?

周冲屏气敛息回到卧室,苏亚紧跟着进去,把存折扔到周冲面前:"你取这么多钱干什么?"周冲拿起存折瞟了瞟,暗自惊叫:坏了,忘了这回事。他飞快地在大脑中寻找说得过去的理由。

周冲眼珠一转,回过身,正对着苏亚:"这些钱,我借给大熊了,他最近手头有点紧。"

是个说得过去的理由。苏亚不再追问,她没问是不是有借条,她认为,给大熊借钱不需要借条,这世上总有那么一些人,是值得信赖的。

周冲忐忑不安地睡下,睡不踏实。

第二天早上六点刚过,周冲拿着手机悄悄摸摸溜进了卫生间:"喂,大熊,我跟你说件事……"

大熊的美梦又被惊扰,听完周冲的话,嘟嘟囔囔着说:"你小子,搞什么名堂?又把我拉下水,小心点,纸是包不住火的。"

周冲紧张地叮嘱:"你记清楚,千万别穿帮。"

大熊提高警惕进入一级战备,等待着苏亚的提审,心里面把周冲交代过的话背诵了几十遍,几乎可以倒背如流。

谁知道,几星期过后,大熊都没等到苏亚的垂询。大熊悄悄对周冲说:"你家苏亚,做人真是没得说。我觉得,你还是见好就收,免得鸡飞蛋打。"

周冲回来的依旧很晚,苏亚有时候在迷迷糊糊中等到周冲的回归,有时候是一觉醒来才看到睡得云深不知处的周冲。

一天半夜,苏亚的手机突然响起,苏亚拿起来一看,周冲的。这大半夜的,他别是出了什么事,车祸?打架?苏亚的心跳骤然间加快,擂鼓一样,跳的她心慌意乱,她刹那间完全清醒,急急忙忙拿起电话,还没来得及说话,电话里面就传来了一个女人夸张的叫床声。紧接着,周冲的声音铿锵响起,积极地配合着女人的叫喊。两人一唱一和,上演着一幕春宫大戏。这戏俨然是贺岁强档,持续了足足有一个多小时。

苏亚拿着手机,听了一个多小时的广播。

苏亚愣了,周冲什么时候有了别的女人?他居然能跟这个女人这么持久,这样的周冲,哪里还是需要求医问药的那个周冲!他打电话让自己听到这些,是什么用意,是向自己宣战,还是间接地告诉自己他现如今是春风已度玉门关?

周冲却直到结束,才看到压在床上,不知什么时候已经拨通,通话的对方正是苏亚的手机,手机显示,此次通话,已经进行了一个小时零二十六分钟。

"天哪!"周冲不由自主地叫出了声,然后才想起挂断电话。

周冲掏出钱,扔在小姐身上:"穿好衣服,赶快走!快点快点!"他需要冷静一下,冲到卫生间,开大喷头,让凉水喷洒到他全身。周冲一直担心的,大熊一直提醒的事情终于发生。周冲悔不当初,他感觉全身冰冷,冷得直打哆嗦,不知是因为洗了冷水澡,还是因为内心惊恐。

苏亚拿着手机呆坐在床上,周冲什么时候挂了电话,她浑然不知。

周冲坐在宾馆的床上,苏亚坐在家里的床上,两人都整整坐了一夜。

周冲制造了一地的烟灰。

苏亚卧室的床头灯值了个夜班。

第二天下班,周冲给苏亚打了电话:"我在你单位楼下,你下来吧。"

苏亚坐进车里,等着周冲的下一步论述,她不能确定自己是想听到结果,还是害怕听到。

周冲抽了好几根烟,终于开口:"我……"

苏亚问:"那钱,根本没有借给大熊,你是花到那个女人身上了,对吗?"

周冲艰难地点点头。

苏亚深深地吸了一口气:"你很爱她?"

"不,不是。"

"不是?既肯花钱,又那么卖力,还说不爱?"

"不是你想的那样。那些……"

苏亚转过头,瞪大眼睛:"那些?有很多个?"

周冲眼睛瞟向车外,点头。

苏亚停顿了很久,迟疑地问:"她们……是小姐?"苏亚多么想从周冲嘴里听到否定的答案,她宁愿周冲是跟某个女人动了真情,也不想听到周冲找了小姐。

她紧张地注视着周冲,期待周冲摇头或是矢口否认。没想到,周冲再一次点头。苏亚绝望地闭上眼睛,眼前浮现出一个个搔首弄姿的女人,和恬不知耻地在她们身上操作的周冲。

苏亚睁开眼睛,一股有名火腾地冒起:"周冲,你居然找小姐?我没听错吧?你要是有个什么相好,我还能对你表示一下理解,你居然找小姐?你真让我感到恶心,你真是无耻、下流、卑鄙的形象代言人!你最好去趟医院,检测一下 HIV,别把什么病菌带到家里。"

周冲一动不动地坐着,丝毫不反击,任凭苏亚发泄。

苏亚举起手中的皮包,没头没脑地砸向周冲,边砸边骂:"周冲,你就是个下三滥,你就是个嫖客,你真让我开了眼,原来你周冲也能去嫖妓,你真有种,你真有出息,你真伟大!"

周冲抬起胳膊护住头部。

苏亚气急败坏,打开车门跃身出去,好像周冲的车里已经遍布了各种肉眼看不到的细菌。

周冲拉住她的胳膊:"亚亚,先别走,你听我解释……我是想……"

苏亚甩开他的胳膊:"滚开,松开你的脏蹄,别弄脏了我的衣服,滚远点!别再让我看到你!"

第十四章
冰天雪地

敢情是我把你由人变成鬼，小姐们又把你从鬼变成人。我是不是该给那些小姐人人送面大锦旗，上面还要写上"治病救人，古道热肠，实乃张仲景之后人"？

01

冬天来了，这个冬天格外的冷。刚一入冬，一场大雪就不期而至，气温骤降，人们都穿上了厚厚的羽绒服，裹得好像面包。即便如此，在室外还是难以抵御寒冷。

周冲自东窗事发那天起，就搬去了大熊家。

周冲父母不知道这次离家出走的为何会是周冲。鉴于前几次的矛盾，周冲妈不敢偏执的认为又是苏亚的问题，只能对着周冲爸一遍遍地私下嘀咕。

终于有一日，周冲妈忍不住，怯生生地问苏亚："小亚，你们又有什么新的矛盾？小冲他，为什么搬出去？"

苏亚守口如瓶，目前，她是不会把周冲嫖妓的事情，告诉任何一方的父母，她还不想闹到不可收拾的地步。

周冲打过很多次电话，说过很多声"对不起"，也很多次地在下班后出现在苏亚单位楼下，苏亚总是气呼呼地拂袖而去，不想听周冲的任何解释，一副躲避登革热的样子。

苏亚大姨妈光顾的那天，浑身难受，手脚冰冷。下楼，正遇到手捧热奶茶笑容已经僵在脸上的周冲，周冲一把拉住她的手："亚亚，你给我个机会解释，你等我说完，要杀要剐随你便，你要走，我绝不阻拦。"

苏亚捧着热乎乎的奶茶，坐进周冲的汽车。周冲带着她去了一个极其偏僻，整个店堂只有他们两位顾客的菜馆。苏亚环顾四周："真安静，你该不会是包场了吧？除了服务员，就咱们俩。"

"我哪有那么多钱？不过客人少是真的，我上次来的时候就是这样，估计离关门不远了，呵呵，没准我们会成为这家餐馆最后的食客。"周冲看了看苏亚的脸色，又摸了摸苏亚的手，"你特殊情况了吗？"

苏亚点点头，说："你是准备说什么见不得人的事情吗？找这么个人迹罕至的地方？"

周冲抬手招呼服务生："给我拿条热毛巾，再来一杯热橙汁。"

周冲贴心地拉过苏亚的手，用毛巾仔细地擦拭，最后，干脆用热毛巾缠绕住苏亚的双手，让热气一圈圈地渗入苏亚的皮肤。很快，苏亚的手就有了些许温度。只是，这一温度，仅仅停留在体表，还不足以袭入内心。

苏亚身体虚弱，懒得动弹，定定地看着周冲忙活。每个月的这几天，苏亚都如临大敌，痛经是伴随了她十多年的好朋友，定期拜访，距目前为止，似乎还没有将她遗忘的意思表示。对于这个损友，苏亚是一点都不欢迎。唉，该来的不来，该走的却又不走，人生总是这样充满了阴差阳错。

饭菜上桌，苏亚拿起筷子吃了几口，很快皱起了眉头："难怪没有客人，这里的厨师顶多也就算个童生，就这水平也敢掌勺？"

周冲选择这家菜馆，显然是醉翁之意不在酒，筷子碰都没碰一下。

苏亚捂着肚子坐着："有什么话赶快说，我想回家睡觉。"

"我只是想告诉你，我找小姐，不是因为我喜欢小姐，只是，跟她们在一起我没有压力，我只是想知道，我是不是真的不行。你知道的，这几年，我真是怕了，有时候觉得自己特不是个男人，就是个赝品，该被消费者协会送去质检的假冒伪劣产品。"

"结果怎么样？化验报告就是你没问题，你跟小姐们在一起的时候能征善战，只有跟我在一起时才会狗肉上不了席？结论就是，问题还是出在我身上，对吧？"苏亚揶揄道。

"我不是那个意思，我想说的是，这几年我的自信心真是大受打击，有时候都不敢想这件事情，一想到觉得不行，一觉得不行就真的不行。"

"你是想说，你是心理有问题，不是生理有问题？那么，经过你这阶段的尝试，你想告诉我，你又行了？"

"是的。"

"哈哈。呵呵。哼哼。"苏亚冷笑着说，"周冲，你赋予了小姐们新的社会贡献，你给小姐这份职业添加了一项特别光明而又崇高的作用，那就是可以治疗男性疾病。

以后，所有的男科医院是不是都该关门大吉，把所有罹患各种男性疾病的男人，批量送到小姐们面前，让小姐们妙手回春，治愈他们的难言之隐，你是这个意思吗？明年感动中国是不是该提名给你治病的那些小姐，你对她们，是不是充满了感激？哎，周冲，你好像还得给她们双份钱，一份是寻欢费，一份是出诊费。"

"我说这样的话了吗？我只是想告诉你，我现在没问题了，我已经是个正常的男人。"

"哦，经过小姐们的改造，你已经彻底废旧立新，可以重新做人了？敢情是我把你由人变成鬼，小姐们又把你从鬼变成人。周冲，我是不是该给那些小姐人人送面大锦旗，上面还要写上'治病救人，古道热肠，实乃张仲景之后人'？你把那些小姐的电话住址告诉我，改日我挨个登门道谢，感谢她们给了你新生，我还得跟报社电视台联系一下，宣扬一下小姐们的丰功伟绩！"

"苏亚，你说话怎么那么难听？我是这个意思吗？"

"我说话难听？我说话难听还是你做事难看？嫌我说的难听，你还一次又一次找我干什么？你做了这等好事，难道还指望我夸你不成？难道你认为我应该夸你做得好做得对以后再接再厉继往开来吗？周冲，你是不是找小姐找得脑子里面长满了艾滋病毒？"

"我没有说我做得对，我知道我做得很错，我已经给你道过很多次歉了，我不是想给自己找借口，我只是想让你理解一下我的心情，我做错事的动机。"

"不好意思，无论你出于什么样的动机，我都不会原谅你做出这样的事情。我一看到你就感到恶心。麻烦你，在我的食欲没有恢复之前，请你不要再出现在我的视线范围之内。"

苏亚穿上大衣，围好围巾，甩手出了餐馆。周冲在后面喊了几声，她都没有回头，反而加快了脚步。

苏亚不知道该怎么继续下去，她不知道她能不能原谅周冲，也不知道他们还能不能旧曲重弹。一直到现在，苏亚才算是真正理解了陈瑾的感受，体会到了被背叛的心情。那就像是一把插进心里的钢刀，不能拔出，拔出来肯定送命，又不能触碰，一碰铁定会血花四溅。

苏亚和周冲，就这么僵持着，或者说，两人都没有彻底划清界限的勇气，但也没用重新来过的信心。

02

下班后,苏亚一直窝在办公室里上网。手机上显示着一个陌生的电话号码。

"喂?"苏亚接听。

电话那头的声音,即使已经多年没有听到,苏亚仍然相当熟悉,一声就辨出了归属地。那个声音说:"苏亚,你好。"

苏亚心里说:我好,我好吗?我一点都不好。

那个声音接着说:"苏亚,我现在在远都,你要是方便的话,我们见个面好吗?我住在北塔饭店。"

多年之后,苏亚在心情黯淡的当口听到那个声音,禁不住百感交集,声音有一些哽咽:"啊?你到远都了?等一会,我现在过去。"

没有问对方到远都干什么,若在以前,苏亚一定会问,确定了才会说"等一会,我过去",可是现在,苏亚不想问。

苏亚拿出抽屉里的化妆工具,化出个精致的妆,又对着镜子整理了一下头发,唇彩的颜色粉嫩,映照着苏亚苍白的皮肤。

苏亚开车在大路上飞奔,大脑一片混沌,既有点紧张,又有点兴奋,还有点期盼。

一个人右手插在大衣口袋里,伫立在饭店门口。苏亚的眼神很快在那个人身上定格。尽管那个人身材略微发福,已经没有了当年的阳光,脸上的稚气全部褪尽,完全演变成一个中年男人的模样,苏亚还是一眼就认出了他。看到那个人的第一眼,苏亚感到眼眶湿润,有液体流出。她急忙装着捋头发,擦了擦眼角。

那个人朝苏亚笑笑,伸出手来:"嗨,好久不见。"苏亚也伸出手,用力地握了握:"是啊,于恒,好多年不见。"

时间忽然停滞。苏亚看着于恒的脸,有点怅惘,那么多年的岁月,仿佛在一瞬间倒流回原点。两人都有些失态,愣愣地站着,直直地盯着对方。

于恒先回过神,说:"走,我们去餐厅吧,这冰天雪地的,我们站在这,别人会以为我们是门童。"

苏亚尴尬地笑笑,掩饰着自己的情绪。

西餐厅的氛围很好,散着股股的暖意,放着舒缓的怀旧音乐。苏亚不敢看于恒的脸,低着头坐着,看着桌布上的图案。

于恒定定地看了她好大一会,问道:"苏亚,你还好吗?"

"我……还不错。"苏亚的回答很牵强,但很迅速。旧爱之间,标榜自己的幸福似乎是个必然，让对方看到自己的不幸和潦落，那是件相当难堪的事情，无异于脱光了衣服被游街示众。

"呵呵。一晃好多年过去了，真快。"

"是啊，真快。你毕业以后就没再到过远都吗？"

"到的，我还是经常要到远都谈生意的。"

"看来你还真是信守诺言，一次都没有找过我。"

"这是我们当年的约定。一旦分手，就永远不要再见面。"

"永远？永远到底有多远？"苏亚淡淡地问，手里转动着勺。

于恒是苏亚的初恋，两人一起在菁菁校园里度过了人生最美好的大学时光。最终，却因为毕业时苏亚坚持要留在远都，于恒要回到家乡接手家族生意而不得不劳燕分飞。

苏亚看了看于恒微凸的肚子，在心里叹了一口气，想起当年于恒在绿茵场上奔跑时的飒爽英姿，那时的于恒，有八块腹肌，时过境迁，今天的于恒，活脱脱像个怀胎三月的孕妇。

于恒察觉到了苏亚的目光，笑笑："我发福了是吗？"

苏亚不好意思地把目光投向别处，赶紧找个话题："那么这次，你为什么会破例地找我？坏了我们的约定？"

"我这次来，是专程请你帮忙的。"

"帮忙？什么忙？你一大老板，我一小公务员，我能帮你什么忙？"苏亚很诧异。

"这个忙还非你莫属，一起刑事案件。"

"刑事案件？你？"苏亚大惊失色。

"不是的，你听我慢慢说。"

事情是这样的，于恒的表哥几年前到远都出差，晚上九点多，被一辆超速行驶的汽车撞翻在人行道上。司机撞人之后仍未刹车，一直朝前行驶，直到撞到路边的护栏，才被强行拦住，否则，也许会一路奔到蒙古也说不定。经过酒精测试，司机血液中的酒精含量超标准三倍。于恒的表哥被撞到要害部位，从此性功能丧失。司机只是轻描淡写地赔了一些钱，又耀武扬威地踏上了马路杀手的征程。不仅如此，表哥的雄性激素分泌也出现了问题，声音越来越细，胡须也越来越少。周围人都对表哥指指戳戳，说他像个阴阳人。表哥原本稳妥的升迁机会也因此丢掉，连儿子在幼儿园里都会被小伙伴耻笑，说他是怪物的儿子。表嫂忍受不了这样的折磨，愤然与表哥离婚。

表哥一气之下辞职到了远都，告诉家人他在远都工作。没想到，他的工作就是在远都街头寻找那辆肇事车。表哥记得那辆车的车牌。皇天不负有心人，一年多后，表哥居然就在浩如烟海的车流中，找到了那辆车，于是尾随，在一个僻静的停车场，掏出早已准备好的匕首，朝那个人捅去。表哥没命地捅，一直到那人倒在血泊中一动不动，才停下动作。表哥掏出毛巾擦掉手上的血，然后镇静地掏出手机报警。表哥没有想过逃亡，一直坐在血泊里等待警察的到来。表哥就这样沦为了阶下囚。

于恒一直低着头讲故事，苏亚却听得惊心动魄。电视报纸上几乎每天会出现类似的事情，可是，却是第一次发生在她熟人的身边。

苏亚问："我有什么能帮忙的？你表哥现在在哪里？"

"在看守所，检察院已经提起公诉，你在法院，司法系统你熟，看看有什么办法能判个死缓，再推荐个比较知名的律师，我表哥现在的那个律师，好像不太灵光。"

"哦。好的。"

"如果不是遇到这种事，我是不会打搅你的。我知道你结婚了，过得很幸福。"

"我？你呢？跟你太太还好吧？"苏亚岔开对于自己生活的描述。她也确实想知道于恒的生活近况，大学毕业后，两人再无任何联络，她对于恒的现在一无所知。她并不知道于恒是否结婚，此话，只是一番打探。

"就那样吧，不咸不淡，白开水一样。"于恒似乎并不想多谈。

苏亚不再说话。

于恒盯着苏亚看了很久，突然说了句："你好像比以前还瘦。很注意保持身材嘛，真是羡慕，你看看我，浑身上下已经没有腰的立足之地了。"

"你才是社会发展的中流砥柱，你这样的身材才能充分体现社会主义的优越性。说明你生活状况良好，心情也很愉快，俗话说，心宽才能体胖嘛。"

"你心情不好？"

"我……当然不能跟你比，充其量就是比上不足，比下有余罢了。"苏亚轻描淡写地说。

"也许，我们当年的分开是个错误，有的时候，确实是失去了才知道可贵，得到了才知道那种喜悦远远比不上未得时的憧憬。"于恒意味深长地说。

03

苏亚详细地把于恒表哥案件的起因经过转述给陈瑾，然后问："你说，这案子可能判死缓吗？"

陈瑾认真地听了苏亚介绍的犯罪经过，说："先申请做个精神病鉴定吧。经受了这么大的刺激，难保他精神上不会出现什么问题。万一他已经是精神分裂症，那么就不需要负刑事责任；如果他是间歇性精神病，那么还要证明他在犯案时，精神处于不正常状态，这样的话，一样可以不用负刑事责任。"

陈瑾推荐了一位专打刑事官司的老律师，老律师目光炯炯，气宇轩昂，当下郑重其事地保证："这案子交给我，你们尽管放心。"

于恒握着老律师的手说："我表哥的事，就全拜托您了，律师费您不用担心，我们会按最高标准支付。"

老律师很快向检察院提出了精神病司法鉴定申请，检察院委托一家专做司法鉴定的医院进行鉴定。

于恒每天都和苏亚见面，不是研究案情，就是一起追忆似水流年。苏亚的心情豁然开朗，每天下班就带着于恒游逛在大街小巷里，吃涮羊肉、臭豆腐，烤鸭，爆肚，炒肝，炸酱面，专拣那种生活气息巨浓，但卫生情况显然不容乐观的排档。两个人放下了最初见面时的生分和客气，渐渐地寻回了以前的熟悉和轻松自在。

这一日，两人经过长途跋涉，找到了一家久负盛名却藏身陋巷的炸酱面馆。果真是酒香不怕巷子深，炸酱面店里人山人海，拥挤的店里再也没有两人的落脚之处。于恒索性搬了两张凳子出来，一张让苏亚坐，一张给苏亚放碗，他自己则蹲在地上抱着碗毫不顾忌吃相地大快朵颐。

苏亚乐了："你好像几辈子没有吃过饭一样。"

"我是几辈子都没有这么无拘无束地吃饭了。"

苏亚疑惑地看一眼于恒。

面条下肚，两人轧着马路一直走到了一间酒吧，要了两杯鸡尾酒。

苏亚看着酒吧外摇曳的灯笼发呆，于恒点着烟凝望窗外的夜空。

于恒喝了一口酒，悠悠地问："你跟你老公，挺好的吧？据说是非常登对的金童玉女。"

"你听谁说的？"

"现在信息这么发达，想打听某个人的消息并不是什么难事。我还知道你们结婚的日期。"

"哦？"苏亚极度吃惊，赶快镇定了一下，"你什么时候结的婚？你太太还好吧？你们有孩子了吗？"

"毕业回家后，我就顺理成章地在家里的公司任职，我爸妈轮番的给我介绍女朋友,那些年,我走马灯一样地相亲,一个又一个,都是我爸妈生意伙伴或是朋友的女儿,唉。加起来的总人数,差不多就是一个加强排。"

"你老婆也是其中之一吗?"

"也是,她是我爸妈世交的女儿。我们相亲的时候,她刚回国。我爸妈说,我的婚姻必须本着强强联手,发展壮大家族生意的现实主义精神,所以,我跟我老婆确定关系以后两个月就结婚了。"

"闪婚啊,真快。不过闪婚也挺好的,新鲜感可以在婚后蔓延。"

"是闪婚,不过没什么新鲜感,我们从小就认识,我老婆是个海归,没考上国内的大学就花钱去国外读,在国外花天酒地了很多年,整日混迹在华人圈,她们学校里的学生绝大部分产自中国,他们在国外的主要任务就是花钱,享乐。呵呵,是不是很搞笑?有一些人借助染发剂美瞳之类的现代化产品部分地改变了外在形象,但是仍旧都是一派暴发户的作风。唉,我老婆就是其中的佼佼者。"

"留学挺好的,既能开拓眼界,又是人生的一笔宝贵财富,多好啊。"苏亚很羡慕于恒老婆。

"我原来也是这么想的,可是,直到我们结婚以后,我才发现她的外语讲得仍旧生疏,但凡是个完整的句子,她就会说得结结巴巴,不过,为了证明她不同凡响的留学经历,她的习惯就是在每句话里夹杂几个外语单词。呵呵,她还经常说我是个土鳖,说我讲的都是中式外语。"

"你老婆在国外总还是学了一些什么东西的,有的人这方面差,但是其他方面强。每个人总会有擅长的地方和不擅长的地方。"

"嗯,没错。我老婆说起奢侈品那可是如数家珍,娓娓道来,可以把一个奢侈品牌的成长史、发展史讲的比她自己老爸老妈的奋斗史具体详细一万倍,仿佛那些名牌都是在她的关怀下茁壮成长起来的。她的口头禅是:'中国不行,太落后了。'但是,落后的中国有着五光十色光怪陆离的夜生活,更可以让她深刻体会到金钱带来的优越感和特权感。发达的资本主义没有提供这样刺激喧嚣的氛围,两相权衡,她还是留恋不发达的高人一等,选择了留下。她会每年若干次去国外采购,买回最新款的包包和衣服,每款的各个色系,都必须全部拥有。唉,我常常觉得,我和我老婆根本就是生活在两个星球的不同生物,几乎无话可讲,我老婆感兴趣的事情,我不了解,我热衷的事情,我老婆连听都懒得听。"

"这些都不重要,反正你们是商业联姻,能齐心协力地赚钱也算是达到了目的。"

"问题就在于,我老婆对生意也全然没有热情,她不关心公司的财务状况,也不关心公司运营，产品的市场占有率。她只希望我能把她需要的花销一分不少一秒钟不耽搁地供给与她。我们平时几乎很少碰面，因为两个人作息颠倒，我上班的时间，是她的睡觉时间，她精神焕发地出门，通常是我还没有到家。我们就像是太阳和月亮，总是交替出现在家里。"

于恒静静地述说着自己的生活，平白得像是在说一个毫不相干的旁人。苏亚托着下巴凝视于恒的脸。

苏亚从于恒脸上看不到任何的表情。

于恒讲完，两个人都不出声，静默。

于恒苦笑了一下，说："我够可怜的吧？"

"也不算，你没看报纸上的调查吗？说现在的婚姻关系里，只有不到百分之三的夫妻认为自己的婚姻质量很高，能够达到结婚前的期望值。但有高达百分之四十五的夫妻认为，婚姻只不过是一种捆绑，因为各种各样的原因而不得不委曲求全，如果这种用来维系的原因一旦消失，那么脆如蝉翼的婚姻顷刻间就会土崩瓦解。"

"呵呵，你呢？你是属于前面的不到百分之三，还是后面的百分之四十五？"

"我？"苏亚调整情绪，垂下眼睑，看着窗外被风吹得瑟瑟响动的灯笼，缓缓地讲了这些年发生的故事。

于恒听完，长长地叹了一口气："真是造化弄人，我还以为你过得很幸福，没想到……你想怎么办，离婚，还是将就？"

苏亚摇头："我不知道。你知道的，我是个很被动的人，很少会主动做出选择。"

半个多月后，司法鉴定结论出来，于恒表哥精神完全正常，具有完全的刑事责任能力。

于恒很紧张，问老律师："这样的话，是不是一定会判死刑立即执行？"

老律师摆了摆手："也不一定。这样吧，你带着我回一趟你们家那边，收集相关的证据，比如你表哥身体受伤害的医院证明，周围人对他的语言讥讽，他孩子在幼儿园受到的排挤，以及他的工作受到的影响，这些都可能影响量刑。"

于恒跟老律师一起动身。

铮铮每天都要哭着找爸爸，不停地打爸爸的电话。张阳接到召唤也会偶尔回家，陪儿子待上一段时间。但是这时间很短暂，经常是张阳的屁股还没坐热，小甜甜的催命电话就会迅即赶到，说话声音巨大，足够让坐在张阳周围的所有人听个一清二楚。张阳脖子上仿佛有根绳子，绳子的另一端牢牢系在那个女人腕上。

一晚，电话又至，张阳不得不找个没人的房间接电话，放下电话抱歉地对铮铮说："儿子，爸爸公司有事，要去开会了，爸爸要赚钱给你买玩具，你乖乖地在家好不好？"

铮铮抬着头盯着张阳，很久后说了一句："开会都在白天，现在已经是晚上了。"

张阳惊呆，似在艰难的挣扎，最终，他还是开门，头也不回地走了出去。

陈瑾觉得，张阳已经完全是那个女人手里的风筝，系在张阳脖子上的那根线，已经越收越紧。

铮铮一抽一抽地哭了："妈妈，爸爸是不是去那个阿姨家了？妈妈，爸爸是不是要跟那个阿姨结婚了？呜呜……"

陈瑾把儿子紧紧抱进怀里。她没有想到，几岁的小人儿居然什么都知道。

陈瑾妈妈叹气："不行就离了吧，你看张阳的心里，现在连铮铮的位置都快没有了，你又何必勉强呢。你现在还年轻，没有必要跟一个人耗一辈子，这样下去，对铮铮的伤害也大，还不如快刀斩乱麻，早结束早了。你还可以有新的生活，凭你的条件，不会找不到新的伴侣。"

陈瑾木木地摇头："我不离婚。铮铮不想有个后爸。"

04

张阳已经一个多星期没在家里露过面，陈瑾给他打电话，他会一声不响地挂掉。开始，陈瑾还会幻想张阳会选择个小甜甜不在身边的时候给她回个电话。可是，没有。不仅如此，张阳连铮铮的电话都不再接听。家里只有铮铮使用固定电话，张阳不可能不知道。陈瑾发信息给他：方便的时候回家看看儿子，他每天哭闹，说他想爸爸。你再迷恋某个女人，也应该知道自己首先是个父亲。你再这样下去，会伤害儿子幼小的心灵。

张阳仍然既不回电话，也不现身。

陈瑾提前一个小时下班，等在张阳公司楼下，她想跟张阳谈谈儿子的问题。

张阳居然拉着小甜甜的手亲亲热热地从公司里出来。陈瑾气愤不已，他已经可以光明正大地带着那个女人出双入对，连在公司避嫌都不需要？他们真的已经昭告天下，完全不需要顾忌张阳的已婚身份？

张阳把小甜甜抱进了车里，小甜甜娇嗔地捶打张阳："你讨厌。"

张阳在小甜甜胸前抓了一把："我就是这么讨厌。"

张阳坐进车里，捉住小甜甜的下巴，在她嘴唇上啄一下，发动汽车。车像小甜甜的粉丝团，骄傲地昂着脖子上路。

陈瑾抚住渗血的心，紧紧跟在后面。

张阳二人不知道想去哪里，开了将近两个小时也没有停下的意思。陈瑾在后面越跟越心急如焚，他们该不会想去外地吧，要是跟过去，不知今晚还能不能赶回来。

张阳的车一路疯跑，渐渐到了人烟稀少的郊外。张阳终于停车。

陈瑾大惑不解，他们到这么一个荒郊野岭干什么？该不会是小甜甜想贪占张阳的财产，纠合了一些什么人，想找个偏僻的地方把张阳杀人灭口，顺便抛尸荒野？陈瑾的心立刻提到嗓子门口，若不是她紧紧压住，马上就要穿喉而出。陈瑾本来想把汽车停得稍微远一点儿，以免被张阳他们发现。但是，她没有那样做，她怕离得太远看不清楚张阳车内的动静，万一张阳有个好歹她来不及在第一时间做出反应迅速采取对策。

陈瑾睁大眼睛伸长脖子注视着前面的车，手紧紧按在车门上，准备一有风吹草动就立刻上前制止犯罪。

车里风平浪静，影影绰绰，两个人不知道在捣腾什么。不一会儿，汽车发出剧烈的颠簸，左摇右晃，像艘被海浪冲击的小渔船，随之奏响的，是小甜甜高亢的鸣叫，划破夜的寂静。两个人影交叠在一起，纠缠着。

陈瑾收回了一直向着车门，时刻准备着出发去解救张阳的手脚，无力地靠在座椅上。

汽车仍在抖动。小甜甜的声音一直在加油。

半晌，哗啦一声，张阳的车门突然打开。陈瑾紧张地抬起头，只看见赤身裸体的张阳，和同样赤身裸体的小甜甜。

陈瑾趴在副驾驶座上，双手紧紧地捂住耳朵，头埋在座椅上，身体僵硬。

不知过了多久，陈瑾听到"嗵嗵"拍打车门的声音，她松开捂住耳朵的双手，外面的声音已经停歇，只有拍门声还在继续。陈瑾疑惑着直起身，透过车窗，她看到了小甜甜的脸。小甜甜的脸在月光的照耀下，有种恐怖的白。

陈瑾下意识地打开车门，小甜甜一只手甩着盘在脖子上的头发，一只手拉开车门，弯着腰凑近陈瑾的脸,抵住车门,宣战一样大声地说:"怎么样?看够了吗?刺激吗?你跟张阳从来没有过吧?羡慕吗?嫉妒吗?当女人的滋味你品尝过吗?你是不是觉得白活了几十年?你是不是从没见过张阳这样勇猛过?你是不是觉得妄为女人?哈哈哈哈。"小甜甜仰天长笑,震的路边的枯树哗哗作响。

陈瑾往前一看,张阳不知道什么时候也已经穿好衣服,正似笑非笑地靠在后备箱上抽烟,聚精会神地看着小甜甜对自己的羞辱。

小甜甜接着说:"还不准备离婚是吧?你是不是特别喜欢看到我跟张阳的激情场面?没关系,我们不介意的。我们还可以邀请你到我们家里,让你看个够,看个饱,我们会以百老汇的标准严格要求自己,保证让你身临其境。"小甜甜恶狠狠地拍上车门。

张阳和小甜甜带着愉悦离去。

陈瑾一直坐着,坐着,任黑夜将她团团包围,不时有乌鸦在上空盘旋,声声凄鸣,一只自制力有待提高的乌鸦惊慌飞过,在陈瑾的车顶留下一摊粪便,砸出一声脆响。

苏亚睡意绵绵。

学校食堂,于恒给她打了一份土豆烧牛肉,笑眯眯地看着她吃,一转眼又不见了踪影,再回来,手上是一盆新鲜的草莓。草莓的颜色真好,红艳艳,粉嫩嫩,上面还缀着水珠,苏亚张嘴,一个进肚,再张嘴,又一个。苏亚对于恒说:"你也吃嘛。"于恒说:"我不吃,我喜欢看着你吃。"

讨厌,什么声音?又是手机响,不接,我要吃草莓,不方便接电话,草莓真好吃,甜甜的,酸酸的。谁打的电话,怎么没完没了地响?于恒,你帮我接一下。

你怎么不接呀?我没手嘛,我忙着吃呢。苏亚喊出了声,同时喊醒了自己。手机的确在响,面前却既没有于恒,也没有草莓。苏亚气恼地拿起电话,谁这么不识趣,大半夜的惊醒我的美梦。

"喂,你是周冲的爱人吗?我这里是凤凰路派出所。"又是派出所,又是周冲,又是半夜三更,周冲怎么又去派出所报到?警察接着说:"你过来一下吧。带上两千块钱。"

两千块?苏亚蒙了,看来又要去派出所交钱赎人。这次是个什么状况,又是打架?她后悔刚才没有问清楚事情的缘由,只迷迷糊糊记下了派出所的地址。打开钱包数数,只有一千块钱,还差一千,去银行取,银行卡放在了办公室,家里只有存折,可是银行晚上不营业。

苏亚硬着头皮敲开公婆的卧室门："妈，你能借我一千块钱吗？周冲可能打架，被派出所扣了，让我拿钱去，可是我现在钱不够。"

婆婆急急忙忙地披上衣服找钱："打架？这大半夜的跟谁打架？我说小亚，你们赶快和好吧，别再闹了，小冲上初中以后就没再跟人打过架，他现在是心里郁闷，有火没地发，你别再给他脸色看了，赶快让他回家住吧，好不好？"

苏亚不接话，接过婆婆递过来的钱，出门。

派出所里灯火辉煌，人头攒动，挤挤挨挨到处都是人，热闹的像是春晚的彩排后台。还是上次的那个派出所，看来周冲的活动范围也很有限，总是攒在巴掌大的一块固定区域。苏亚在一大群麻雀脑袋中没有发现周冲，却发现了学长。

学长惊讶地问："你怎么又来了？"

苏亚不好意思地说："我又是来接我爱人的，今天是打群架，还是聚众斗殴？怎么这么多人？你们派出所的警力，能制止这么大规模的冲突吗？"

学长脸上掠过一丝古怪的表情，说："今天，可不是打架。"

"不是打架？那是什么？"苏亚忽然愣住，眉头一皱，难道是……

学长带着苏亚走进另一个房间，对着一个警察耳语几句，那个警察悄悄把他们带到一间面积很大的屋子，问苏亚："哪个是你爱人？"

苏亚很快在一字排开蔫头耷脑站立着的几十个人里发现了周冲。周冲把头埋在厚厚的衣领里，那衣服是苏亚买的，苏亚没看见周冲的脸，但她认识那件衣服。她指了指周冲："穿米黄色羽绒服的那个。"警察走上去，拍了拍周冲："你跟我过来。"周冲缩着脖子跟着警察走，路过苏亚身边的时候，也没有抬头看她一眼。

几个人走到一间无人的办公室，学长和那个警察交换了一下眼色，把门关上。

那个警察对苏亚说："听说你在法院工作？"

苏亚点点头。

警察接着说："我们今天接到通知，协助公安局扫黄打非，在宾馆抓到正在办事的你爱人。我们也是公事公办，上头有命令，我们必须严格执行。"

苏亚点点头，说："我知道的。"

警察说："我们审问了那个小姐，她说以前没见过你爱人，你爱人也说他是第一次，是真的吗？"

苏亚表情复杂的看了周冲一眼："哦，是的。"

"按照相关法律的规定，我们决定对你爱人处以两千元罚款，鉴于你爱人是第一次嫖娼，就不拘留了。你是司法工作者，这个你清楚。带你爱人回家，好好教育教育，年纪轻轻干什么不好,找小姐?说出去也不好听,万一再染上个什么毛病,够你们全家喝一壶的,你说是不是?"警察鄙夷地瞥了一眼周冲。

苏亚苦不堪言,明知这罚款数额超出法律规定,但是只能忍痛接受。年关已到,突袭检查正是为了充盈单位的荷包,给大家的年终奖开源,周冲正好迎面撞上了枪口。

学长看了看周冲:"我们还真是有缘分,上次是打架,这次是嫖娼,下一次是不是还会换个新花样?希望我们在派出所的缘分到此为止,下一次见面能换个地方。"

苏亚觉得无地自容,羞愧难当。这个学长,她在学校的时候只打过几次照面,完全算不上熟稔,工作后仅有的两次接触,都是在派出所,都是为了领周冲,她觉得很丢脸,就像有个人揭下了她的脸皮,一转身扔进了垃圾箱,又在那层脸皮上浇了一层粪便。

苏亚机械性地跟学长点了点头,说声再见,低着头走出了派出所。

苏亚听到周冲的脚步声一直跟在自己身后,加快了步伐,头也不回地钻进汽车。

回家后,苏亚给周冲打了个电话:"我们离婚吧。"

周冲着急地说:"亚亚,不要这样,我一定洗心革面,我保证再也不去那种地方,再也不找那些女人,亚亚,你给我个机会,我们从头开始好不好?亚亚,你先别急着做决定,我……"

苏亚把电话扔到墙角,周冲对着墙壁诉说衷肠。

苏亚用被子蒙住头。

第十五章
悲怆的结局

你这是只许州官放火,不许百姓点灯,说穿了,就是男人的自尊心和占有欲作祟。

01

第一天,铮铮给张阳打电话,无人接听。

第二天,铮铮给张阳打电话,无人接听。

第三天,铮铮给张阳打电话,电话里的阿姨温柔地对铮铮说:"对不起,您所拨打的电话已关机。"

……

张阳仿佛人间蒸发,没有丝毫消息。

星期天一大早,铮铮从起床之后就开始忙碌,上高爬低,忙得不亦乐乎,满身大汗。陈瑾不知道铮铮想要干什么,纳闷地站在一边观看。

只见铮铮撅着小屁股,费力地把张阳已经遗弃估计会永远打入冷宫的衣服,袜子,鞋聚拢成一堆,先从楼上扔到楼下,然后噔噔噔噔跑到楼下,打开大门,一件一件往外扔。劳作得过于投入,脚上穿的一只拖鞋不知什么时候没了踪影,他都没有发觉。东西很零碎,相对于铮铮来说,工作量巨大。不一会儿,铮铮就累得上气不接下气。但是,他没有住手的意思,仍像蚂蚁一样,一趟趟地做着勤劳的搬运工。

陈瑾跑过去抱起铮铮:"铮铮,你要干什么?为什么要扔爸爸的东西?"

铮铮挣脱陈瑾的手,气呼呼地说:"爸爸不要我们了,我们也不要他,让他爱去哪去哪,什么都不要留下。"小脸因为激动和吃力而涨得通红。

陈瑾晃着铮铮的胳膊:"别乱说,妈妈不是已经告诉过你了嘛,爸爸是出差去了,去国外,那边信号不好,接不到电话,等他回来,就会回家的。"

铮铮眼睛里蓄满的泪水终于滚了出来:"妈妈,我要爸爸,你让爸爸回来,我听他的话,我再也不惹他生气了,我再也不骑大马了,我答应他,以后不买玩具不去迪士尼,也不让爸爸带我去游乐场了,我要当个乖乖的孩子。妈妈,你告诉爸爸,让他回来吧。妈妈,我想爸爸。"

陈瑾妈妈擦把眼睛,把铮铮抱起来,任铮铮的眼泪鼻涕一起混合在她的衣服上。

陈瑾擦掉儿子的眼泪,不住地柔声安慰,心里却像咀嚼黄连。

晚上,陈瑾让保姆带着儿子出去散步,跟母亲商量:"妈,你带着铮铮回去住段时间吧,让铮铮换个环境生活段时间,再这样下去会对他的心理造成不好的影响。不管怎样,大人的矛盾不该波及小孩子。小孩子的心里不应该有仇恨,那样对他的成长不利。离开远都有个新鲜的环境,能转移他的注意力。等你们走了,我再找张阳谈谈,他再不在意我,也该在意他的儿子。等我把这边的事情处理好了,再接你们回来。"

母亲点点头:"也好,这是个不是办法的办法,你跟张阳好好说,为人父母,对孩子是有义务的,不能自己想干什么就干什么,不能只顾自己的快乐。"

陈瑾向单位请了一个星期的假,收拾好祖孙二人的大包小包,带着保姆一起回到故乡。铮铮一路上都很兴奋,除了旅游,他还没离开过远都,一听说可以到别的地方玩,激动得好几个晚上没睡好,总算是暂时地忘记了爸爸这号人物的存在。小孩子就是好,痛苦对他们只是过眼云烟,很快能被快乐替换。陈瑾则忧心忡忡,心乱如麻。

回到故乡,望着熟悉的街道,熟悉的风景,住了十多年的家,陈瑾有种莫名的伤感。母亲环顾着处处留有父亲影子的故居,沉重地叹了一口气:"要是你爸能活到现在该有多好。"

陈瑾下巴靠在母亲肩膀,搂住母亲的腰:"是啊,如果爸还在,我们一家人该有多幸福。"

"这就是命,你看我跟你爸,年轻的时候下乡插队,后来回城,工作,把你养大,到你结婚,我们总算长出了一口气,你生了铮铮,你跟张阳的事业发展也都不错,本以为终于可以享受天伦之乐,谁会想到你爸就这么撒手人寰,还没来得及享受儿孙福。"

"妈,你跟我爸,一辈子就没闹过别扭吗?"

"有啊,怎么会没有?哪有完全没有矛盾的夫妻呢。也有一次差点闹离婚,被你爷爷奶奶和单位领导调停了,我们那个年代,离婚也是要经过组织批准的。后来想想,也没什么大不了的事情，就没离成。等到老了，才真正理解什么叫少来夫妻老来伴，年轻时候把架吵完了，老了发现感情特别好，都觉得那时候没离婚真是明智的选择。你爸还说，人这辈子，做什么都不能冲动，没有活到明天，就先不要对今天的事情下结论。"

陈瑾站在院子里，看着父亲带着她亲手种下的杨树，如今已历经许多个春秋，高大粗壮，直入云霄。只可惜，人面不知何处去，桃花依旧笑春风，如杨树一样健壮挺拔的父亲，终究没有抗争过病魔。

陈瑾不胜唏嘘："我怕我跟张阳，还没有变老就分道扬镳了。"

母亲抚摸着陈瑾的手，看着远方："成事在天，谋事在人。如果你尽力了，就不要强求结果。强扭的瓜不甜，勉强是不会有幸福的。"

"可是，铮铮怎么办？"

"是啊，这是你们必须考虑的问题，铮铮这个孩子，很在意家庭的完整。可是，这种事情还要看张阳的态度，不是你一个人能决定得了的。如果他坚持要离婚，你就随他去吧。两个人的心都分开了，把身体强留在同一个家里是没有任何意义的。"

铮铮气喘吁吁地跑了过来，跑得满脸是汗："妈妈，爸爸接我电话了，我告诉他我们回外婆家了。他说他去美国了，马上就要回远都了。哦，爸爸要回来喽，哦，爸爸要回家喽，哦……"铮铮一路高喊着，仰着脸把这个对他来说至关重要的好消息告诉陈瑾，陈瑾心疼地看着儿子，铮铮已经有很多天没有展露过这样灿烂的笑容，是度过梅雨季节迎来的艳阳。

铮铮快乐地问："妈妈，你高兴吗？"

"高兴。"陈瑾蹲下去爱怜地看着儿子，抚一把他脸上的汗珠。

铮铮带着心满意足的笑容跑向了刚结识的小伙伴："我爸爸要回家喽，我爸爸要从美国回家喽。"

晚上，陈瑾给铮铮洗完澡，用浴巾包裹住铮铮，擦着他身上的水珠，陈瑾母亲在一边帮忙。铮铮觉得痒痒，哈哈笑个不停。

陈瑾母亲想起什么，停下手里的动作："你抽空去你表姐家看看，这么长时间，也不知道她一个人带个孩子怎么过的。"

"我也是这么想的，她离婚以后就离开远都，这都好多年了，我也没见过她，这次回来，我肯定要去看看她。妈，表姐一直没找男朋友吗？"

"嗯，你大姨说，刚刚那孩子性格挺怪的，不让他妈跟任何男人接触，你表姐也处过两个男人，都被刚刚破坏了。有一次，其中的一个男人到家里做客，刚刚故意把一杯热咖啡倒在人家身上，还把吃过的口香糖放进人家的鞋里，本来那个男人跟你表姐感情不错，都到了谈婚论嫁的阶段，也准备接纳刚刚。后来那男人跟你表姐分手了，说是怕以后跟刚刚相处起来麻烦。唉，你表姐命也真够苦的，刚刚他爸跟那个女人结婚以后，就再也没看过刚刚，也没给过一分钱抚养费。刚刚他爸现在又有了孩子，他们一家可是红红火火，老婆孩子热炕头。可是你表姐，还得既当爹又当妈，一个人拉扯刚刚。可能还得一个人过下去。唉，父母离婚，最受罪的就是孩子，有些男人啊，对孩子的感情跟孩子他妈息息相关，像你表姐夫那样的，跟你表姐一离婚，就好像跟孩子也彻底断绝父子关系一样。唉，刚刚小时候，是多活泼的一个孩子，人见人爱的，你大姨说，刚刚现在很少跟人说话，一回家就把自己关在房间里。小孩子的心理脆弱，会觉得连爸爸都能抛弃他，还有什么人可以信赖的。你去了好好开导开导你表姐，她心里，不定有多苦呢。"

第二天，陈瑾去了表姐家。恰逢周末，表姐和刚刚都在。

几年没见，刚刚长高了一大截，陈瑾拿出早已准备好的五千块钱塞进刚刚手里："刚刚，小姨好久没见你，几年都没给你压岁钱，这次一起补上，不用上交给你妈，你自己留着花。"刚刚面无表情地接过来，随手扔到桌子上，既未打招呼，也未道谢，径直进了房间，"砰"一声把门锁上。信封艰难地在桌子边沿趴了几秒钟，终于没能挺住，一个跟头翻下桌子，口朝下，钞票呼呼啦啦撒了一地。

表姐抱歉地说："你别介意，这孩子就是这么没礼貌，我一说他，他就说，'谁让我是个没爸的孩子，我连爸都没有，还要教养干什么？'我们闹离婚的那两年，吵架打架都被他看到听到，那时候光顾着自己，也没想过避开他。可能是那之后，他的心理就出现了点问题。现在，他爸也不管他，我们回来的几年，他爸不闻不问，连个电话都没有。听说，他爸对那狐狸精的孩子要多好有多好，可怜我们刚刚，唉。"

"你没找刚刚他爸要抚养费吗？"

"要了，他不给，说没钱。没钱？哼，他们去年才买了套一百八十平的大房子，那狐狸精的孩子上的还是私立幼儿园。"

"你起诉吧，我帮你找熟人。"

"唉，我们两个现在也不是过不下去，我不是想找他爸要钱，我就是希望他爸能来看看他，没事多关心关心他，我们还没回来的时候，有次我带刚刚去游乐场，正好遇见他爸带着那个狐狸精的孩子也去玩。他爸看见他，理都没理，刚刚当时就哭了，回家就把自己闷在房间里，整整哭了几天，不吃也不喝。我跟他爸认识那么多年，打死我也想不到他爸是这么一个绝情绝义、冷酷无情的人。他为了那个女人，连自己的亲生儿子都不要了。我真觉得太对不起刚刚，我真不应该把他生出来，让他到人世间受这份罪。"表姐抽泣起来，眼泪大滴大滴往下掉。

陈瑾从表姐家出来，心情无比沉重，胸口堵了什么一样憋闷，眼前晃动着刚刚麻木的、对什么都无动于衷的脸，和表姐憔悴不堪、伤心欲绝的脸。

02

　　于恒家人在老律师的指导下，搜集了一大堆于他表哥有力的证据，连已经改嫁的表嫂，都答应出庭作证。表哥儿子幼儿园的老师，也愿意前往远都，证明表哥出事以后，他儿子在幼儿园里遭受的白眼和歧视。

　　于恒一行人在老律师的带领下，组成一支庞大的请愿团，浩浩荡荡奔赴远都。苏亚提前帮他们预定好了酒店，第一次听到人数时，苏亚着实吃了一惊，她没有想到这么一起并不算轰动的杀人案件，会惊动如此多的人民群众。等到见了这支队伍，苏亚还是再一次地震惊。这支队伍整齐划一，有着统一的着装和帽子，有如参加奥运会开幕式的代表团，每个人都对老律师投去信任的目光，安静地听着老律师的讲解和分派，看到这样的场面，苏亚由衷地感动和震慑。

　　不日开庭。苏亚第一次见到了于恒的表哥，一个儒雅斯文的男人，如果不是戴着手镣脚铐，没有人会把他跟杀人犯联系在一起。表哥说话的声音很轻，很柔和，平心静气地讲述着蹲点、跟踪，以及谋杀的全部经过，没有丝毫紧张，不带一点感情。

　　表哥的前妻作为证人之一，痛哭流涕地诉说了表哥发生车祸后身体以及生活出现的各种状况，她说："都是我不好，我只想到了自己在无性婚姻里的苦，觉得自己委屈无助，我只是看到周围人都明里暗里笑话我们，与他一向不和的同事，拿着油漆在一个夜里在我们家门上刷了两个鲜红的大字'太监'，我们的儿子也被小朋友们讥笑是'太监的儿子'、'怪物的儿子'，他以前是个多健谈的人，可是自从车祸以后，他的声音就越来越像女人，他的话越来越少，有时一个星期都不会说一句话。我实在受不了了，我受不了这样的生活，我受不了别人的羞辱，所以我选择了离婚。我现在好后悔呀，我太自私了，我只考虑了自己的感受，却没有及时地开解他、疏导他，我知道我们离婚对他来说是雪上加霜，让他已经伤痕累累的心彻底崩溃。如果当年我能及时地安慰他，不跟他离婚，他一定不会杀人的，他平时连杀鸡都不敢，怎么会杀人呢？他是个多么善良文雅的人啊，如果不是那该死的司机，如果不是那司机喝醉酒开车，超速行驶，晕头涨脑地撞到站在人行道上的他，怎么会发生后来的事情呢？难道那个司机就不该为自己的死负上一点责任吗？难道掏点钱就可以为所欲为了吗？难道只有那个人的命是命，别人的命就不是命吗？酒后驾车的那个司机，上一次只是造成一个人性功能丧失，可是谁又能保证，下一次不会要了某一个人或者某几个人的命呢？他毁了一个家毁了三口人，难道就不应该受点惩罚吗？"

　　表哥看到很久没见的前妻，眼圈有稍许的泛红，鼻子抽动了几下。

表嫂慷慨陈词，旁听的人们窃窃私语："嗯，有道理，的确是这样的。""可不就是，谁摊上这样的事情不会气恼。妻离子散，自己又成了废人，一时冲动完全可以理解。"还有一个高亢的男声说："我靠，这才叫有血性，妈的，有钱了不起啊，有钱就能在大马路上开碰碰车吗？要是老子遇到这种事，老子也杀了丫的，给秦始皇当陪葬。我呸，秦始皇嫌他弄脏了自己的陵墓，非得从坟里跳出来把他扔出去。"

……

喧哗声越来越大，众人交头接耳，纷纷对被告表示了同情和理解。审判长敲了敲法槌："请保持肃静，注意法庭秩序。"

证人团全部出庭作证，对表哥的生平做了详细介绍，对表哥事发前后的生活和精神状况进行了细致强烈的对比。表哥以前的上司证明，表哥本来是个非常有前途的人，但是因为那起车祸，他的外形发生了无法掩盖的变化，无法再胜任外事工作，不得已才调换了工作岗位，大好前途毁于一旦。

老律师擦了擦眼镜，摸了摸花白的头发，声音沉痛地说："各方证人证言均能够说明，在那起车祸发生之前，被告人是个心智健全、身体完整的人，家庭和美，孩子乖巧，前途光明。可是，那起车祸改变了他的一生，改变了整个家庭的未来。这是谁之过？正如被告人的前妻所说，难道被害人就不应该为此负一点责任吗？是的，被害人本身对于这起惨案的发生是负有不可推卸的责任的。如果他遵守交通规则，不要酒后驾车，像珍视自己的生命一样珍视其他人的生命，又怎么会酿成今天的这一幕惨剧？被告人如果沿着以前的轨迹继续生活下去，又怎么会举起手中的利器？被告人在杀人后，主动拨打110电话报警，一直在犯罪现场等到警察将其拘留，有自首情节，认罪态度良好，对自己的罪行供认不讳，如实全面地交代自己的犯罪事实。并且，被告人不是个心狠手辣，不可饶恕的人，正是因为被害人给他的身心造成了无法弥补的伤害，使他的生活彻底偏离了正常的轨道，才引发了谁都不愿意见到的结果。"

几天后，法院宣判，于恒的表哥因故意杀人罪被判处有期徒刑十三年，剥夺政治权利两年。

表哥的前妻听到这个判决结果，忍不住放声啼哭，哭出了很多的委屈和无奈。她让于恒转告表哥，让表哥安心服刑，她一定会带好他们的孩子，并且保证会定期带孩子去监狱探视。

苏亚起草了离婚协议，写了撕，撕了写，家里的纸篓里堆满了尸身不等的碎纸片。婆婆打扫卫生的时候无意中看到了那几个大字，紧张地追进房间："你要跟小冲离婚？为什么啊？小夫妻吵架罢了，大事化小，小事化了，可不要就这么走上绝路啊。"

苏亚轻蔑地说："你不是早希望周冲另娶的吗？现在又变卦了？"

婆婆一脸严肃："我那都是气话。我们相处的时间也不短，你应该知道我的脾气，火气上来什么都说，不过大脑一样。过去的都过去了，我也跟你承认过错误了，你就给我们大家一个改正错误的机会，好不好？"

苏亚不语。

婆婆急急地拉着苏亚的手："你倒是说句话呀，你是不是对妈还有其他的意见？都一并说出来，是我的问题我可以改，我现在就向你保证，以后绝对不干涉你们的生活，你们什么时候想要孩子都依你们，我和你爸不再发表意见。不能因为对我有意见影响你们两个人的感情，离婚可不是说着玩的，不能一时冲动。"婆婆满脸期望地等待着苏亚的表态。

苏亚苦笑，婆婆的醒悟和认错来得似乎都有些晚，如果以前她就能这么民主豁达，她和周冲，又怎么会走到今天这步田地。

婆婆晃着苏亚的手："小亚，你说句话，不要离婚好不好？算妈求你了还不行吗？"

"妈，我只能答应你，再考虑考虑。我现在不能向你保证，我跟周冲一定不会离婚。"

大队人马回巢后，于恒没有走，他说想在远都多留一段时间，放松一下心情。苏亚很高兴他能留下来，陪她一起度过黎明前的黑暗，陪她疏解长久以来的郁闷。

于恒和苏亚一起回了母校，宿舍楼，教学楼，食堂，那些地方已经跟当年有了很大的不同，有的重新粉刷，有的干脆改换门庭，但无一不记载着许多的故事，每个角角落落都能找到两人当年的足迹。

苏亚和于恒在校园里闲逛，一直走到苏亚当年的宿舍楼下。苏亚抬起头看着住过的房间，灯光依然，于恒曾经无数次地在楼下驻足。周围的小情侣们你依我依，重复着大致相同却总有些不同的恋爱情节。于恒拉起了苏亚的手，像当年一样，苏亚没有拒绝。

苏亚和于恒顺着光秃秃的小花园，一直走到学校门口的一个小酒馆，当年这里还是简易装置，由几块七拼八凑的木板搭建而成，走路时都要万分小心，以免高低不平的路面崴了脚。现如今，捞了第一桶金的老板鸟枪换炮，将酒馆重新装修，室内的小装饰、灯光和桌椅，营造出不少的诗情画意。发了财的老板身形也向资本主义大踏步迈进。老板认出了于恒和苏亚，惊诧地问："呦，好多年没见你们俩，怎么，故地重游？喝什么？啤酒还是饮料？"

老板送上来当年两人的老三样——可乐、啤酒和橙汁，兴奋地说："我一眼就认出你们俩，还不错，你们这些年变化并不大，怎么样？毕业后就没见你俩，离开远都了吗？你俩是不是结婚了？"

苏亚脸上拂过一丝尴尬。鬼精的老板立刻会意："你们慢聊，我还有客人，我去忙，不打扰你们了。"

苏亚伏在桌子上，看着窗外的月光，一杯接一杯地喝着啤酒，橙汁和可乐纹丝未动。

"你说人这辈子到底是为了什么？好像总在一个框架之内徘徊，总想挣脱，又总是被一只强有力的大手拉回去。以前总听人家说命啊命的，我都不信，现在我终于知道，命这个东西是一定存在的。逃不脱也让不开。跟命抗争是没有任何意义的，顺着命活才是明智的选择。可是，时间就像江河，只能奔涌着向前，从上游流向下游，是永远不会倒着来过的。"

于恒静静地望着她，认真地说："如果还能重新来过，我会留在远都。"

苏亚喝得已经有点晕晕乎乎，笑得含含糊糊："如果还能重新来过，我一定要租房子住，一定不跟公婆住在一起，掏点房租算什么？钱和幸福比，哪个更重要？咯咯咯咯。"苏亚挥着胳膊在空中划着道道。

于恒悠长地说："是啊，钱和幸福，哪个更重要？这是个形而上的哲学问题。没有走过一遭，谁都不会有结论。只有经过了，看过了，感受过了，才能分辨出孰轻孰重。可惜，一切都要待尘埃落定的时刻，才能还原本来的面目。"

苏亚举着杯子朝于恒的杯子撞去："来，为我们的再聚首，干杯。"然后，一饮而尽，把杯子朝下倒倒，"怎么样？士别三日当刮目相看，我现在的酒量还不错吧？你当年还说我是一杯倒，看看我现在，我已经喝了三瓶了都没倒，哈哈，我进步不小吧？谁说女子不如男？"

出门时，苏亚已经是踉踉跄跄，第一次起来时，还没站直，就又一屁股坐了下去，再起，扶着桌子摇摇晃晃，死活不能迈出去一步。于恒走过来，手揽过苏亚的腰，苏亚踩着"S"形往前走，边走边嘟囔："不用扶，我自己能走。"

走出酒馆，两人面对面站住。于恒问："你家在哪？我送你回去。"

苏亚不回答，忽然把手臂吊在于恒的脖子上，踮起脚尖，把嘴唇递到于恒面前。于恒紧紧地搂住苏亚，两人长久地拥吻，路过的学生似乎对此情此景已经习以为常，没有人投去好奇的目光。两人雕像一般，在地上投下长长的影子。

苏亚跟于恒迫不及待地打车一起回到了酒店。一进门，两人便紧紧地纠缠在一起，疯狂而又热烈，苏亚感觉自己像条小船，被一波波的巨浪推向她渴望去的地方。

一切，都是那么随意又自然。一切，既在意料之外，又在情理之中。

于恒靠在床头上，手摸着苏亚的耳垂："真好，我已经很久没有这样过了。"

苏亚躺在于恒的腿上，意犹未尽地说："我也很久没有了，真像是做梦一样，轻飘飘的。"

"我要让你知道,这不是梦,这是真实的世界。"于恒又一次翻身上马。

这夜,苏亚没有回家。

苏亚迷上了这种感觉,一下班一秒都不会耽搁就往酒店奔,见到于恒,两人二话不说就直切主题。常常是一曲唱罢才发现苏亚还穿着鞋。成年人的世界很狭小,小得连情话都显得多余。苏亚带着报复的快感和身体的滋润一次又一次地抒发,宣泄。

两人的默契依然如故。苏亚和于恒在百转千回之后迎来了又一次回归。

于恒吻着苏亚的额头说:"如果我一直留在远都该有多好,我们能一直幸福地过到老。"

苏亚依偎在于恒怀里:"我们回不去了,一切都是天意。你终究还要回到你老婆身边。"

"我回去就离婚,我要跟你结婚。"

苏亚摇摇头:"我们结不了婚的,世上没有回头路。没有哪条路会留给我们走。当年你舍不了你的家业,现在就更舍不得了,毕竟你已经付出了那么多心血,怎么可能挥挥手不带走一片云彩。你老婆跟你才叫珠联璧合,贾宝玉跟薛宝钗的完美组合。她能给你的,我根本给不了。我们,只能是今朝有酒今朝醉,明日愁来明日愁,高兴到哪天算哪天吧。"

于恒不再说话,把苏亚搂得更紧。

苏亚接连很多天没有回家。

这天,周冲回家拿身份证,把卧室翻了个底朝天也没有找到。周冲妈见周冲把房间搞得好像犯罪现场一样,踱进来问:"你找什么呢?"

"身份证,我有急用,可是怎么也找不到。"

"先别找了,吃饭吧,你一向不关心家里的事情,到时候问问小亚吧,她肯定知道放在哪里。"周冲作罢,顺便蹭了一顿晚餐,再顺便找借口一直盘踞在家里等苏亚。可是,左等右等,等到父母准备睡觉,也没有等到苏亚的身影。周冲爸爸看着周冲,几次欲言又止,几次打住。周冲感觉到了父亲的局促,好奇地问:"爸,你是有什么话想对我说吗?"

"哦,没……没什么。"

"没事就赶快睡觉吧,天也不早了。"

"小冲,我觉得,你应该搬回家来住,我跟你妈早就想跟你谈谈。现在你不回家,小亚也不回家,空空的房子里就只剩我跟你妈。我们心里很不好受,也觉得很对不住小亚,如果你妈以前不那么固执,不那么强势,你跟小亚也不会闹成现在这样,说到底，我们对小亚是有愧的。我们的确亏欠她很多。小冲，你最好找小亚好好道歉，不要再这样下去了，我跟你妈，我们岁数大了，唯一的心愿就是你们的日子能够过得和和美美，我们现在对孙子也没那么大的希望了，一切都顺其自然吧，命里有时终须有，命里无时不强求，随便吧。只是经过了这么多事，我们也看出来了，小亚真的是个难得的好孩子，她爱你，所以才会迁就你，也因为她爱你，所以她才会容忍你妈的坏脾气，容忍你妈对她的很多无礼举动。"周冲爸说得无限凄凉。

"爸……"周冲很少听到父亲会用这样的语气说话，看着他头上日益活跃的白发，心里一阵难过。

周冲爸摆摆手："我跟你妈商量过了，我们回去住，这房子过户给你们，以后你们就是主人。两代人住在一起难免会牙齿跟嘴唇打架，你们自己过可能会好很多。也怪我们，如果不是我们执意非要到这来，也许什么都不会发生。小冲，对不起，给你们添乱了。"

"爸，你别这么说，不关你们的事，是我自己的问题。"周冲很想把最近发生的事情告诉父亲，缓解他的愧疚，可是终究还是没说出口。顿了一下，问道："爸，你刚才说亚亚也不回家了？"

"怎么？难道你不知道？"周冲父母都很意外，异口同声地问。

周冲一脸茫然地摇摇头。

"她好多日子没回来了，我跟你妈也不好问，可能是怕见到我们尴尬，住到哪个朋友家了。小冲，你去把小亚找回来吧，我跟你妈已经买好了火车票，下周就回去了。我们希望临走前能看到你们和好如初，这样我们走得也安心。"

周冲极度震惊，不只是为此事，还是为彼事。

周冲回到卧室拨打苏亚的手机，一直关机。周冲想了想，换个号码打过去，几声铃音过后，一个奶声奶气的声音问："喂，你找谁？"

周冲乐了："铮铮，我是周叔叔，你妈妈在吗？"

"我妈妈在洗澡，你找她有什么事？"

"哦，那么，苏亚阿姨在你们家吗？"

"苏亚阿姨今天没有来。"

"她前几天去你们家了吗？"

"也没有，我都好多天没见过苏亚阿姨了。"

周冲疑窦丛生。

早晨，苏亚刚走到楼下，就看到了周冲的汽车，本想立即躲闪，哪料周冲一个健步充当了车匪路霸："亚亚，昨晚你去哪了？"

"你管得着吗？"苏亚不客气地问。

"我不是想管你，我来是想告诉你，我爸妈决定回去了，把房子过户给我们，你找个时间，我们一起去办过户。"

"不用了，你自己留着吧，我没兴趣。"苏亚刚说完，包里的手机响，她掏出来一看，兴高采烈地一边听着电话一边进了办公楼，把周冲晾在外边。

周冲靠在车上若有所思。

03

于恒终究还是要踏上回程，回到那个让他心不甘情不愿但却不得不回归的家。走的那天，苏亚一直和于恒厮磨在酒店，门外有来来回回的脚步声，他们没有时间和心情去理会。

脚步声很焦躁。

于恒启程的时间就要到了。苏亚恋恋不舍地说："我不去机场送你了。"

于恒吻吻她的额头："好的。我会跟你联系的。"

苏亚的眼泪涌出来："不用，就像当年一样，我们再也不要有什么瓜葛。"

于恒托住苏亚的脸："我会常来看你的。"

苏亚抹一把眼泪："千万不要，我走了，你好好保重。"拉开门，准备往外走。

门外站着气急败坏，怒火中烧的周冲。

苏亚看到周冲，愣住了。

于恒看到周冲，也愣住了。

周冲进门揪住苏亚的衣领："他是谁？你说，他是谁？"

苏亚抓住周冲的胳膊，奋力掰，周冲的胳膊像铁钳，掰不动。于恒上来撕扯周冲："你放开她！放开！"

周冲松开苏亚，抡起胳膊朝于恒脸上挥去，于恒歪了下脑袋，轻巧地躲过。周冲恼羞成怒，握拳砸向于恒，于恒躲闪不及，脸上中招。

苏亚冲过去挡在于恒前面："周冲，你干什么？你到这撒什么野？"

周冲一把拨开苏亚，跟于恒对峙："我干什么？我是来捉奸的，我倒要看看，这个奸夫是何方神圣。"

于恒当下明白来者是何人，扭头对苏亚说："苏亚，你先出去，男人之间的事情让男人来解决。"

周冲又一拳砸在于恒下巴上:"对,解决,让拳头来解决。"

于恒也不示弱,一拳捣在周冲鼻子上:"我还以为你是什么豪杰,原来只不过是个莽夫,拳头,你以为只有你有吗?"

苏亚窜到两人跟前,试图分开扭打在一起的两人,怎奈力气太小,分秒钟就被旋出了战场,一屁股坐在床上。

周冲边打边骂:"你他妈是谁?居然敢勾引我老婆。你这个混蛋!"

于恒边踢边骂:"你才是混蛋,苏亚嫁给你,真是倒了八辈子血霉,你给过她一天的幸福吗?你是什么东西,你不配拥有她!"

"我不配,难道你配?我今天要杀了你,你个龟孙子,我太阳你先人!"

苏亚在一边仓皇地大叫:"别打了,快住手!住手!"

没人服从她的命令,很快,周冲和于恒纷纷挂彩,于恒的衣服被扯开,耳朵被撕裂,额头上乌青,周冲鼻子嘴角一齐冒血,一直滴落到胸前的衣服上。

服务员叫来了保安,几个保安冲进来,硬生生将团在一起的两人剥离开。

几个服务员站在门口指指点点,又聚拢了几个看热闹的房客。

苏亚又羞又恼,垂着头,拨开人群往外跑。周冲紧追不舍:"你先别走,你给我站住。"

苏亚看都不看他一眼,大步流星进了电梯。周冲快步赶上,止住了徐徐关闭的电梯门,把自己塞了进去。苏亚眼睛瞟着上方,泪珠挂在脸上。

出了酒店,周冲抹着嘴里流出的血,厉声责问:"那个人是谁?你怎么会跟他搞在一起?"

苏亚站住,冷冷地说:"你有什么资格质问我?你先把自己洗干净再说吧。"

"是,我有罪,我罪恶滔天,可是,你总应该给我个赎罪的机会。可是,你为什么要找别的男人?那个人到底是谁?"

"无可奉告,我没有义务告诉你。"

"苏亚,你们是不是早就在一起了?你们在一起有多长时间了?"周冲大声喝问。

苏亚回过身,定定地瞪着周冲,猛然一巴掌扇在周冲脸上:"我再说一遍,别把屎盆子扣到我头上。要不是你先对不起我,我永远都不会做对不起你的事情!"

周冲在大风里面喊:"苏亚,我们完了,我们全完了。"

周冲抱住头蹲在地上。

苏亚昂首阔步,义无反顾。

陈瑾摸着铮铮的头,又亲了他的脸蛋一下:"乖乖,妈妈先回远都了,你在这一定要听外婆的话。等妈妈忙完了，爸爸也从国外回远都，妈妈和爸爸就一起来接你和外婆，好不好？"

铮铮忽闪着黑葡萄一样的眼睛："为什么我现在不能跟你回去？"

陈瑾不敢看儿子天真无邪的双眸："因为妈妈最近特别忙，有好多事情要做，没有时间照顾你和外婆。"

"哦，那好吧，妈妈，你忙完了一定要立刻跟爸爸一起来接我。咱们拉钩。拉钩上吊，一百年不许骗，骗了是小狗。"铮铮得到妈妈的允诺，心满意足地睡觉。

陈瑾妈妈愁容满面地说："我感觉，你这次跟张阳谈不出什么结果，看张阳的样子，九头牛都拉不回来。男人跟女人不一样，女人总是哭哭啼啼一遍一遍地说离婚，目的却是为了引起男人的重视，最终不要离婚，男人则很少会把离婚挂在嘴上，但是一旦说出离婚这两个字，就是王八吃秤砣——铁了心。"

陈瑾说："妈，你别劝我了，我不能离婚，至少在铮铮成年之前我不能离婚。铮铮是我的心肝宝贝，为了他让我做什么我都愿意，否则我觉得对不起他。妈，我想你能够理解我的心情。"

陈瑾妈不再说话，只是紧紧地握了握陈瑾的手，无比惆怅地叹了一口气。

第二天，陈瑾回到远都。

一进家门，陈瑾就敏锐地发现，家里有哪里不对，有生人的味道，有一些怪异的感觉。陈瑾站在门外，四下望了望，家里跟他们走的那天不大一样，一丝欣喜涌上心头，难道张阳回家了？张阳改变主意了？

陈瑾顾不上换鞋，拎着旅行包匆匆忙忙推开每间门，伸着脑袋四下搜寻，希冀能看到张阳的影子。楼下没有，陈瑾疾步上楼，腿有点发软，心里有隐隐的不安，心跳得发慌。一上二楼，陈瑾就听到了张阳的声音，接下来是一个女人的声音。陈瑾循着声音推开一间卧室门。

小甜甜趴在床上，张阳正在给她捶背。小甜甜大呼小叫地指挥："左边，往左，肩胛骨。""好了，好了，往右，再往右。""下边，右边，腰部。"张阳骑在小甜甜腿上，耐心地按指令行事。小甜甜意犹未尽地说："你的手力真不错，让你捶背真是人间的一大享受，我现在舒服多了，刚才还腰酸背痛的。"

陈瑾的旅行包"啪嗒"一声落在地上，两人这才发现了定在门口的陈瑾。

张阳从小甜甜身上爬起来。

小甜甜爬起来，对着陈瑾得意地笑笑："我们还以为，你不打算回来了呢。"陈瑾看到小甜甜身上穿着她刚买并且从未启用过的睡衣，气得肚子鼓起个怀孕八月的气泡，奔进屋里抓住她的头发，把她强行拽了起来，手指在小甜甜脸上又抓又挠："谁让你穿我的衣服？你这个贱货，你勾引我的老公，睡我的床，还要穿我的衣服，你这个不要脸的娼妇！我撕烂你的脸，看你还有什么资本勾引别人的老公。"

小甜甜疼得直吸凉气，拼命试图甩开陈瑾的手，陈瑾咬紧青山不放松，把全身的力气都用到小甜甜身上，一手继续撕扯着小甜甜的头发，另一手左右开弓，打得小甜甜眼冒金星，鬼哭狼嚎："张阳，你愣着干什么？我快被打死了。张阳，你赶快拉开这个疯婆娘！"

张阳仿佛是个被按下启动键的机器人，听到小甜甜的话，立刻恢复神智，奋力地抓住陈瑾的胳膊，拎小鸡一样把她拎起来，然后铆足了劲扔开。陈瑾重重地撞在在门锁上，"咣当"一声，额头上立刻冒出一片血渍。张阳还不解气，几步上前，一脚踹到陈瑾肚子上，再一脚踩到陈瑾腿上，陈瑾发出痛苦的呻吟，坐在地上动弹不得。

小甜甜在旁边骂骂咧咧："你个死老女人下手真黑，我的头发都被你拽光了，你他妈的要死啊，想死换个地方，别把这弄脏，我以后还要住呢。"

张阳帮小甜甜穿好衣服，搂着她往门外走，路过陈瑾的时候，小甜甜抬起一脚蹬在陈瑾正在冒血的额头："我让你狠，看谁比谁狠。老女人，赶快离婚，不然看我怎么收拾你！"

陈瑾悄无声息地坐在地上，良久未动。

门铃响，陈瑾一动不动，坐着。

电话响，陈瑾以为是铮铮打来的，挣扎着摸到电话。不是铮铮，是老大："陈瑾，我在你家外面，按门铃没人开门，你在家吗？"

陈瑾扶着门站起来，歪歪斜斜地下楼开门。老大看到满脸血污的陈瑾，大惊失色："怎么了？你怎么会流这么多血？"

陈瑾一脸呆滞。老大拉着陈瑾坐在沙发上："你家的医药箱在哪里？要赶快包扎，不然会感染的。"陈瑾毫无反应，直勾勾地坐着。

老大一阵风出去，再一阵风回来，手里拿着纱布、红药水、消炎药。他细心地为陈瑾做了包扎，小心地擦掉陈瑾脸上的鲜血，然后焦急地问："到底怎么了？伤成这个样子？"陈瑾像个摆设一样被老大操作，不说话。

老大站起来："是张阳干的？"

陈瑾不语。

老大暴跳如雷："他在哪里？我去找他算账。太过分了，真他妈的！你快点告诉我，在哪能找到他？我削了他！"

陈瑾"呵呵"笑出了声："他跟别的女人走了，你找不到他的。他去他的心肝宝贝家了。"继而，笑声更大，震耳欲聋。

The Marriage Calamity 婚姻劫

铮铮每天都要打电话:"妈妈,爸爸回远都了吗?你什么时候来接我?我想爸爸,我想你,我想回家。妈妈,爸爸的电话为什么又打不通了?他还在美国吗?"

"宝宝,你爸爸公司的生意很忙,回国的时间又延迟了,妈妈最近的工作也特别忙,所以要过段时间才能去接你,你好好地听外婆的话,不要调皮,不要惹外婆生气,那样的话,爸爸妈妈才能尽快去接你,好不好?"

"好吧。"铮铮无限失望。

陈瑾脑袋上缠着纱布,直挺挺地躺在床上,老大给她熬了红枣银耳粥,轻轻地吹:"凉了,你起来吃点吧。"

陈瑾摇摇头:"我吃不下,你不用忙了。放那吧。"

"陈瑾,离婚吧,别这么折磨自己,张阳这么对待你,你又何必死缠烂打?他的心已经飞走了,回不来了。陈瑾,我们结婚吧,我会好好照顾你和铮铮的。"

陈瑾无动于衷,缓缓地闭上眼睛,无声的泪滑过脸庞。

老大一脸哀伤地看着陈瑾痛苦的脸。

04

李胡兰找了位美籍华人,华人答应带她去美国定居。华人出手很阔绰,送给李胡兰的定情信物是一枚两克拉的钻戒。华人的前妻病逝,留下了一个两岁多的孩子,迫切地需要尽快续弦给孩子安插个后妈。因此,他不介意李胡兰是否有过婚史是否有子宫,唯一的条件是要求李胡兰尽快离婚尽快跟他去美国,他忙着搞学术研究,没时间照顾孩子。李胡兰带着她妈去了趟美国,参观了华人家里带着游泳池的花园洋房,母女俩都很满意。

李胡兰她妈对李胡兰说:"赶快离婚吧,这种好事可是打着灯笼都难找,你现在的情况,很难找到比这个更好的男人。怕是错过这个村,可就没这个店了。熊雄那破房子破车加到一起才值几个钱,跟洋房跑车美国国籍比,那就是个屁!"

李胡兰痛快地抛下熊雄破房子破车的1/2产权,痛快地跟大熊办理了离婚手续。两人从民政局走出来,一个向左,一个向右,从此相见是路人。

大熊庆贺自己终于刑满释放,跟周冲一起举杯邀明月。周冲说:"你的事总算告一段落,可我怎么办?我到底要不要离婚?"

"有什么好离的,你们各自出轨,一比一打平,谁都没什么不平衡,清零了重新来过了事。"

周冲痛苦地说:"我也想清零,可是我怎么都清不了,我一闭上眼就是苏亚跟那个男人在一起的样子。我总是觉得苏亚会拿我跟他做对比。我受不了。我不想每天都生活在另一个人的阴影里。到现在我都不能确定对着苏亚我还会不会再出现什么问题。"

大熊啃着一只鸡爪细嚼慢咽:"你这是只许州官放火,不许百姓点灯,说穿了,就是男人的自尊心和占有欲作祟。"大熊打了一个酒嗝,"要我说,什么都别想,你自己犯错,就不允许别人也犯错?更何况还是你错在先。"

周冲睁着血红的眼睛:"我知道,可我就是过不了心里的那道关。我这人,最不能容忍的就是戴绿帽子,我宁肯苏亚犯的是别的错。别的什么错,我都能原谅,可就是这个不行。还是你好,现在什么问题都解决了,哥们真是羡慕你。"

大熊喝得东倒西歪,有点找不到北,口齿不清地对周冲说:"我……我真没……没想到,这事能……能这么快……得……得到解决。我……我……真的感谢……谢……美国人民。美国人民救……救我于水火之中,美……美国人民给了我第二次生命。来,让我们为……为中美人民的伟大友谊干……干一杯。"

酒没喝完,大熊就抱着杯子呼呼大睡,睡梦中露出了甜美的微笑。

周冲哑着声音对苏亚说:"我们,离婚吧。"

苏亚抬起眼看看他,平静地说:"好,不过最近案子很多,我来不及租房子。等忙完这段,租好房子我们就去办。"

"亚亚,我不想的,可是我……"

苏亚打断他:"我知道,你什么都不用解释。这个结果对你对我,都是种解脱。我们的心里都已经有了疙瘩,再过下去,只会徒增痛苦。"

"我们分开一段时间,如果大家都放下了,我们可以复婚。"

"复婚?不用了。只要能勉强下去的婚姻,绝不会走到离婚这一步,既然离婚,就说明矛盾已经无法调和。复婚?复婚是人偏执地要从不属于自己的东西上发现闪光点。没听说过一句话吗?结婚是错误,离婚是觉悟,复婚是执迷不悟。我们,还是不要一错再错,给未来的人生留点信心吧。"

陈瑾等额头的伤痊愈,把母亲和儿子接回远都,铮铮没有在家里发现爸爸,哭闹不止。陈瑾肯定地告诉儿子:"放心,爸爸马上就要回来了。"

陈瑾在网上搜索，浏览。

陈瑾对着一大堆资料仔细研究，比对。

陈瑾打电话："喂，你好，我想咨询一下，你们那边隆胸手术效果怎么样？能达到什么程度？"

对方说："你先过来，我们给你检查一下，根据你身体的具体情况才能做出有针对性的手术方案。"

陈瑾去做检查，再一次得到了院长亲切热情的接见。陈瑾忐忑不安地问："我现在的身体状况，如果在你们这里进行隆胸手术，能收到什么样的效果？"

院长抬起手有力挥了一下，带着流星的小尾巴重重落在桌子上："你这种状况？你是什么状况？跟你一样状况的女人不胜枚举，否则，我怎么会成立美容整形机构呢？就是因为，有很多女人都有着像你一样的苦恼，而我们，就是为你们解决烦恼的。什么样的效果？这不是我们说的，这是要看你的要求的，只要你提要求，我们就一定能做到。世上无难事，只怕有心人。我们就是有心人，我们就是要去克服困难的。你说吧，你想要达到什么样的效果？"

"我想……尽你们的所能吧。"

"没问题。医生的手术刀，就像是画家手里的画笔，一样可以成为艺术品的缔造者。你准备什么时间做手术？"

"尽快，越快越好。"

"没问题，下周我就给你安排手术，等你从麻药中醒来，就可以看到与众不同的自己。到时候，请让我跟你一起分享你的喜悦吧！"

陈瑾两眼放光。

陪她一起去做检查的苏亚焦虑不已："陈瑾，我觉得还是算了，太危险了，这种手术，也不知道成功率有多高，万一出什么事故怎么办？"

陈瑾神情恍惚地说："我在网上查过了，现在隆胸只不过是小手术，就跟纹眉隆鼻一样的，很多人都尝试过，我不过是继往开来的一代罢了。"

"陈瑾，还是不要了，我总觉得心里不踏实，我不想你冒这个险。"

"这是我最后的一步棋了，成败在此一举，我已经没有别的退路了。"

老大听闻陈瑾的决定，火速地赶到张阳的公司。保安将老大拦住："请问你找谁？"

老大气呼呼急匆匆地说："我找张阳。"

"对不起，我们总经理正在开会，请问您有预约吗？"

老大甩开保安伸出的胳膊："你给我让开。"

老大迈开大步上楼，高声呼喊着张阳的名字："张阳，你给我出来，张阳，你个王八蛋，你赶快给我滚出来！"

保安一直跟在后面:"先生,先生,没有预约你不能上去。"

楼里的人纷纷探出脑袋。老大走路带风,挨个敲每个办公室的门:"张阳,火烧眉毛了,你快点出来。"

一个姑娘悄悄指了指走廊的另一端:"总经理的办公室在那边。"

老大几步走过去,一脚踹开房门,小甜甜的胳膊环绕在张阳的脖子上,正娇滴滴地说着什么,老大的不请自到让二人大惊失色。

张阳结结巴巴地问:"你……你到这干什么?"

"干什么?你躲在这风流快活,你管不管陈瑾,她为了你,要去做隆胸手术!张阳,你还是不是个男人?陈瑾是个多好的女人,你怎么忍心看她受这样的伤害?!张阳,你赶快去制止她,只有你才能改变她的决定!"

小甜甜听完此话,差点笑岔了气:"哈哈哈哈,隆胸?亏她想得出来!她以为隆了胸,张阳就能回到她身边了吗?真是痴人说梦,就没见过比她还蠢的女人,想问题这么幼稚。"

老大指着小甜甜的鼻子一通怒吼:"闭嘴!你这个祸害,当第三者当得这么理直气壮,你会遭报应的,人在做,天在看,迟早有一天你会遭受惩罚的!你以为你是什么好东西?你有什么资格嘲笑陈瑾?陈瑾再差,也比你强一千倍!"

"你……"小甜甜被震慑住,刚想反击,被老大铁塔似的身躯,洪钟一样的声音吓住,撇了撇嘴,不再说话,想想,又扭着屁股走出房间。

老大一拳砸在桌子上:"张阳,你快去劝劝陈瑾,不要做什么隆胸手术了,很危险的,她要是有个三长两短,铮铮可怎么办?铮铮那么小,不能没有妈妈。"

张阳不紧不慢地说:"她做手术,你着急个什么劲?真是皇上不急太监急。隆胸?还挺有创意,陈瑾以前为那扶不起的阿斗胸可是费了不少心思,只可惜都没见到什么效果。怎么,这次她又准备换方法啦?"

老大恨得咬牙切齿,抓住张阳,把他从椅子上拉起来:"你去,赶快去对陈瑾说,你会跟那个女人分手,你以后会跟她好好过日子。"

张阳使劲地挣脱,奈何挣脱不掉,老大把他抓的死死的,晃动着他的肩膀:"你到底是去,还是不去?"

"不去,我已经决定了,我要离婚,不管她去不去隆胸,都跟我没有任何关系!"

老大松开张阳,一拳捣在张阳的前胸:"张阳,你真是个忘恩负义的小人,陈瑾陪你吃苦给你生孩子,你爸妈还有你的兄弟,十几年一直靠你们接济。现在,你就以这样的姿态回报她?"

张阳被打翻在地,慢慢悠悠站起来:"我欠她的,早已经还清了,离婚的时候,我把别墅汽车都留给她,还会给她一笔钱,足够她和铮铮生活的,这个你可以放心。"

"你以为用钱就可以了断了吗?她的青春还有二十年的时间,你拿什么还给她?"

张阳坐回椅子上,点燃一支烟,淡淡地说:"你垂涎陈瑾也不是一年两年,为了她,你到现在都没结婚,还是单身一人,我跟她离婚,不是正中你的下怀?你可以马上跟她结婚,还可以白得一个儿子,岂不是两全其美?君子成人之美,我这就是在成全你,你应该感谢我,怎么反而来指责我?你也太狗咬吕洞宾,不识好人心了。"

老大痛心疾首,边往门外退边哆嗦着说:"张阳,你现在怎么变成这个样子?你真不是人!我当年要知道你是这么个渣滓,拼了命我都会阻止陈瑾嫁给你。张阳,你就是个畜牲!张阳,你不得好死!"

天空阴沉沉的,一片灰蒙蒙,有厚厚的灰尘压在半空。

老大苦相劝:"陈瑾,没必要,你没必要为了张阳这样的垃圾去隆胸。离婚吧,带上铮铮,我们好好生活好不好?"

苏亚也着急地劝道:"陈瑾,何必呢?世上的好男人那么多,你何必非要在一棵濒死的歪脖树上吊死?别做傻事,离婚了重新过,不是所有的男人都像张阳一样变态!你别那么固执好不好?找个爱你珍惜你的,以后的日子还长着呢。"

陈瑾摇头,脸上是视死如归的坚定:"你们不用劝我,我已经决定了。"

苏亚和老大相对无言,忧虑不已,愁容同时浮现在两个人的脸上。

陈瑾很快迎来了手术的日子,就在同一天,苏亚要去办理离婚手续,一大早,她先赶到美容整形机构,探望准备手术的陈瑾,握住陈瑾紧张得满手是汗的手:"别担心,镇定点,手续一办完,我会立刻赶来看你。"然后转头对老大说,"这边就交给你了,有什么情况马上打电话通知我。"老大点点头,一脸凝重。

院长把负责给陈瑾做手术的医生介绍给她:"放心吧,手术很快的,像这种手术,以刘医生的临床经验,一个小时就可以搞定。"

老大一个人等候在手术室外,心神不宁,不停地踱步。

一个小时过去了,两个小时过去了,三个小时过去了……

陈瑾仍然没有出来。老大焦急地伸着脖子往里张望,门突然打开,把站在门前的老大拍了个眼冒金星。老大定睛一看,手术室里面跑出来两个人,慌慌张张,像丧家犬一样奔向走廊另一端。几分钟过后,两人带着五六个人往手术室方向奔跑,其中就有那位院长。老大迎上去,想拦住院长询问一下,被他身边的一个人蛮横地一把推开。

一行人边跑边交谈。一个女人说:"怎么办?硅凝胶越堵越多,要不要送到医院?"另一个女人说:"是啊,很危险了,再不抢救恐怕会搞出人命。"一个男人说:"不能送医院,那会给我们带来数不清的麻烦。"老大听出,这个声音属于院长本人。

他们的话音被门夹断。

老大慌了神，想推门进去，门锁得严严实实。老大拼命敲门："开门，快点开门。"没人搭理他。

老大趴在门上往里看，什么都看不清，只看到满地的人影乱作一团，步伐纷乱。

有人尖叫："不好了！她晕厥了，呼吸急促！"

老大踹门："开门，开门，怎么了？"

手术室里又有人高喊："糟糕，她已经休克。怎么办呀？我们这里既没有呼吸机，也没有心电监护仪、自动血压监测仪。赶快送医院吧。"

老大再也无法控制，拳脚并用："怎么了？快点开门！再不开我报警了！"

一个男人说："送医院吧，闹出人命我们谁都没法负责。"

又一个男人说："恐怕已经来不及了，我们还是赶快商量一下现在应该怎么办。"

老大哆哆嗦嗦掏出手机拨打了急救电话，同时拨打了报警电话。

救护车赶到，手术室的门"哗啦"一声打开，一群人把已经没有任何知觉的陈瑾推出手术室，陈瑾浑身是血，盖在她身上的被子血迹斑斑。老大推开周围的人，扑上去使尽全身气力大声叫喊着陈瑾的名字，陈瑾双目紧闭，没有一丝反应。老大登时泪流满面，痛哭失声。

救护车拉着警报十万火急地把陈瑾送往最近的医院。

苏亚和周冲终于领到了离婚证。

苏亚扬扬离婚证："记住今天吧，今天是我们重获新生的日子，我们要不要一起吃顿饭，庆贺一下？如果今后有时间，我们也可以在每年的今天聚聚。"

电话响，苏亚听完勃然变色："什么？你再说一遍。在哪家医院？"

苏亚发疯一样冲向汽车，满脸惊恐。

隆胸手术过程中，植入的硅凝胶流进陈瑾的肺里，发生双侧肺动脉分支血栓栓塞，导致呼吸循环功能障碍，陈瑾在送往医院之前就已经死亡。

实际上，这家美容整形机构仅具有美容资质，并不具有整形资质，被院长竭力推荐的刘医生，既没有医师资格证，更没有医学美容主诊医生资格证。

太平间里，铮铮趴在陈瑾渐渐变凉的身体上放声大哭："妈妈，你醒醒，妈妈，你怎么了？妈妈，你睁开眼睛呀。妈妈，你不要离开我。"

苏亚抱住已经哭得几近失声浑身抽搐的铮铮，脸上是滂沱大雨。

陈瑾的体温，慢慢地消失不见。

老大拽住张阳的衣领，使劲地把他往墙上撞："是你害死了她！是你！你这个王

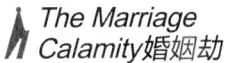

八蛋!我要让你给她去陪葬!我要让你给她偿命!张阳,你这个刽子手,你这个杀人犯!"

张阳死狗一样瘫软,毫不反抗。

天上飘起了大雪,转眼间地上就铺上了一层厚厚的雪,白茫茫一片。马路上,到处张灯结彩。

农历新年,就要到了。